風よ　あらしよ　上

村山由佳

JN029544

集英社文庫

風よ あらしよ　上　目次

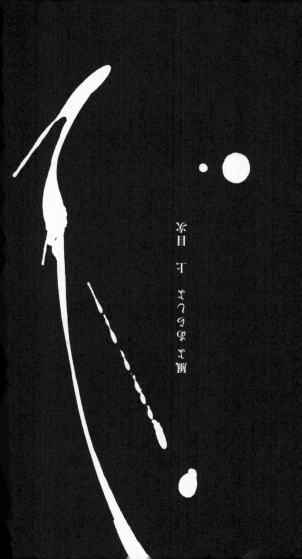

颶風《ぐふう》よ あらしよ 上

空が。
青い。
これほど青い空を、見たことがない。

その青が、なぜか、小さくて丸い。望遠鏡の筒を逆さから覗《のぞ》いたかのようだ。自分ひとりが一条《ひとすじ》のスポットライトを浴びているようで、周囲は真っ暗だ。深いふかい穴の底にいるらしい。
腕も、脚も、胴体までも頼りなくて、ぐにゃぐにゃする。痛みは感じない。痛みどころか、何も感じない。――なにも。

誰か。わたしはここにいる。
呼ぼうとして、気づいた。

声が。
出ない。

序章　天地無情

あらしが遠くに居座っていた。

その日、東京の街をゆく人々はしばしば突風に煽《あお》られては足もとをふらつかせた。今日から九月、台風は能登半島のあたりに停滞しているらしい。その影響で夜明けから雨粒まじりの南風が吹き、十時頃に雨があがってからも関東全域に強い風が吹き荒れていた。

強烈な陽射《ひざ》しが地面を炙《あぶ》る。熱をたっぷりとはらんだ風が、開け放った庭先から台所まで吹き込んで羽釜の下の炎を揺らす。

この調子では炊き上がりがむらになってしまうだろうが、かまうものか、食べられれば御の字だ。酢の物にするきゅうりをざくざくと刻む手を止め、野枝《のえ》は庭を見やった。濡《ぬ》れた手をかざし、眩暈《めまい》をこらえる。照りつける陽射しに、庭木や塀などの輪郭が白っぽく飛んでいる。豆腐を買いにちょっとそこまで出ただけでも、道の真ん中で蚯蚓《みみず》のように干からびそうになったほどだ。道行く人は誰もが可能な限りの薄着をし、日傘をさすか、頭にカンカン帽をのせるなどしていた。

軒先に干した子どもらの着物や下着が、風に激しくひるがえる。長女の魔子《まこ》こそ数えで七歳になったものの、その下には年子が三人、一番下など先月生まれたばかりだ。おしめ一枚でも無駄に飛ばされてしまっては悔しい。

「俺も何か手伝おうか」

折良くひょいと顔を覗かせた良人《おっと》に、野枝は遠慮なく言った。

「じゃあ、洗濯ものを取り込んでたたんで下さいな」

「よしきた」

二つ返事で出て行った大杉《おおすぎ》が、日ざらしの縁側を裸足で踏むなり「あちちち」と飛び上がる。野枝は噴きだしながら俎板《まないた》に向き直った。

大杉との間の初めての男児ネストルを出産したのが八月九日。この淀橋町《よどばしちょう》柏木《かしわぎ》の家へ引っ越してきたのはそのたった数日前だから、住んでまだひと月とたっていない。近所に暮らす新聞記者の安成《やすなり》二郎が骨折って探してくれた二階家は高台にあって、鉄道の新宿駅もほど近く、暮らすには便のよいところだった。今は郷里の福岡から叔母のモトと親戚の娘の雪子が手伝いに来ているが、それでも寝起きに困ることはなかった。

大杉ともども、住むところ住むところ官憲に追われては家移りをくり返してきたおかげで、家財道具と呼べるものなど多くない。移ろうと思えばその日にでもまた動くことができる。

ただ、この三年間というもの毎年身ごもっては出産をくり返したせいか、野枝の肉体はこれまでになく疲れていた。三十路《みそじ》までもうわずか、さすがに身体《からだ》が変わってきたのを感じる。何よりも頑健こそが取り柄であったのに、情けない。

こめかみに伝う汗を、割烹着《かっぽうぎ》の袖口でぞんざいに拭う。以前『婦人之友』に載っていたのを真似《まね》て、自らミシンで縫ったものだ。こうまで暑い日は洋装のほうが楽にも思えるが、衿《えり》の合わせをぐいとはだけるだけで赤ん坊に乳をやることのできる浴衣や着物の簡便さは捨てがたい。

子らは、むろん愛《いと》しい。が、野枝にとって子を育てるとは、炊事や洗濯といった家事とべつだん変わらなかった。暮らしてゆく以上、どうしてもしなくてはならない家事。産み落とした以上、乳をやらなくては育たない子ども。

背後の障子の陰で、ともに幼いエマとルイズが声をたてて笑うのが聞こえる。洗濯ものをたたみ終わった大杉が、モト叔母と一緒にあやしてくれているのだろう。今は二階で寝かせている乳飲み子のネストルでさえ、彼に任せておけば何の心配もない。同棲をするようになったのは七年前だが、熱く激しい恋にひたすら溺れていたあの頃はまさか、彼がこれほど子煩悩な男になろうなどとは想像もしていなかった。

周囲もそうだったのだろうか。

先月、引っ越しの挨拶にと同番地の内田魯庵《ろあん》宅へ出向いた時のことだ。太った身体を揺らしながら奥から現れた魯庵は、魔子の手を引いて玄関先に立つ大杉の姿を見たとたん丸眼鏡の奥で小さな目を瞠《みは》り、いささか間の抜けた調子で言った。

〈なんと。いいお父さんになったものだねえ〉

およそ著名な文筆家とも思われぬ、ただただ率直に口からこぼれただけといった感想に、まず野枝が噴きだし、みんなして大笑いをした。久しぶりの再会だった。

誘われるまま上がりこみ、茶や菓子を馳走《ちそう》になった。

〈いやあ、こっ、この子がね、長女の魔子です〉

嬉《うれ》しそうに目尻を下げ、大杉はすっかり親ばかの顔をして言った。話す時にたびたび吃《ども》るのは幼少期からのことらしい。

〈世間が、ぼ、僕や野枝のことをあんまり遠慮なく悪魔、悪魔と呼んでくれるものでね。ああそうですか、悪魔の子ならば魔子でしょう、というわけでそう名付けたんですよ。いやはや、我が子というものがこうまで可愛《かわい》いものとは知りませんでした。目に入れても痛くないとは、こ、このことですなあ〉

魯庵は、何ともいえない面持ちで彼を眺めていた。

まさかあの大杉栄《さかえ》が、とさぞかし奇異に映ったのだろう。幸徳秋水《こうとくしゅうすい》亡き後、この国の社会主義運動家をとりまとめる危険人物と目され、幾たびも勾留されて新聞沙汰になり、外を歩けば必ず尾行の刑事が張りつく――そんな彼が、ちいさな娘たちを膝にのせてあやし、いちいち細君に笑いかけているとは、と。

〈いやはや、大杉くんにも驚かされたが……なあ、野枝くん。そうしていると、あんた

もまるきり普通のお母さんだね。どこから見たって、あのエマ・ゴールドマンなぞに私淑する危険な女アナキストには見えないよ〉

子どもらの食べこぼす菓子屑《くず》を拾っている野枝にまでそんなことを言った。

これほどの知識人である魯庵にさえ、無政府主義者は物騒な異分子と映るのか。黙っている野枝に代わって、大杉が笑いながら引き取った。

〈そうそう、そのエマ・ゴールドマンね。二番目に生まれた娘は、まさに彼女から名前をもらってエマと名付けたんですよ。事情があって、僕の妹のところへ養女に出してしまったんだが〉

〈そうか。きみたちも苦労をしたんだなあ〉

〈いやいや、養女に出したのは妹に子ができなかったからです。苦労のほうは、た、たいしたことはありません。主義主張を言いながらこんな贅沢《ぜいたく》なところに住もうっていうんですから、申し訳ないくらいですよ。で、エマがいなくなっちまったもんだから、その下に生まれてきた三女にもまた同じ名前を付けましてね〉

〈なんだって？〉

〈そちらのエマはいま、福岡のほうの野枝の郷《さと》に預けていまして、じきに連れて来てもらうことになっています〉

〈いったい全部で何人こしらえたんだね〉

〈まだ五人ですよ。魔子と、養女に出したエマでしょう、それからもう一人のエマと……この小さいルイズは、ご推察と思いますが、ルイズ・ミッシェルから名前をもらいましてね。か、数えで二歳になりました。それから、〉

〈なあ、大杉くん〉たまりかねたように魯庵が遮る。〈こう言っては失礼かもしれないが、そんなに奇天烈《きてれつ》な名前ばかり付けて、よくもまあ役所が認めてくれたものだね。何も言われなかったのかね〉

〈ああ、それは大丈夫です〉大杉はあっけらかんと言った。〈そもそも届けていませんからね〉

〈は？〉

怪訝《けげん》な面持ちの魯庵を見て、苦笑いする。

〈こ、戸籍には届け出ていないんですよ。この子らの誰ひとり〉

〈なんと！　いったいどうして〉

〈どうして、と訊《き》かれましても、夫婦の籍だって入れてませんしねえ〉

話にならぬと思ったか、魯庵は野枝に向き直った。

〈何を考えているんだね、きみたちは。珍奇な名前だけならまだしも、戸籍のことはちゃんとしてやらにゃいかんだろう。この男がどんないいかげんなことを言おうと、あんたは真面目《まじめ》に子どものことを考えてやんなさいよ、母親なんだから〉

ほとんど詰め寄らんばかりだった。

野枝は、ちらりと大杉を見やった。口髭《くちひげ》の陰の唇は神妙そうに引き結ばれているが、目もとは笑んでいる。

魯庵に目を戻し、野枝ははっきりと言った。

〈いやなんですよ。ずるいのは〉

〈ずるい？　ずるいとはどういうことかね〉

〈だってそうでしょう。お上《かみ》に逆らって、政府なぞ要らない、害悪の温床だと言いながら、そんな時だけ体制の庇護《ひご》をあてにするなんておかしいじゃありませんか。戸籍に届け出るというのはつまりそういうことですから〉

〈いや……いや、しかしだね〉

言葉に詰まってしまった魯庵を見て、大杉はいつもの癖で、イッヒヒ、と息を引くように笑った。

〈ま、そんなわけでしてね〉なだめるように言う。〈次なる一人ももうじきに、彼女のでっかいお腹《なか》から飛び出てくるはずですよ。さて、今度もまた女の子かな。僕はどっちだってかまわないんだが〉

おどけた口調で言うと、大杉はぎょろぎょろした眼《め》を野枝へ向けてきた。

悪戯《いたずら》を企てる子どものような、黒々ときらめくまなざし。ひときわ強い印象を放つその眼が、人前でもかまわず真《ま》っ直《す》ぐ自分に注がれる時のうれしさ。いまだに、心臓が鳴き声をたてて軋《きし》む心地がする。

前夫・辻潤《つじじゅん》との間に二人、大杉との間にはすでに五人の子をなした。にもかかわらず自分は、母親である前に、妻である前に、まず女であるのだ、と野枝は思う。悪いこととは感じない。それはすなわち、女である前にまずひとりの人間である、というのと同じだ。

恋人同士の間にかつては確かにあった激しい恋慕の情が、やがて落ち着いてしまうことはままある。飽いたり、醒《さ》めたり、時に幻滅を覚えることも。しかし、同じ志を胸に抱く者としての尊敬が消えずにあり、そこへ友情という燃料をくべ続けることさえできれば、恋愛は別のかたちで存続してゆく。いま大杉と自分との間にあるものはそういうものだ。

「そういえば魔子のやつ、まだ帰ってこないね」

物思いを破られ、野枝はふり向いた。

障子の陰から、大杉が畳に手をついてこちらを覗いている。

「あら……」柱のボンボン時計を見やった。「ほんとうだ」

もう五分ほどで正午になる。お昼時にはきっと帰っていらっしゃいと、あれほど言っておいたのに。

「また魯庵さんとこへ行っとると？」

奥から訊いたのはモトだ。

「今日は、安成さんのとこへ遊びに行くって言ってたけど」

「やれやれ。みんなして寄ってたかって、あの子を甘やかすんだからなあ」

大杉が、口髭の下に溜《た》まる汗を浴衣の肩口で拭う。そんなふうに嘆く彼こそが、いちばん長女に甘い。

近所の誰彼から誘われれば、魔子はどこにでも「いいわ、いくわ」などと生意気な返事をして泊まりに行く。あの物怖《ものお》じのなさは幼い頃から様々な人の手に預けられていたせいなのかどうか、自分もある意味そのようにして育ったのにずいぶん違うものだと、野枝は常から娘を羨ましく思っていた。

少女の頃、親戚の家に出されたり戻されたりした記憶の中には、大人たちへの気兼ねや、その家の子と差を付けられることの悔しさや、苦労もせずに欲しいものを得られる境遇への嫉妬といったものばかりが色濃くわだかまっている。もしも自分が魔子のように周囲から愛ばかりを注がれて育ったならば、いや、周囲の愛情をもっと屈託なく受けとめることができていたならば、この人生も今とは変わっていたのだろうか。

部屋がふっと薄暗くなる。庭に面したカーテンが、舟の帆のように風をはらんで閉まりかけている。大杉が畳の上を縁側へとにじり寄ると、白い蚊絣《かがすり》の浴衣の裾が割れ、逞《たくま》しい太ももが覗いた。日に灼《や》けた手をのばし、カーテンの裾をつかんで勢いよく引き開ける。

前の住まいからはずして持ってきたその植物柄のカーテンといい、卓袱台《ちゃぶだい》にかけてあるレース編みのテーブルクロスといい、大杉は柄に似合わず家の中が女性らしい繊細な雰囲気のもので調《ととの》えられている様子を好む。思えば昔から細やかに気のつく男で、今でも野枝の髪型や着物などをよく褒めるし、時には自ら下駄や反物を選んで買ってきてくれることもある。

先だってフランスから持ち帰った土産も、洋服、バッグ、帽子に髪飾り、どれも洒落《しやれ》たものばかりだった。パリにいる間のほとんどを獄中で過ごしていたくせに、いったいいつの間に買い求めたのだろう。

「腹が減ったなあ」

カーテンを束ねて柱に結わえながら、情けない顔でこちらをふり返る。

「わかりましたってば、もう、じきに炊けますよ」

「じゃあ、魔子ちゃんは私が迎えに行ってきますけん」

雪子がルイズをおぶって裏口から下駄をつっかけ、野枝が再び流しに向き直ろうとした時だ。

かかとを木槌《きづち》で連打されるような感触があった。床から伝わってくる。怪訝に思って見おろしたとたん、どん、と衝《つ》きあげられ、続いて、ゆうらりと揺れた。

「……じっ、地震か！」

大杉が立ちあがろうとして足を取られる。

握っていた包丁を、野枝は慌てて流しに放りだした。外からルイズの泣き声が聞こえ、つられてエマも泣きだす。こちらへとんできた大杉が、よろけながら竈《かまど》の火に水をかけ、すぐに身を翻《ひるがえ》してエマのもとへ戻る。

野枝は手をのばし、柱と障子につかまり、宙を泳ぐようにかろうじてそばまでゆくと、最後の数歩はたたらを踏むようにして、幼子の上に伏せている大杉の背後から覆いかぶさった。

ゆっさゆっさ、みっしみっしと、家全体が軋んで揺れる。四方の柱と壁がまるで雑巾を絞るようにねじれ、今にも梁《はり》が抜けて天井が落ちてきそうだ。これほど強い揺れは、生まれてこのかた経験したことがない。ネストルの寝ている二階へ上がろうにも這《は》ってゆく余裕すらない。

一度おさまりかけたようにみえ、その間にモトにエマを抱かせて裏手のいちじく畑へ逃れるように言ったが、次に襲ってきた揺れはさらに大きかった。悲鳴がもれる。塗り壁に亀裂が入り、ぱらぱらと落ちる。わずかに身体を起こした大杉が、片手で野枝を抱きかかえながら廊下へと這い出ようとする。階段はその奥、裏口のそばだ。

縦に、横に、揺れる。床が波打つかのようだ。子どもの頃によく泳いだ今宿《いまじゅく》の海が思い出される。大きな波のかたまりが海底からわき上がり、身体を持ち上げては下ろす、だがここは大地の上であるはずだ。

またわずかに弱まった隙に、裏から雪子がとびこんできて二階へ駆け上がった。若い。あっという間にネストルを抱きかかえて下りてくる。

「ありがとう、ユッ子ちゃん！」

「お二人も早く！」

立ちあがろうとしたとたん、三たび激しい揺れが来た。階段がはずれて崩れる。思わず良人にしがみつく。

おそろしく長く感じられた。永遠に終わらないように思えた。もう駄目だと何度も思った。

それでも、揺れは少しずつ、少しずつ、小さくなっていった。みし、みし、という軋みも間遠《まどお》になってゆく。

野枝も大杉もそろそろと起き上がり、互いの顔を覗きこんで無事を確かめた。

「魔子は……」

と、大杉が呻《うめ》く。

「きっと無事よ。安成さんの家はここより頑丈だもの」

すぐにも見に行ってやりたいが、まだゆっくりと揺れていて立ちあがれない。それとも揺れているのは自分だろうか。船酔いしたかのようだ。

あたりを見回すと、壁は剝がれ、ガラスにひびが入り、簞笥《たんす》や戸棚の上のものは倒れたり、崩れ落ちて粉々に割れたりしていた。この程度で済んだのが奇跡だった。ついさっきまで頭上で振り子のようにぶらぶら暴れていた電灯の笠《かさ》も、今はほぼ落ち着いている。

大杉は立ちあがると、尻《しり》っ端折《ぱしょ》りで出てゆき、やがて魔子を連れて戻ってきた。

「無事だったのね、よかった！」

長女を抱きしめ、笑ったつもりが泣き声になった。

しばらくたってから、おそるおそる外へ出てみた。モトも雪子も、子どもたちも皆、怪我《けが》はなかった。ルイズを抱きかかえ、魔子の手を引く大杉の後から、野枝もネストルの乳母車を押して従う。

往来のひとところに近所の人々が集まっていた。魯庵が大杉に気づき、こちらへ手をあげてよこす。

「えらい地震だったね。きみの家は無事かね」

「ええ、か、壁と階段は落ちましたがね」大杉が答える。「お宅はどうでした」

「うちも、まあたいしたことはなかった。棚から本が残らず飛び出してきたのには驚いたがね」

知る者も知らぬ者も皆、互いの無事を喜び合った。かたまっていた女たちが、幼子らと乳母車に乗せられた赤子を気遣ってくれる。

「あらまあ可愛らしいねえ、どの子も顔立ちがはっきりして。お父さんとお母さん、どっちに似たってそうなるよねえ」

まだ数えで四歳にもならないエマの頬は、埃《ほこり》と涙でまだらになっていた。昨年の十一月から野枝の故郷の今宿に預けていたのを、久しぶりに家族のもとへ戻されたとたんにこの災難に遭ったのだ。

わざわざ東京まで連れてきてくれたのは野枝の叔父にあたる代準介《だいじゅんすけ》で、妻キチの姉モトらとともに十日間ほどこの家で過ごし、数日前にこちらを発ったばかりだった。途中大阪に寄り、おそらく昨日のうちには博多へ帰り着いているはずだ。運が良かったとしか言いようがない。

「しかしびっくりしましたね。今にも二階の下敷きになるかと肝が冷えましたよ」

大杉が言うと、魯庵は懐《ふところ》からいつものパイプを取り出した。ようやく人心地ついたものらしい。

「下町のほうはもっと酷《ひど》かろうなあ」悲愴《ひそう》な面持ちで言う。「だいぶ激しく燃えているようだよ」

「そうですか。まあ、この風ではね」

「安政の地震ほどじゃなかろうが、二十七年のよりは確かに大きかった。この調子ではまず、当分のあいだ何もかもめちゃくちゃだな」

「僕としては、毎日のように出版社から原稿をせっつかれて困ってたとこでしてね。また前借りをしてしまったもので、と、取り立てがきついのなんのって。これで催促の手が少しは緩むなら、いっそ地震に感謝しなくちゃあ」

例によってイッヒヒ、と呑気《のんき》に笑っている良人の袖を、野枝は乱暴に引いた。失言に気づいた大杉が、おっと失敬、と真顔になる。冗談ごとではない。集まっている人々の親きょうだいや知り合いが、下町のほうに暮らしていないとも限らないのだ。

同じ東京でも地域によって被害の差は大きかったようで、実際の状況がだんだんとわかってきたのは翌日からだった。

野枝たちの住むあたりはおおむね事なきを得たものの、案の定、住宅の密集した浅草や上野などの下町は酷い有様だった。地震の揺れによる直接の被害よりも、その後の火事と延焼が相次ぎ、炎に追われて逃げ惑う人々、逃げ遅れて生きながら焼かれてゆく人々が入り交じり、まさしく阿鼻叫喚《あびきょうかん》の地獄絵図だったという。ちょうど昼餉時《ひるげどき》とあって多くの家から火が出た上に、折からの強風にあおられて瞬く間に燃え広がったのだ。

大杉の家には、友人たち二家族が身を寄せることとなった。上野近くの鶯谷《うぐいすだに》で焼け出された翻訳家・袋一平《ふくろいっぺい》の家族と、同じく有楽町で焼け出された仕立屋の服部浜次《はっとりはまじ》夫婦だ。暑い時季でまだしも良かったのかもしれない。布団が足りなくとも、板の間に雑魚寝をすればどうにかなる。

「はじめは高をくくっていたんですよ」と、袋一平は言った。「地震にびっくりして外へ飛び出した連中も、どうせすぐ家に帰れるだろうからって。屋根の向こうの遠くにちらちら見える火を、みんな呑気に日傘なんぞ差して見物していたくらいでね」

「そんなばかな。どうしてさっさと逃げなかったんです？」

驚いて野枝が訊くと、袋は首を横に振った。

「あんな遠くの火事がまさかこっちまで来るとは誰も思わなかったんですよ。押し合いへし合いしながら、紙みたいによく燃えやがるなあ、なんて言って眺めていたら、後ろのほうからいきなり皮膚が焼けただれるかってほどの熱風が吹きつけてきて……ふり返ったら、もうすぐそこまで別の火の手が迫ってやがった。ああそうだ、ご婦人がた。丸髷《まるまげ》はもうよしたほうがいいですよ」

わけを問えば、あっという間に燃えるからとの答えだった。

「鬢付《びんつ》け油のせいでね、火の粉が落ちてきただけですぐ燃えあがる。頭に火がついてみなさいよ、誰だってびっくりして走りだすでしょ。そうすると、風を受けるもんでよけいにぼうぼう燃える。みるみる着物にも燃え移って、倒れてもがき苦しんでねえ。だけど、可哀想《かわいそう》でもどうすることもできなかった。こっちだって逃げるだけで必死だもの」

つむじ風、いや竜巻と呼ぶべき凄《すさ》まじい風の渦が首府のあちこちに起こり、荷物どころか人や自転車や大八車までもが巻きあげられて遠くまで飛ばされた。中には二里も離れた千葉のほうまで飛ばされていった人もいるという。命などあろうはずもない。

家々ばかりでなく、往来の電柱も次々に燃えあがりながら倒れた。

「信じられますか。あの〈十二階〉が、八階からぽっきり折れたんですよ」

浅草にそびえ立つ煉瓦《れんが》造りの「凌雲閣《りょううんかく》」、通称〈十二階〉。あんなにも頑丈なハイカラ建築までが無残に破壊されたというのか。

茫然《ぼうぜん》とする野枝や大杉たちを前に、袋一平は苦笑いを浮かべた。

「何せ今じゃ、我が家のあったあたりから浅草寺が見えますからね」

一帯が焦土と化し、視界を遮るもののなくなったその彼方《かなた》に、本来見えるはずのない浅草寺の大屋根がそびえているのがおそろしく異様な光景なのだと彼は言った。家を失った何千何万という人々が、その浅草寺の境内や、上野公園などの広場に集まり、わずかな炊き出しで食いつないでいるという。

いっぽう、同志でもある服部浜次たちが焼け出された有楽町界隈《かいわい》も似たような有様だったらしい。丸の内では警視庁が焼け、帝国劇場も焼けた。爆風で建物のガラスは割れて飛び散り、かろうじて焼け残った壁もほとんどは崩れた。あたりは死体で埋め尽くされ、逃げるには折り重なって倒れた死体の上を、

「ごめんなさい、ごめんなさい、と謝りながら踏んで歩くしかなかったですよ」

服部の妻は、思いだしては肩を揺らして泣いた。

「富士山が大噴火したそうですよ」

近所で顔を合わせた老婆にそう言われたときは、信じてしまいそうになった。

流言が巷《ちまた》に広まり始めていた。大杉と野枝の家に出入りする同志たちまでが、何やら不穏なことを口々に噂《うわさ》し合うようになった。

大津波がやってくる。

伊豆大島が水没した。

皇居が炎上した。

山本権兵衛《ごんのひようえ》首相が暗殺された……。

それらの中でももっともまことしやかに囁《ささや》かれているのが、「朝鮮人が攻めてくる」というものだった。数百人、いや千人、いや三千人が大挙して暴動を起こし、強盗、強姦《ごうかん》をくり返し、井戸を見れば次々に毒を投げ入れている。おまけに彼らの後ろには、この機に乗じて何ごとか起こさんとする社会主義者たちがいて糸を引いている、というのだ。

「馬鹿ばかしい！」

誰かがその話を持ち出すたび、野枝は地団駄を踏んで怒った。見てもいないことを賢《さか》しらに語る人の顔を見るだけで、むかっ腹が立って言い返さずにいられなかった。

「いったいどこにそんな暇があるっていうんです。日本人だけが地震に遭ったんじゃあるまいし、朝鮮人だって今は自分の命ひとつ守って生き延びるので必死じゃあないですか。だいたい、井戸に毒なんか入れたらたちまち自分らだって困るでしょうが。ちょっと考えりゃわかりそうなもんだ」

しかし噂は広まるばかりだった。何しろ政府までもがそれを信じてか、「不逞鮮人《ふていせんじん》ヲ警戒セヨ」との通達を下したのだ。またたくまに自警団が地域ごとに組織された。

その暴虐ぶりを、野枝は、様子を見てきた大杉や同志たちから聞かされた。ゲートルを巻き地下足袋《じかたび》を履き、竹槍《たけやり》や鍬《くわ》や鉈《なた》などの武器を手にした男たちが、往来をゆく者をいちいち呼び止めては、

〈歴代天皇陛下の名前を言え〉

〈十五円五十銭、と発音してみろ〉

など詰問し、受け答えにわずかでも怪しいところがあれば寄ってたかって殴る蹴るの暴行を加え、逃げれば追いかけ、抵抗すれば問答無用で殺しているという。

戦争でもないのに、人が人を殺すのか。誰かの親であり連れ合いであり子である普通の人々が、同じく誰かの親や連れ合いや子である人々を、その手で嬲《なぶ》り殺しているというのか。

自警団ばかりではない、政府や軍ですら何が流言《りゅうげん》蜚語《ひご》であり何が正確な情報かを把握していない。電信や電話などの通信手段は壊滅し、新聞社のほとんどは社屋が焼けるなどして機能を停止しているせいだ。猜疑《さいぎ》が猜疑を生み、不安はさらに不安を煽り、いよいよ収拾がつかなくなってゆく。

野枝は、家を片付ける合間に子どもたちに乳を含ませ、とにもかくにも手に入るものを煮炊きして食べさせた。たとえ何があっても、誰からどんな目にあわされても、この子たちだけは守り抜かなければ。

地震から三日目――燃え続けた街は、もはや燃えるものがなくなるに至って、ようやく渋々ながら鎮火した。

政府は、朝鮮人を保護する政策を遅ればせに打ち出した。通常の手続きを踏まぬ緊急の戒厳令に軍が動き、五万もの兵が首府に集結した。

目的は治安の維持や救護のためだというのに、銃剣をたずさえた彼らが街に溢《あふ》れる様は、一般市民からはむしろ朝鮮人暴動の噂を裏付けるものに思われたようだ。自警団などによる殺戮《さつりく》はそののちも数日にわたって止《や》まなかった。

野枝は、たまらずに手紙を書きしたためた。今宿の実家へ一通、そして博多にいる叔父の代準介宛てにも一通。父親の亀吉《かめきち》には簡単に家族の無事を伝えるにとどめたが、叔父には具体的な頼みごとがあった。

おそらく東京はこれから未曾有《みぞう》の食糧難に襲われる。米を、とりいそぎ五俵ばかり送ってもらわなくてはならない。

が、この手紙さえ無事に届くかどうか……。

夕暮れの風が吹くと、近くの家々の台所から煮炊きものや魚を焼く匂いが漂ってくる。外の世界の惨劇など夢ではないかと思われるような時間が、この柏木の界隈には流れていた。

しかし、ある晩、玄関先に現れた魯庵は言った。

「きみらもいよいよ身辺に気をつけたほうがいい」

外の暗がりのどこかには、大杉につけられた尾行巡査が今も潜んでいるに違いない。そちらを窺《うかが》うように声を低めて続ける。

「軍も警察も、えらく殺気立っているようだ。さっき安成くんの同僚の記者に会って聞いたんだが、朝鮮人ばかりでなく、きみたち反体制の運動家がこれまで以上に目の敵《かたき》にされていると」

「どうせまた、例のお題目でしょう？」と、大杉は苦笑した。「〈無政府主義は、け、建国のおおもとを揺るがす国家反逆思想である！〉とか何とか」

「いや、それだけじゃない。おのれの失敗は棚に上げて、きみたち反体制の運動家に責任をおっかぶせようとしているんだと」

「責任？　いったい何の責任です？」

「地震以来の何もかもだよ。数多《あまた》の流言蜚語しかり、朝鮮人にまつわる騒動しかり、すべてはアナキストらがこの混乱に乗じて暴動を計画している証拠だと……そんな噂が流れていたのは知っているだろう？　あれが、今もまことしやかに囁かれ続けているんだ」

「なんてくだらない人たち」

野枝は思わずつぶやいた。

夜目にも青ざめた魯庵が、大杉から、隣に立つ野枝へと目を移す。

「ああ。しかし彼らは権力を持っている。甘く見ちゃいけないよ」

「そうですけど……そりゃ私たちだって、いっそ革命を起こして政府をひっくり返してやりたいのはやまやまですけど、」

「シーッ。おいおい、頼むよ」

「だからって、今これだけの人々が焼け出されて苦しんでるってのに、そんな非常時に便乗して何かしでかすほど、こちとら零落《おちぶ》れちゃいませんよ」

まったくだな、その通りだよ、と大杉が頷《うなず》く。

魯庵は、話の通じなさに焦《じ》れたように苛々《いらいら》と足踏みをした。

「いいから真面目に聞いてくれ。上のほうには、そうは思わない連中のほうが多いんだ。きみら運動家の影響力、というか、とくに大杉栄の影響力は大き過ぎるんだよ。なあ大杉くん、ほんとにわかっているのか？　今のきみはお上にとって、大きくなり過ぎた目の上のたんこぶなんだぞ」

「わかってますよ。げんにこうしておとなしくしてるじゃないですか。他にどうしろと」

「だから身辺に気をつけてくれと言ってるんだ。いつ誰が怒りにまかせて、あるいは功を焦って、極端な行動に走らないとも限らんのだ。軍部には、噂を鵜呑《うの》みにして息巻く輩《やから》までいるらしいぞ。〈大杉の野郎め、今すぐ引きずり出して撃ち殺してやる！〉とね」

良人の隣に立って聞く野枝の胸に、その言葉は改めて鋭く突き刺さった。

今に始まったことではないはずだ。これまでも大杉が何度となく捕まって投獄されるたび、今度こそ二度と会えないのではと思った。そのつど自らを奮い立たせ、いざという時の覚悟まで決めて行動を共にしてきたつもりでいる。それが今になってどうして急に、いよいよ新たな危機が背後に迫ってきたように感じるのだろう。

地震以来、大杉は、昨日も今日も変わらずに友人たちの安否を気遣い、見舞いがてらあちこち訪ねまわっている。困っている者がいればとりあえずうちに来いと言うつもりなのだろう。地域の夜警にもステッキを片手に自ら進んで参加し、どこへも行かない日は着流し姿で乳母車など押しながらふらふらと散歩している。そんな良人を誇らしく思いながらも、野枝の胸の裡《うち》にはどうしても、消せない不安が揺れる。

「きみらの仲間も引っぱられたんだろう?」

魯庵が早口に言う。

「ええ。予防検束の名目ではありますがね」

すでに東京市内の運動家たちが次々に身柄を拘束されていた。この八日には大杉らの主宰する「労働運動社」のメンバーも全員が駒込署に連れていかれ、本来ならば一晩で解放されなくてはならないはずが、病身の一人を除いて今なお留置されている。

これまでとは何かが違う。包囲の網を、肌にひしひしと感じる。

と、ふいに大杉が笑った。野枝が思わずその横顔を見上げると、彼は人を食ったような面持ちで言った。

「やれやれ、馬鹿ばかしい。偉そうなことを言いながら、あいつら俺たちが怖いんだ。相も変わらぬ折り紙付きの馬鹿ばっかりだな」

懐手に腕を組んで、大杉は魯庵を見おろした。

「ありがとう、先生。そうやって心配して下さる気持ちはほんとうにありがたいし、こ、子どもたちのことがあるから僕もできるだけ気をつけますがね。それでも、やられる時はやられるんだ。怖がってたって仕方がない」

同意を求めるように、隣に立つ野枝を見おろす。

野枝は、迷いを振り切るように頷いた。

自分の身ひとつのことであればいくらだって覚悟できるのに、大杉が捕らえられ暴行を受ける様を想像すると動悸《どうき》がして、みぞおちが硬くこわばる。

が――口には出すまい。

〈かかしゃん、うちは……うちらはね。どうせ、畳の上では死なれんとよ〉

郷里の今宿へ帰ってそう伝えた時の、父母の顔を思いだす。亀吉もムメも身を揉《も》むようにして思い直せと言うものだから、私たちの考えはあなたがたには言ってもわからない、三十になったら考えるからそれまでは自由にさせてほしい、と答えた。

〈うちら、悪かこつはひとつもしとらんもん〉

両親の涙に引きずられそうになった。権力と闘う以上に、そうした自身の弱さと闘うのは生半《なまなか》なことではない。

しかし、大杉と肩を並べて歩くからには、ありきたりの幸福に酔ってなどいられない。彼との関係は、世間にありがちな夫婦という以前に対等の同志でなければならない。家庭というかたちの共同生活を送ってはいても、互いに自立した別々の人間でなくてはならないのだ。

平凡で家庭的な幸せに執着し、それを守るためだからと権力に媚《こ》びれば、自分たちが今まで追い求め続けてきたほんものの幸福は手の届かないところへ去ってしまう。魂を売り渡すくらいなら死んだほうがましだ。

先の見えない自分たちの運命など、気に病んでいる場合ではない。

いま考えなくてはならないことは他に山ほどある。


震災から半月たった九月十六日の朝――。野枝は、子どもたちを雪子らに任せ、大杉と二人で淀橋町柏木の家を出た。ずっと音信不通のため心配していた大杉の弟・勇《いさむ》から、昨日ようやく無事を報《しら》せる便りが届いたのだ。

彼らの住んでいた横浜は、震源地が神奈川ということもあって壊滅状態だそうだ。勇の家も完全に倒壊し、今は鶴見《つるみ》の同僚宅に身を寄せているという。

このところ勇は、病身の末妹あやめの助けになればと幼い一人息子を預かっていたのだが、よそ様の家では肩身も狭かろうし、せめて子どもだけでも東京へ連れ帰ってやってはどうだろうと大杉は言い、野枝も賛成した。この上、四人の子どもが五人になろうがたいして変わりはない。とりあえず何かしら食わせておけば子は育つ。

よい天気だった。目の覚めるほど青い空が頭上に広がっていた。

それだけに、焼けて崩れ落ちた街の姿はますます無残だった。いたるところに転がっていたという黒焦げの遺体などはすでに片付けられていたが、風はまだどこか焦げ臭く、気のせいか、時折かすかな腐臭も混じるようだ。

大杉も野枝も、この日は洋装で出かけてきた。鶴見まで徒歩と電車で日帰りしなくてはならず、しかも復路は子連れとなるなら少しでも身軽なほうがいい。

大杉の着ている白いスーツは、この七月にパリから強制送還されて神戸港に着いた時と同じだった。中折れ帽を目深にかぶった姿は堂に入ったもので、一見すると西洋人のようだ。

野枝はといえばやはり、一張羅の白いワンピースに麦わら帽をかぶり、手にはオペラバッグを持っていた。よりによってこんな時に、周囲から浮くことくらい百も承知だが、ふだんの服や着物はみな、着の身着のまま焼け出されてきた知人らに分け与えてしまい、まともな外出着といえばそれ一着しかなかったのだ。いっそ開き直るような気持ちで、道行く人々の視線を受けとめる。

昼過ぎに鶴見に着き、弟家族の無事を確かめて喜び合った。命があっただけで幸運と思わなくては罰が当たる。

そうして午後にはもう、子どもの手を引いて淀橋町柏木の自宅へとって返した。数えで七歳になる宗一《むねかず》は着るものが何もなく、間に合わせに女の子用の浴衣を着せられていた。

「と、東京の家に帰ったら、魔子がいるからね」

帰りの電車で大杉は、少年を元気づけようと思ってか明るく声を張って言った。

「覚えていないかな、おまえたちはまだ小さかったから。しばらく一緒に暮らしたことがあるんだよ。魔子は、おまえにとっては、同い年のいとこだな。なに、大丈夫、こ、このおばさんはミシンを踏むのも上手だから、着物だろうが洋服だろうがすぐに立派なのを作ってくれるさ」

ようやく淀橋町に帰り着いた時には、すでに夕方五時半を回っていた。

とはいえ九月、陽はまだ落ちない。駅からの道、もうすぐそこは家というところで、野枝は、待っている子どもたちに果物を買おうと八百屋に寄った。

斜めに夕陽の射す店先に、梨《なし》が出ていた。見るからにみずみずしい大きな梨だ。井戸で冷やしたならさぞ旨《うま》かろう。

「これを二つ、下さい」

するとと横から大杉が、

「けちけちしないで、三つ四つ買うといい。みんなも喜ぶだろう」

鷹揚《おうよう》に言い、上着の懐から札入れを取り出した。

八百屋の主人が目尻を下げ、梨を四つ袋に入れると、ついでに店先から林檎《りんご》を一つ取って宗一に渡してくれた。

「ほら、これはお嬢ちゃんにあげよう」

呼ばれて不服そうな宗一が、それでも小さな声で「ありがとう」と受け取った、その時だ。

道の向こうから黒い車が一台、するすると近づいてくるのが見えた。目の前で停《と》まった車から降りてきたのは黒襟をつけた憲兵だった。三人、と見るや、向こうの電信柱の陰からあと二人現れた。

その中で一人だけ丸眼鏡をかけ、つるんとした顔に口髭をたくわえた小柄な男が寄ってきて、

「大杉栄と、伊藤野枝だな」

低く問いただす。確認ですらない。ただの手続きといった口調に、大杉が身構え、背筋を反らす。

「まさしくそうだが、何か用かね」

「ご同行願いたい」

「なぜ」

小男が、すうっと目を細めた。

「来ればわかる」

――ああ。とうとう。

野枝は、胸の動悸をこらえながら相手を睨《にら》み返した。

――とうとう、この時が来てしまった。

眩暈がするのは、眩しすぎる夕陽のせいだ。奥歯を嚙《か》みしめ、踏みこたえる。

憲兵の一人に肘を摑《つか》まれ、思わずふりほどいて一歩下がると、宗一にぶつかった。埃っぽい地面に、真っ赤《まか》な林檎が転がってゆく。

第一章　野心

暗くなる頃から、雪が降り始めた。

その夜、ムメはたったひとりで赤子を産み落とそうとしていた。良人・亀吉との間の三人目の子どもだった。

亀吉はいま日清戦争に出征中だが、出産の際に不在なのはこれが初めてではない。美男で通っている亀吉には、女の影が絶えたことがなかった。鼻筋がすっと通り、眉と目の間が狭く深く、睫毛《まつげ》が濃いせいで目の周りの線がくっきりと黒い、いかにも南国的な顔立ち。伊藤家に特有のそんな風貌を、この土地の人たちは、商売の屋号にかけて〈万屋《よろずや》顔《がお》〉と呼んでいる。

いくら顔が良くても、暮らしの役には立たない。芸術家肌といえば聞こえはいいが、実体はただの生活の失敗者に過ぎない。家にいたところでどうせ邪魔になるだけなのだから、いっそいないほうがせいせいする。そう思ってみても、寒さはなおひどくなるばかりだ。

せめて産婆だけでももっと早く呼んでおくのだった。先ほど息子たちに言い含めて、働きに出ている姑《しゅうとめ》を呼びにやらせたが、小さい子どもらのことだ。この暗がりの中、ばあちゃんを探し当てられるかどうか。

福岡市から西へ三里ほどの糸島《いとしま》郡今宿村は、六、七十の家が集まる集落だ。どの家も同じくらい貧しい。徳川幕府の頃は宿場町として栄えていたが、鉄道の開通ですっかり取り残され、昔の繁昌《はんじょう》のあとなどもうどこにもない。玄界灘《げんかいなだ》に面しているのに漁村ですらなく、産業と呼べるものはせいぜい〈今宿瓦〉を焼く工場だけ。北九州の一帯は石炭産業が興って潤っているというのに、この村はまるで置き忘れられた荷物のようだ。

ランタンの灯ひとつの家の中は薄暗く、外は静まりかえっている。波音が聞こえないことを思うと、雪はまっすぐ縦に落ちているのだろう。とうに破水した股の間が凍りそうに冷たい。疲れ切ったムメは、うつらうつらと目を閉じた。このまま眠りに落ちて、二度と目が覚めなければいいのに。

ふたたび、陣痛が来た。煎餅布団の上で身をよじり、敷布の端を噛んで痛みをこらえる。頭が出かけているのがわかった。懸命にいきむ。身体が裂けるほどの痛みに声がもれたが、どうせ誰にも聞こえはしない。思いきり叫ぶ。

何度かそれをくり返していると、ある瞬間、ずるんと大きなものが通ってゆき、いっぺんに楽になった。三度目ともなるとこんなものか……。

ほどなく、下のほうで産声があがる。なんと野放図な声だろう。これまでで一番大きい。また男か、とがっかりする。

脚の間でうごめく生きものを、頭をもたげて見る気力さえ起こらない。男の子ならすでに二人いる。暮らし向きはとうてい楽でないのだし、死のうが生きようがかまわないという気持ちだった。

くたびれた。――もう、何もかもどうでもいい。

と、がたがたと音がして板戸が開いた。

「どげんねムメ、しっかりしんしゃ……。ありゃ、もう産みおうたと？」

姑のサトの声だ。

目を開けて、ムメはのろのろと頭をもたげた。息を切らしながらも孫たちより先に草履を脱ぎ捨てて上がってきたサトが、冷たく濡れそぼった赤子が泣きわめくのを無造作に抱きあげたかと思うと、突然、おお、と声をあげた。

「おなごばい！」

そのへんの襤褸《ぼろ》で手際よくくるみ、ランタンの灯を大きくしてから枕もとまで見せに来る。羊水と薄い血にまみれた赤ん坊の股間はつるりとして、何も付いていない。

ムメは、ようやく微笑《ほほえ》んだ。

「おなご、ばい」

掠《かす》れ声《ごえ》でくり返す。姑と二人、顔を見合わせて笑い合った。

「亀吉は、征《い》く前になんか言いよったね。名前んこっとか」

なんも、と首を横に振るムメを見下ろし、サトは口の端を曲げて笑った。

「どうせそげなこっちゃろうね。さあて、どげんしようかねえ」

訊かれても、ムメには答えられなかった。自分には一字の読み書きもできない。書けるのはただひとつ、自分の名前だけだ。姑のサトは教養があって、『女大学』をすらすらと講じるほどであるだけに、常から肩身が狭かった。ただ身を粉にして働くことだけが自分にできることと思い定めてきたが、姑はどう思っているのだろう。

赤ん坊が泣く。隣近所どころか海の向こうの能古島《のこのしま》まで届きそうな声とともに、ぎゅっと握りしめた拳が意志の塊のようだ。

「そうや」サトが思いついたように言った。「ひいばあさんの名前ばもろたらよかたい」

目を上げたムメに、頷いてよこす。

「亀吉のばあさんじゃ。名前は〈ノエ〉いいんしゃったとよ、響きの美しか名前やなかな？　偉か人やったとよー、この伊藤の家がいっちゃん良かった時代を生き抜いた人ばい」

抱きかかえている赤ん坊は、まだ目も開いておらず、鼻もぺちゃんこだ。しかし、揺らしてあやしながら覗き込んだサトは満足げにひとりごちた。

「こん子もきっと、きれいか〈万屋顔〉ごとなるばい」

長々と笛を吹くような鳴き声が降ってくる。

ムメは頭上を見あげた。砂と同じ色をした空の高みに、トンビが一羽、円を描いて舞っている。

「ひとつヒヨドリ、ふたつフクロウ、みっつミミズク、よっつヨナキドリ、いつつイシタタキ……」

どんなに声を張りあげて歌っても、子守歌はおぶった子の耳にまで届かない。唇からこぼれるやいなや海からの寒風に奪われ、散りぢりにちぎれ飛ぶ。

「ここのつコウノトリ、とーおトンビのはねひろげ、ぴーひょろひょろ……」

息が続かなくなったムメは、ぴーひょろひょろ、と口の中でくり返しながら背中の赤子を揺すり上げた。

あの雪の降る夜から、はや一年。年が明ければ、ノエは数えで二歳になる。女の子のくせに長男や次男と比べても骨の太い、頑健な赤ん坊だった。歩く喋《しゃべ》るはまだ先のようだが、秀でた額と濃い眉の下の双眸《そうぼう》は黒々として、きかぬ気性をはっきりと顕《あらわ》している。こうしている今もしきりにむずかっていた。晴天の日に砂浜を散歩してやればはしゃいだ声を空に放って笑うのだが、今日の空は雲が重く垂れ込め、風もひときわ冷たい。

「しゅまんねえ、寒かねえ。母ちゃんが歌ばうとうてやるけん、ねんねん、ねんねんしょよ」

再び、声を張って歌う。

「トンビがカラスに銭《ぜん》かって、もどそうてちゃぴーひょろ、もどそうてちゃぴーひょろ」

赤子が不服そうな泣き声をあげる。

構わず、おんぶ紐《ひも》を締め直して腹の前できつく結ぶと、ムメは灰色の海を睨んだ。白いしぶきを立て、泡立つ波が荒々しく寄せてくる。その波に向かって、思いきり駆け出した。

背中の赤ん坊がゆさゆさ揺れるのを押さえながら目をこらし、渚に打ち寄せられる海藻を目がけて走り、波の引き際に持っていかれる前に腰をかがめて、それこそトンビのようにさっと拾う。もう一つ拾おうとかがんだ拍子に赤ん坊の重心が移動し、前へつんのめる。濡れた砂に足首まで埋まってよろけ、危うく転びそうになるのをどうにか持ちこたえ、再び寄せてくる大きな波から逃げる。乾いた安全な場所まで逃げおおせた時には、ノエは拳を握りしめてそっくり返り、大声で泣きわめいていた。

「よしよし、しゅまんかったねえ。さあさ、さあさ、ねんねんしょ」

乱れた息を整え、ぴーひょろひょろ、ぴーひょろひょろ、と揺すっては歌い聞かせながら、拾った海藻にこびりついている砂を払う。茹でて刻んで食えば、その時だけでも腹はふくれる。またこれかと息子たちには泣かれるだろうが、例によって亀吉が金を持って出たまま何日も帰ってこない以上、ぎりぎりまで切り詰めなければとても暮らしていけない。

〈勝気なおなご〉と、ことさらに言われるのが不服だった。なよなよと泣いていて子どもらを食わせられるならば遠慮なくそうしている。

しかし戦地から戻った良人は相も変わらず、およそ生活能力のない男のままだった。旧家の育ちが災いしたのか、商売が左前になっても現実など目に映らないかのように夢ばかり食って生きている。

家業の「万屋」は、亀吉の祖父・儀八の時代にはたいそう繁昌していたらしい。根っからの九州男児であった儀八は趣味人でもあり、自ら荒海に乗り出し年貢米や様々な物産品を運ぶほか土地や船などを持ち、松原に茶室も設けていたという。

しかし明治に入って世の中が大きく変わってゆくにつれ、商売は傾きはじめた。儀八が八十前で没した後、息子の与平が跡を継ぎ、さらにその六年後に亀吉が家督を相続したことで万屋は決定的に没落したのだ。

いや、食い詰めた、と言ったほうがふさわしい。何しろ亀吉の相続とほぼ時を同じくして、その妹ら三人は口減らしのために戸籍から出され、それぞれ熊本や三池の分家などにやられたほどだ。口さがない人々は、母親のサトを指して「娘三人を食ってしまった」などと言った。

いずれにせよ、ムメが嫁に来た時、万屋にはかつての栄華の残り香さえもなかった。

もともと貧しい農民の出であるし、糸島女の意地もある。身を粉にして働くのは苦にならぬものの、ことここに至ってもろくに働こうとしない良人の放蕩《ほうとう》ばかりは、ムメにとっては未知の苦労だった。

芸の才能豊かな亀吉は、花を生け、人形を作り、料理もする。三味線も踊りも玄人はだし、村の祭りでは自らすすんで娘たちに踊りを振り付け、それがまた好評で、近隣の村からも招かれるほどだ。

悪い人間ではない。息子たちに対しては厳しくとも娘のノエには甘く、目に一丁字《いってぃじ》もないムメにも、酒を飲んで興が乗れば様々な話を聞かせてくれる。夜の床ではひときわ優しくなった。その手管をいったいどこで覚えてきたかを思えば業腹《ごうはら》だが、薄っぺらな布団の中で温《ぬく》みを分け合えばつい、なし崩しに許してしまう。それが口惜《くや》しい。

亀吉の感受性や多芸多才はおそらく、母親譲りだろう。サトもまた、三味線などの音曲に加えて俳句や書にも優れており、巻紙を片手にさらさらと筆で手紙をしたためるような女だ。それでいて、学のない自分にも分け隔てなく接してくれる姑のことが、ムメは好きだった。あの雪の夜、駆けつけたサトが赤ん坊を抱き上げて「おなごばい」と見せてくれた時に、何か一種特別なつながりが生まれた気がする。このごろは時折、女同士の正直な気持ちを分け合うことがあった。

「うちは、誰もよそへはやりとうなかったばってん……むごかことした」

三人の娘たちのことを思い出すたび、姑はいまだに悔やむ。初めての女孫であるノエをことさらに可愛がるのも、その後悔があるせいかもしれない。

「すまんなあ、ムメ。あんたには申し訳なか。亀吉があん通りのぼんくらやけん、あんたに苦労ばかけて。何も言いよらんばってん、あんたも心ん中では血ん涙ば流しとるっちゃろう」

そんなふうに言ってもらえるだけで救われた。良人が働かないばかりか女遊びで帰ってこないという現実は変わらなくとも、姑が理解してくれているだけで苦労がわずかでも軽くなる思いがした。

塩田やよその農家の手間仕事を手伝うか、堤防工事の日雇いなどに出ては日銭を稼ぐ。戻れば煮炊きの用意をし、腹を空《す》かせた子どもらに食べさせる。自分には身体を動かして働くことしかできぬのだから仕方がない。誰が音《ね》を上げたりするものか。

「トンビがカラスに銭かって、もどそうてちゃぴーひょろ、もどそうてちゃ……」

無意識に口ずさみながら、空を舞うトンビから足もとへと目を戻す。

（こげな苦しか坂は、うちでなければ越えられん。いまうちは、他ん人の越えきれん坂を越えようとよ）

背中のノエは、いつのまにか泣き止んで寝入っている。片手につかんだ海藻の茎がぬめぬめと糸を引く。

ムメは、家に向かって歩き出した。借りられるものなら、自分こそカラスに銭を借りたかった。

痩せた小さな母の背中にくくりつけられ、激しく揺さぶられながら波しぶきを浴びたのを覚えている。眠いのに寝入ることもできず、気に入らなくて大声で泣きわめくと、優しいというよりは疲れきった調子でなだめられた。子守歌にはいつも、ぴーひょろのトンビが登場した。今宿の浜に、あの小狡《こずる》い盗賊のような鳥はつきものだった。

母親がそうして黙々と立ち働く姿を、ノエは、幼い頃から毎日のように目にして育った。上には二人の兄がいるが、どちらもあまり頼みにならない。寝る時以外いっさい休むことをしない母の背中を眺めながら、二つ下に生まれた妹ツタの守《もり》をするのはまもなくノエの仕事となっていった。

＊

数えで五つになった年の、春だったか。ある昼下がり、母ムメと祖母のサトは、炉端で話し込むうち、亀吉を悪《あ》しざまに言いだした。

その日、亀吉はめずらしく瓦工場へ働きに出ていた。留守をよいことに女二人の悪口は留《とど》まるところを知らず、そばで聞いていたノエは途中から心臓が硬くこわばるような嫌な心地がし、とうといたたまれなくなって家を飛び出した。

〈甲斐性《かいしよう》なしの極道〉

村の人々から、父親がそう呼ばれているのは知っている。難しい言葉はよくわからないが、良い意味でないことだけは理解できる。どうしてそんな扱いを受けるのだろう。あんなに優しくて面白い、皆から慕《した》われるととしゃんなのに。

煙草《たばこ》の匂いのする父の胸に甘えるのが、ノエは好きだった。ただ穏やかなだけではない、時折覗かせる寂しげな表情が、子ども心に気がかりでほうっておけなかった。多くの言葉を交わさなくとも、父との間には何か共通のものが行き交っている気がする。父のほうでも自分にだけ見せてくれる顔があって、そのことが嬉しく誇らしい。それなのに、母親も祖母も、村人たちの悪口から父をかばうどころか一緒になって悪く言う。めっぽう腹が立ったノエは、陽の落ちかけた田舎道を独り、口を真一文字に結んでずんずん歩いた。

歩くうちに、怒りはしかし、だんだんと収まってきた。どれくらいで工場に辿《たど》り着けるものかわからず、知らない風景に囲まれて不安がつのってくる。道は、本当にこれで合っているのだろうか。

と、後ろから荷馬車を引いて追いついてきた男に声をかけられた。見覚えのある男だ。祖母と話しているのを見たことがある。こんなところで何をしているのかと訊かれ、ノエは、弱みを見せまいと意地になって答えた。

「ととしゃんのこうじょうに、いきよると」

父親の名を告げると、その人は苦笑いして荷馬車の後ろに乗せてくれた。

じつのところ亀吉は、瓦職人としても腕を買われており、とくに細工の細かい鬼瓦づくりにおいては〈名人〉とさえ呼ばれていた。ただしひどい斑気《むらき》で、気が向かなければ仕事に行かず、給金すら自分で取りに行ったことがない。代わりに出向くのはたいていい妻であるムメの仕事で、それらの事情もまた村じゅうの知るところだった。

「父ちゃんの給金ば取りにくるとか？」

と男が訊く。

意味のわからないノエが答えずにいると、男はまた少し笑い、あとは黙々と荷馬車を引いた。

瓦工場の内部の薄暗がりと、積み上げられた粘土の山を覚えている。湿った土の匂いと、奥で煙管《キセル》をふかす男たちの浮かない顔も。

夕まぐれ、亀吉におぶわれて帰る途中で、ノエはくたびれて寝入ってしまった。家に着いた時、祖母と母の半狂乱の声がきれぎれに聞こえたが、眠くて目を開けられなかった。どうやら心配をかけたらしい。いいきみだ、と思った。

話し声にはっと目を覚ました時にはすでに夜で、家族の夕食は終わっていた。寝かされた布団のそばで、祖母と母が話していた。

「こん子は油断ならんけん」

まだ寝ているものと思ってか、ひそひそと声を潜めている。

「陰口ばたたく時は、まちっと気をつけんばいかんね。なんもわかっとらんようで、全部わかっとる。末恐ろしか子ばい」

そうした祖母の物言いにどこか面白がるような響きが混じっているのを、幼いノエの耳は敏感に聞き取っていた。

尋常小学校に入学したのは、明治三十四年（一九〇一年）の四月のことだ。家は困窮を極めていたが、その前年に尋常小学校の授業料が全国的に無償となることが決まったのは大きかった。月五十銭ほどもした授業料が必要なくなったのだ。女に教育など要らぬという考えも根強くあったから、それまでのままだったならノエが学校に通うことはあり得なかったろう。

同じ頃、亀吉はついに生家を人手に渡し、一家は海べりの借家へ移っていた。ムメは貧しい中からやり繰りして、手織木綿の筒袖の着物を用意してくれた。祖母の若い頃の着物をほどいて縫い直したもので、成長してもそのつど伸ばして着られるよう、肩上げや腰上げを充分に縫い込んである。小さいノエの身体には布の重なりがごわごわとして重たかったが、家から二十分ばかりの道のりを意気揚々と通った。毎朝、祖母に髪をおさげかお煙草盆と呼ばれる形に結ってもらうのが嬉しかった。

小脇に石盤と読本をかかえ、背中には風呂敷に包んだ行李型《こうりがた》の弁当箱を斜めにしばりつけて、兄の後について歩く。その道すがら、

「やーい！　かーいしょなしのー、ごくどーもーん」

大人たちの口ぶりを真似て、気の弱い兄の背をわざと押すなどしていじめる子があれ

ば、ノエは必ずかわりに飛びかかっていって仕返しをした。かばうというよりもただ腹が立った。兄が甘く見られると自分が馬鹿にされたも同然に思え、とうていそのままにはしておけなかった。

「かいしょなしは、おまえんこつばい！　ばかちん！　ぬけさく！」

村はずれに建つ今宿尋常小学校は、堂々たる横板張りの木造校舎だ。学校の勉強は愉《たの》しい。算術より修身より体操より、ノエは国語の読み書きがいちばん好きになった。けれど、せっかく字を覚えても、家には読むものなどろくにない。学校から借りてきた本を読んでいる最中に、母親から薪《まき》を運べ、飯を炊け、と次々に言いつけられては集中できない。

その日も、部屋の掃除をするように言われて仕方なくはたきをかけていると、外に誰かの訪《おとな》う声がした。母親が出ていって話しているのが聞こえる。耳をそばだてながら、ノエは懐に入れていた本をそろりと出して読み始めた。

すぐに夢中になった。習い覚えたばかりの仮名の向こう側に、途方もなく広い世界が広がっている。見たことのない町の風景や会ったこともない人の考えが、まるですぐ目の前のことのように伝わってきて、体温のじわりと上がる心地がする。

「こん子な、また！」

大声に飛びあがってふり向くと、母親が土間に仁王立ちになっていた。開いた戸口から射し込む強い西日が憤怒《ふんぬ》の炎のようだ。

「ちっと目ば離せばこしょこしょと！　なんね、そん恨めしか顔は！」

読むなとは言っていない、するべきことをしてから読めと言っているのだ、そう叱る母親の声に、ノエはしかし、かすかな混ざりものの匂いを嗅ぎ取った。母は、字が読めない。昔からそのことを恥ずかしく思っていて、だからよけいに自分を叱るのだ。

「そん顔は、いっちょん反省しとらんやろ？」

反省なんかするわけがない。自分は本が読みたいのだ。後でではなくて、今読みたいのだ。学校から借りてきたものだからまたすぐに返さなくてはならないし、返せば次の本が借りられる。家の手伝いなど、どうせ無駄に遊んでいるツタにさせればいいではないか。

母親に手首をつかまれ引きずられながら、言うべきことは全部言ってやった。聞いてもらえなかった。罰として押し入れにほうり込まれ、閉じ込められたノエは、あまりの理不尽さに泣きわめいた。

「何がいかんかったとね！　うち、悪かこつ、ひとつもしとらんもん！　ひとつもしとらんもん！」

力まかせに中から襖《ふすま》をこじ開けようとしてもまた、ぴしゃんと閉められる。力では、毎日のように人足仕事をしている母に敵《かな》わない。

「『もうよか』っち言うまでそこにおればよか。勝手に出たら晩飯は抜きばい」

悔し涙がぼろぼろこぼれた。意地になって膝を抱え込む。もう、いい。そんなに言うなら二度とここから出てやるものか。

襖のわずかな隙間から、外の強い西日がかろうじて射し込み、むき出しになった膝小僧とノエの指先を闇に浮きあがらせる。身じろぎをした拍子に、その光が壁を照らした。思わず声が漏れた。涙を拭い、かすむ目をこらせば、壁一面に大小の文字が躍っている。新聞だ。前の住人だろう、湿気取りか補修のためか、隅から隅までびっしりと古新聞が貼りつけてある。縦に、横に、逆さに……だめだ、暗くてよく見えない。

脈打つ心臓をなだめ、しばらく息を潜めていた後に、ノエは、そろりと細く襖を開けて様子を窺った。どうやら母親は家の裏手へ薪を取りに行ったようだ。

思いきって素早く這い出すと、お膳の上にあった蠟燭《ろうそく》と燐寸《マッチ》をひっつかんで、再び押し入れに飛び込んだ。襖を閉め、火を灯《とも》す。燐の燃える匂いと、蠟の溶ける匂いがさらに脈を疾《はし》らせる。

壁を照らし、難しい漢字は飛ばして、知っている仮名を拾い読みした。意味のわからないところもたくさんあるが、構わない。ただただ、字が読めることが愉しくてならない。

どれくらいたっただろうか。やがて、いきなり襖が開いた。あまりに静かなので、泣き寝入りしたと思われたらしい。

懲らしめがまったく懲らしめになっていないのを知ると、母親は疲れた顔でため息をついた。もっとひどく叱られるかと思ったが、何も言われなかった。

通学の行き帰りに通る田んぼの畦道《あぜみち》は、季節ごとの驚きと輝きに満ちている。早春、水を入れる前には肥料代わりのレンゲの花が一面に咲き、それを土に鋤《す》きこんだあと水が張られると、太陽が眩しくその面に映る。足の下に踏みしめる畦は緑の草に覆われてぐんと柔らかくなり、タンポポやナズナが咲き、たくさんの蝶《ちょう》が舞う。

田植えが終わる頃には蛙《かえる》の大合唱がわき起こり、友だちと話す声すらかき消されるほどになる。ノンちゃん、というのがノエのあだ名だった。そう呼ばれるたび、耳もとで蜜蜂が飛ぶようなこそばゆさがあった。

青々と伸びた稲がやがて頭《こうべ》を垂れて色づくと、赤とんぼが乱れ飛ぶ空の下、秋祭りの太鼓や笛の練習が聞こえてくる。校庭の木々は鮮やかに染まり、散り、そうするともうすぐに、シベリアからの冷たい北風が海を渡って吹きつけてくる。季節がひとめぐりしたのだ。

妹のツタと一緒に赤いケットにくるまり、ノエは風に向かって、あるいは風に背中を押されて歩いた。寒いのは嫌いだが、吹き荒れる風の中を歩くのはわくわくする。

ともすれば二歩、三歩と押し戻されるほどの向かい風に身体を前のめりにもたせかけ、見えない壁をかきわけるようにして歩いていると、まるで自分が何者にも屈しない無敵の力を手に入れたようで、意味もなく雄叫びをあげたくなる。

その日の風は特に強く、ノエは誘惑に耐えきれなくなり、

「うおおおおお！」

鬨《とき》の声をあげるかのように叫んだ。びっくりしたツタが、

「ノンちゃん、どげんしたと！」

下から顔を覗き込んでくる。ケットを妹に押しつけて風の中に走り出る。

「吹けえええ！　もっと吹けええええ！」

胸のつかえが飛び出していったようにすかっとする。さらにもう一度大声で叫ぶと、お腹の奥のほうから笑いが込みあげてきた。

「なあ、やめてんしゃい！」ツタが袖を引っぱって止める。「頭のおかしかっち思われるけん」

言われれば言われるほど、高笑いは止まらなくなった。

家まで帰り着いた時には、ろくに動けないほど腹が空いていた。母親はいない。日雇いか手伝いに出ていて、また暗くなるまで帰って来られないのだろう。

ノエは立ちあがり、台所の戸棚をあさった。しまってあったお櫃《ひつ》の中に冷や飯が入っていた。胃袋が動いて、ぐう、と鳴る。我慢できない。塩の壺から軽くひとつかみ握って振りかける。

「何ばしようと、ノンちゃん」ツタが後ろからおろおろと言った。「それ、今晩のごはんばい？」

「ばってん、ひもじかもん」

しゃもじですくい、拳より大きな握り飯を作る。ツタにも一つ握ってやる。ためらう妹に見せつけるようにかぶりつくと、塩の辛さよりもむしろ甘みが強く感じられた。ああ、旨い。堪《こた》えられない。

「ほれ、あんたも食べんしゃい」

ツタが、ようやくおずおずと一口かじった。同じように風の中を帰ってきたのだ、空腹にきまっている。

さっさと食べ終えたノエは、妹がてのひらについた飯粒を名残惜しそうに舐め取っているのを尻目に、もう一つ握ろうとした。とたんにツタがまた半泣きの顔になる。

「なあ、やめんしゃいって」

「なしてよ」

「かかしゃんのぶんも取っとかんといかんばい」

「そげんこつ言うても、うち、まだ腹いっぱいになっとらんもん。しょんなかろうが」

「しょんなか、って……」

そう、しょうがないではないか。腹が減るのは生きてゆくための本能だ。食わねば生きてゆけぬ、だから食える時に食う、誰に遠慮することがある。しゃもじを握りしめ、お櫃の底をこそげながら、ノエには妹がどうしてそんなに疚《やま》しそうな顔をするのかまるでわからなかった。

お櫃の中身と同じく、伊藤家の貧しさはその頃には底をついていた。父・亀吉はねんごろになった女と出奔《しゅっぽん》し、噂では満州に渡ったなどという話もあるほどで、帰ってくるかどうかもわからない。長男の吉次郎も、次男の由兵衛も家を出て、今宿村の借家にはサトとムメ、ノエとツタの四人が残っているだけだった。

ムメがどれだけ休まず働いたところで、女の身で家族四人を養うには限界がある。ひとのぶんまで飯を食ったせいではなかろうが、とうとうノエは、口減らしのために養女に出されることとなった。筑後川《ちくごがわ》の河口にほど近い大川町榎津《えのきづ》に、亀吉のすぐ下の妹マツの嫁ぎ先がある。マツには子がなかったのでノエを、という話だった。

「うちはやりとうなかばってん、ばあちゃんが、マツがかわいそかってやけん」

母ムメはそう言ったが、何の慰めにもならない。もらわれていった先で叔母マツがあれやこれやと優しくしてくれるのも、かえって気持ちがささくれる。

どうして自分が出されなくてはならなかったのか、とノエは思った。言わなかったが深く傷ついていた。べつにツタだってよかったはずではないか。ツタのようには素直に手伝いもせず、大食らいで本ばかり読んでいたからか。だったら上等だ。もっと読んでやる。

母親に比べると、叔母にはいくらかこちらに遠慮があるのか、それほど口うるさく手伝いをしろなどと言わない。それをいいことに、ノエは転入した榎津尋常小学校に通いながら、暇さえあれば本に没頭した。

そのまま何も起こらなければ、いつかはそこでの暮らしにも馴染《なじ》めたのかもしれない。

だが、叔父――マツの夫の存在が、そうさせてはくれなかった。

博打《ばくち》打ちというだけでろくでもないのに、叔父は、酒が入ると完全に人が変わった。博打にも酒にも弱いくせに、どちらも我慢がきかない。

負けが込んですってんてんになるたび腹立ちまぎれに飲んだくれ、土足で畳に上がり込んで箪笥を引っかきまわす。女房がどこかに金を隠していないか、質に入れられる着物などはないか、引き出しごと抜いてはひっくり返し、中身を畳の上にまき散らす。

空になった引き出しが飛んできてノエの小さな身体に当たるのを見たマツが、

「な、なんばしよっと！」

逆上して飛びかかっていき、夫を止めようとする。

「やめんしゃいって、もう、何もなかち言うとろうが、わからんとか！」

唸《うな》り声《ごえ》を上げながら叔父がマツを振り飛ばし、足蹴にし、殴りつけ、火鉢がひっくり返り、そのへんの座布団や煙草盆などが宙を舞い、障子が破れ、戸が外れる――それが、日常茶飯事だった。

恐怖のあまり、ノエは部屋の隅でちぢこまって泣いた。最初の一、二度、叔母を庇《かば》おうと、

「やめてくれんね！」

しがみついたとたんに投げ飛ばされ、力任せに殴られてからは、もう身体がすくんで動けなくなった。今宿の浜に襲いかかるあらしより、家の中のあらしのほうがはるかに

恐ろしい。父親も、村の皆からろくでなしだの甲斐性なしだのと言われていたが、酔って暴れることはなかった。女子どもを殴ることもなかったのだ。

マツとしては、自分だけならまだしも、子どもにまで躊躇《ちゅうちょ》なく拳を振るう男を見るに至って腹が決まったらしい。それから一年たたずに離婚をし、ノエは再び実家へ戻されることとなった。

吹き荒れる暴力のあらしから解放され安堵《あんど》したのは確かだが、家族に対する気持ちは前と同じではなくなっていた。自分の居場所など、この世のどこにもない。いつまたどこへやられるともしれないと思うと、身体からも心からも完全に力が抜けることがない。母や祖母に対する不信感はもとより、貧し過ぎる家そのものへの警戒心にも似た気持ちが消せなくなっていた。

ノエは、家から一里ほど離れた隣村の周船寺《すせんじ》高等小学校に進学した。心の支えは以前にも増して本だけになった。書物の中の人物は、自分を裏切ったりしない。

教師たちの口からは、日露戦争にまつわる恐ろしげな言葉も出ていたが、ノエにとっては遠い話だった。むしろ書物を通して知る世界のほうが身近に感じられ、いま身を置いている小さな村がこの世の全てではないのだと思うたび、慰められると同時に腹の底に滾《たぎ》るものがあった。

いつか、と唱える。――いつか、必ず。

それでも心がもやもやと曇ったり、何ともわからない寂しさを抱えておけなくなったりした時は、海に入って思うさま泳いだ。もともと泳ぎは得意だったものの、毎日学校まで片道小一時間もかけて歩いて通っているせいもあってしぜんと身体が鍛えられたのか、この頃にはもう、女だてらに博多までの遠泳に加わるほど体力が付いていた。

家の木戸を出れば、目の前はすぐに砂浜だ。寒い季節は重苦しい灰色に感じられるが、春から秋口、天気のよい日はなおのこと、今津湾の真っ白な砂浜とどこまでも碧《あお》い海とがまばゆく目を射る。

おとなしい海ではない。湾とは名ばかり、玄界灘の荒波がまともに打ち寄せる。右手に妙見岬《みょうけんみさき》、左手に毘沙門山《びしゃもんやま》、東と西に豊かな松林が延び、見事な枝振りの大樹が並び立つ。緩やかに湾曲した平らかな砂浜のかたちは翼を大きく広げた鳳《おおとり》のようにも見えるため、地の者は〈鳳　渚《おおとりのなぎさ》〉と呼んでいた。

正面には、牛がうずくまったような姿の能古島、その向こうに志賀島《しかのしま》。さらに彼方の水平線はかすみ、空と区別がつかない。入道雲のわき上がるあたりが海の果てかと見当をつけるしかない。

松林の木陰で着物を脱ぐと、ノエは人けのない砂浜を脱兎《だっと》のごとく横切ってそのまま海へ走り込んだ。水の冷たさに心臓がぎゅっと縮まるのさえ我慢すれば、すぐに無限の解放感に包まれる。

海の中にそびえる高い櫓《やぐら》によじ登り、てっぺんから飛び込むのもお気に入りだ。はるか下に海面を見おろすときは腰が引けても、死ぬ気で飛び込んでしまえば最高の気分を味わえる。足を踏み出す間際から海面まで落ちてゆく間の数秒間、脚の間の奥のほうがきわきわと縮こまる感覚がたまらない。そんな時、男子は「金玉の縮むごたぁ！」などと言ってげらげら笑い合うが、何も付いていない女の自分が同じような感覚を覚え、しかも笑うより泣きたい気持ちになるのが不思議だった。

櫓によじ登っては飛び込むのをくり返していると、身体の中にわだかまっていた嫌なものがだんだんと洗い流され、気持ちがすっきりと透明に磨かれてゆく。いよいよそれに飽きてしまうと、ノエは抜き手を切って沖へ沖へと泳ぎ出た。

水面に顔を出し、立ち泳ぎをしながら伸びあがるようにして浜のほうを眺める。海辺に建つ家々は小さくかすんでほとんど見えず、わずかに松林の梢《こずえ》の緑が、盛り上がる波の向こうで揺れるばかりだ。

いまの自分は誰からも見えない。何ものにも縛られていない。この肌を水や陽射しから隔てるものとてない。仰向《あおむ》けに浮かび、手足を投げ出して、初めて全身の力を抜くと、思わず安堵のため息が漏れる。

ゆったりと大きくうねる波に背中から持ち上げられては、また下ろされる。そうして揺さぶられながら、蒼《あお》が澄みわたりすぎて黒く見えるほどの空を見上げ、最近ほんのりふくらみ始めた胸や、無防備な首筋や腋《わき》などを水の触手が優しく撫《な》でまわすに任せていると、心臓ではない、けれど心臓と同じくらい熱く脈打つ箇所が脚の間にあって、そこがぎゅっとなるのを感じた。うずうずとして落ち着かない感覚だった。

学校の友だちは、海底にひそむ何ものかに引きずり込まれそうで怖い、と言う。男子でさえそうだ。だから独りでは泳がない、と。

ノエは、そんなものを怖《おそ》れた例《ため》しはなかった。むしろ自分の身体の底にひそむ未知の生きもののほうがずっと怖ろしく感じられ、同時に、その先を知りたくてならなかった。やがて岸に戻り、水から上がると、裸で材木の上に寝転んで陽にあたる。あるいは枝ぶりのちょうどよい松の木によじ登り、太い枝の上に鳥のようにとまって髪が乾くまで待った。家では「おなごの泳ぐんはいかん」ときつく言われていたためだ。

冷えてこわばっていた身体が、熱い砂の上を渡ってきた風にゆっくりと温められ、だんだんとほどけてゆく。裸の尻に、堅い松の樹皮が食い込んで跡がつくのも小気味よかった。


ずっと抱いていた警戒心は、的はずれではなかったらしい。高等小学校の三年生を終えた春、ノエはまたしても里子に出されることとなった。

今度は、亀吉の末の妹である叔母キチの嫁ぎ先だ。キチは、長崎の実業家・代準介の後妻として縁づいていた。亀吉とは幼馴染みの代が、病死した先妻の喪が明けるとともに娶《めと》ったのだ。

二年たってもキチには子が生まれず、先妻の遺した千代子《ちよこ》を立派に育てながら家を守っていたが、実家の困窮を気に病むあまり、とうとう自分から夫の代にノエの扶養を願い出たものらしい。代もまた、溺愛する一人娘を寂しくさせておくに忍びず、二歳下のノエを引き取ることに同意したのだった。

「いやたい。うちは、もうどっこも行かん。いやたい」

いくら言ったところで現実は変わらない。それを知りつつ抵抗するノエを、祖母のサトは自分の前に座らせ、とっくりと言い聞かせた。

「こげな良か話はなかとよ。あん家は銭持ちやけん、食べるもんに苦労はせん。あんたんごと気のきつかおなごは、いっそんこつ良う知らん人から厳しゅう教育ばされるとがよか」

代準介は当時、日露戦争下の好景気の波に乗り、三菱造船所に材木を納入する一方で鉄くずを関西で売りさばく事業に成功し、莫大《ばくだい》な利益を得ていた。さらにまた、遊園地の設計を頼まれれば引き受け、游泳《ゆうえい》協会の役員を務めるかと思えば飛行機観覧の計画に加わるなど、多方面で才を発揮するほか、政治にも明るかった。

自らも教育に理解のあったサトとしては、孫のためにまたとない申し出と思われたし、ノエにも何度もそう言って聞かせた。今宿の田舎に比べて長崎は大都会のはずだ。好きな本も、代家ならば飽きるほど読めるだろうと。

そこまで言われても、ノエの心中は晴れなかった。大川町のマツのもとでの記憶が蘇《よみがえ》る。もうあんな思いはいやだ。今度の行き先がいくら裕福で、子どもの頃から親しんだ叔母がいようと、所詮は他家だ。とても手放しで喜ぶ気持ちになれない。

（こん先、どげんことがあっても、うちは、自分の子どもば人にやるようなことはせん。どげん苦しゅうても、それだけはせん）

自分が口減らしの対象でしかなく、おまけに意思など無視してたらい回しにされていることが屈辱でならなかった。たまたま生まれ落ちた家によって、人の運命はこれほどまでに変わる。この世は、そもそものはじめから不平等にできているのだ。自分に可愛げがないのも、負けん気が強すぎるのも知っている。年よりませた性格が、大人に憎まれがちなのもわかっている。だがそれも、

（しょんなかろうが）

意に反して大川町へ養女に出され、また勝手に戻された時、悟ったのだ。大人の言うことに信をおき服従するなど馬鹿のすることだと。彼らに気に入られるよう、自らを曲げてまでへつらうのはまっぴらだった。


明治四十一年、数えで十四歳の春に、ノエは代準介の家から長崎市内の西山女児高等小学校へ通うようになった。

幸い、授業に付いていけないといったことはなかった。学校の気風や生徒たちの表情が、何やらあっけらかんと明るく、今宿とはまったく違っているのが新鮮だった。

それ以上に驚いたのが、代家の暮らしぶりだ。想像など軽く超えていた。いわゆる金持ちの生活というものを、ノエはせいぜい子ども向けの物語の中でしか知らなかったの

だ。

血の繋《つな》がらない従姉《いとこ》となった千代子は二つ年上で、学年は一年違いだった。穏やかで優しい気性の少女は、生まれ落ちた瞬間から使用人たちに傅《かしず》かれてちやほやと育てられ、自分の境遇がどれほど恵まれているかについてなど一度として考えたことがないように見えた。

「おいのもんやったら、なぁーんでん貸してやるけんね。本でん、教科書でん、なぁーんでん」

一言一言に蝶々がとまりそうなほどおっとりと言われ、ノエは苛立った。

(のんびりしとったらよか。今に勉強で追い抜いちゃる)

何でも貸してくれると本人が言うのだから、遠慮なく借りた。部屋にあった本は片端から読み、櫛を使って髪型をまねた。所作や話し方もまねようと試みたが、それだけは気性に合わなかった。

一方、叔母キチは、今宿の実家に帰省してくる時とは違った厳しさでノエに接した。

「どんだけ甘やかされて来よったん」

家事や裁縫などの躾《しつけ》がなっていないと見るや、女の務めと称して無理やりにさせられた。やりたくないと言っても聞いてくれず、おまけに、なさぬ仲の娘のことは〈お千代さん〉と呼ぶくせに、ノエのことは呼び捨てにする。これまでもそう呼ばれてきたにせよ、差をつけられると面白くない。

並んで縫いものをしている千代子の手つきは、相変わらずおっとりとして優しい。糸の目も揃《そろ》って美しく、キチはそれを、

「ほれ、見てんね」

と、いちいちノエに見せようとする。

負けるものかと思うのに、どう頑張っても運針の跡が曲がり、針先は言うことを聞かず、布を貫いて指ばかり突き刺す。ええい、もうやめだ、おなごの務めが何だというのだ。こんなことはやりたい人間がやればいいのであって、書物を読み、勉学にいそしむほうがはるかに世の中の役に立つだろうに。

「ああ、もう。すぐにふくれて泣くんはやめり」

キチに叱られるとますます腹が煮え、ノエは声をたてずに泣いた。ぼろぼろとこぼれる涙を叔母があきれたように見ているのが業腹でまた泣けた。

悔しい。やるせない。今宿では誰よりも祖母が力量を認めてくれて、時に厳しくはあっても可愛がってくれた。亀吉が出奔してからは特に、祖母が一家の家長であったから、いま思えばあの家におけるノエの地位はかなり高かったのだ。それが、ここでは違う。千代子は〈お千代さん〉で、自分はただのノエだ。使用人と変わらない。くそう。こんちきしょう。

自分がかわいそうでならなかった。こんな思いをさせられるほど、何か悪いことでもしただろうか。夜は布団の中で声を殺して泣き、どれだけまぶたを腫らしたか知れない。

それでもなお――ノエにとって、浴びるように活字に親しむことのできる生活は、すべてを引き換えにしても余りある魅力を持っていた。ある意味、祖母の言う通りだった。長崎はおよそ想像し得なかったほどの大都会で、千代子とともに連れられて街に出れば、こうこうと明かりの灯る書店の棚にはおびただしい数の本が並んでいる。『女学世界』や『女子文壇』といった少女雑誌に、読者の投稿を促す文句が躍っているのを目にして、ノエは胸を高鳴らせた。信じられない。作家でもないのに、書いた文章が活字になるというのか。想像するだけで武者震いがして肌が粟立《あわだ》つ。雑誌の頁《ページ》が、異世界につながる魔法の扉のように思われた。

書店ばかりではない。そもそも代家の書斎にも、膨大な書籍が置かれていた。天涯孤独となった十三の頃から、代自身が貸本屋をしていたためらしい。自分と同じ年頃にはもうそんな商売を始め、二十歳で村の収入役まで務めていたと知ると、ノエの叔父を見る目は変わった。

ふだんの代は、九州と四国を忙しく飛び回っていてめったと家にいないが、たまに帰ってくれれば、交流のある文化人や言論人、実業家や軍人といった人々が出入りし、家の居間は社交界のサロンのようになる。世間話の延長のように天下国家が語られ、世界情勢が話し合われ、そうかと思えば茶の湯や室町文化、造船や海運についてと、話題が縦横無尽に広がってゆく。目つきの険しい論客もいれば、どうやって食べているのかわからない高等遊民もいる。今宿にいたなら一生かけても出会わない人々、耳にすることのない話題ばかりだ。

ノエは彼らの一挙手一投足を、その黒い瞳を強く光らせて見つめていた。用もないのに居間の戸口でぐずぐずしたり、そんな時ばかり率先して茶を運ぶなどする姪《めい》を、代準介はとくだん邪魔にもせず、好きにさせておいてくれた。

語られている一部分を聞くだけでは意味がわからなくとも、いやそれだからこそ、好奇心はいやが上にも刺激される。知らない言葉は辞書を引いて調べるか、それでもわからなければ叔父に訊く。そのようにして田舎出の少女は、日本と世界とそれぞれの国に暮らす人々とに照準を定めて思考をめぐらす術《すべ》を覚え、世の中のことをもっと知りたいと願うようになっていった。

妥協、ということについて、ノエは生まれて初めて考えた。

手の届くところにすぐ活字があるこの境遇を、みすみす手放したくはない。そのためには生活にまつわる反発や嫉妬などといった感情はとりあえず呑《の》みこんでおくのが得策かもしれない。何が何でも手に入れたいものが目の前にある以上、それと天秤にかけて、我慢できることは我慢をし、差し出せるものは差し出すということ。叔父がしている商売とどこも変わらない。

へつらうのとは違う、これは取引だ。

半年あまりたった頃、代一家は突然、長崎から東京の根岸へ引っ越すことになった。

事業成功の波に乗り、三菱造船所の仕事は支配人に任せて、首府東京に新しくセルロイド加工の会社を興すことになったのだ。

キチにさえ何の相談もなかった。知らされた時にはすでに上京の段取りや借りる家まで決まっており、娘の千代子は上野高等女学校に入れる、ノエは今宿に戻す、と言い渡されただけだった。

「もう、こりごりたい。大人なんか、いつでん自分の都合ばっかりやなかと」

今宿に帰されるなり、ノエは吐き捨てるように言った。

その頃にはどこからともなく家に戻ってきていた父の亀吉が、

「ほんなこつ、すまんかった」と頭を下げる。「俺に甲斐性がなかばっかりに、お前に苦労ばかけて」

何も言えなくなった。いや、言うのをやめた。あれが辛《つら》かった、これが悔しかった、と一つひとつ話せば話すほど、腹の中で黒々と煮詰まっている怒りがいいかげんに薄まってしまうのがいやだ。いっそこの黒い塊を、石炭を備蓄するように溜めておいて、いつか思いきり燃やしてやる。正しく仕返しをしてやるのだ。

かつて通った周船寺高等小学校に、最高学年である四年生への転入というかたちでもう一度入り直したのは十一月という半端な時期だった。転校に次ぐ転校のつど、周囲に馴染むだけでも一苦労だったが、こうして生まれ育った土地から通う学校生活はそれなりに心安いものではあった。

授業中、ノエは机の陰に本を隠し、袴《はかま》の上にそろりと広げて読みふけった。国語も修身も、歴史も地理も、皆の理解に進度を合わせた授業などだるくてとても付き合っていられない。同級生たちがあまりにも無邪気で人を疑わない子どもであるのを、ノエは苛立ちながらもどこか微笑ましく眺めていた。

別の本を読んでいても、教師に指されれば立ちあがってすらすらと答えてみせる。答えに詰まるのを期待していた教師が、一瞬悔しそうな顔をするのが面白い。

「いったい何ば読んどったとか」

腹立ちまぎれに訊かれ、ノエは堂々と表紙を披露した。木下尚江《なおえ》の『良人《りようじん》の自白』。『毎日新聞』に連載されて評判の高かった男女の愛憎小説だ。主人公の弁護士・白井俊三は、相思相愛の女性と引き裂かれて意に染まぬ結婚をするのだが、やがてその苦悩から身を持ち崩し、複数の女性たちと関わってゆく。

「そげなもん、子どもの読むもんやなかと」

いきり立つ教師に、ノエは言い返した。

「もう子どもやなかですもん。この前、先生の言いよんしゃったやろ？『十四にもなったら、おなごも立派な大人たい。いいかげんお前もおなごらしゅうせんばいかん』って。そっちん都合で言うことば変えんといて下さいね」

級友たちが笑いだし、やんやの喝采をする。

ノエは静かに腰を下ろし、本を机の中にしまうと、まっすぐに黒板を見た。そうすれば、教師がそれ以上は叱れないことをよくわかっていた。

　長崎で通っていた学校の教師たちはもっとゆるやかだったように思う。生徒に過度な干渉をせず、よほど本分を踏みはずさない限りは好きにさせてくれていた。そんな気風の中にほんの半年ばかりでも身を置いたノエには、ただ細かいばかりの田舎の学校の規則が無意味としか思われなかった。用があれば校長室や職員室にもずかずかと出入りをし、思ったことを臆さずそのまま口にする。その快活さや勝気さを面白がり、可愛がってくれる教師も多かった。

　が、逆の感想を抱く者もいた。

「おなごんくせに、慎みんなかね」

　佐々木という図画の女性教師は、ノエを、控えめに言っても目の敵にしていた。ふだんから学校の規則をやかましく言う人で、遅刻や居眠りなどだらしないことには非常に厳しく、生徒が何か忘れ物をすると針一本に至るまで氏名とともに監督日記に書き留めて罰を与える。むろん、ノエは何度も標的にされた。

　きちんとしなくてはいけないという認識はノエにもあるのだ。ただ、一度にたくさんのことに注意を向けるのがとても苦手なのだった。一つのことに集中するのは得意なのに、そうすると他のことが何も見えなくなり、忘れてはいけないことを忘れてしまう。遅刻も落とし物も忘れ物もめずらしいことではなく、そのつど佐々木先生に呼び出され罰を与えられても、結局のところ何の効き目もないのだった。

叱られてくさくさする時など、ノエは学校の帰りに足をのばし、半里ばかり離れた波《は》多《た》江《え》というところへ遊びに寄るようになった。かつて今の学校に通っていたころ担任だった長谷川という男性教師が、今では波多江の小学校長になっており、週に一度か二度はそこを訪ねて、テニスをしたりオルガンを弾いたりするのがノエにとっていちばんの気晴らしだった。

周船寺の学校ではテニスの道具もオルガンも教師たちしか手を触れることが許されていないが、波多江では自由に遊ぶことができる。帰りが多少遅くなっても家族が心配するようなことはない。同じ学校に、近所に住む川村先生という年輩の女性教師がいて、必ずノエを送って一緒に帰ってきてくれたからだ。

長谷川先生も川村先生も、ノエを認め、可愛がってくれていた。学校を離れたところで自由に議論を戦わせ、様々なことを教えてもらったり、見えなかったものに目を向けるよう導いてもらったりするのは胸躍る経験だった。勉学とはまた違う刺激がそこにはあった。

刺激は、正直なところ、学びだけではない。夜、布団の中で目をつぶると、ノエはまぶたの裏に長谷川先生の顔を思い浮かべた。

(先生はちぃーと、『良人の自白』の白井俊三に似とらっしゃる気がする)

主人公の若き弁護士が女性たちにしたであろうことと重ねて想像すると、小さな疼《うず》きとおののきが身体の中で暴れた。かつて独りぼっちで沖に出て波間に浮かんでいた時の、あの何とも言えないうずうずとした感覚が思い出された。

比較的温暖な土地柄とはいえ、福岡県の冬は北風がきつく、容赦なく体温を奪ってゆく。

それだけに、年が明けて月が変わり、いよいよ二月も終わりに近づけば、陽射しに春が感じられて心境まで明るく転じる。台風がひっきりなしに通ってゆくこともない、一年で最も平穏な季節かもしれない。

その日、ノエはいつものように、学校帰りに波多江へ足をのばしてテニスに興じていた。この学校に出入りするようになってから知り合った教師たちも、ノエの独立心とはねっ返りぶりを面白がり、時には遊びに加わることもあった。

晴れていたはずの空模様が怪しくなったのは陽が傾きかけた時分のことだ。弾む球がやけに風に流されると思っていると、みるみる雲が暗く垂れ込め、大粒の雨が落ちてきて、慌てて屋内に駆け込むやいなや季節はずれの大あらしになった。二間《にけん》先も見えない横殴りの雨と、まっすぐに歩けないほどの風が、やむかやむかと思って待っているのにまるでやまない。あたりはとっぷりと暗くなってくる。

「こりゃ、あきらめるしかなかねえ……」

家に報せる方法はないが、何しろこの天気だ。誰と一緒であるかも知っているのだから、無用な心配はするまい。

学校の宿直室に泊まるという長谷川先生とは別に、ノエと川村先生とは、近くの家で厄介になることにした。旅館のような大きな家で、布団はこざっぱりと気持ちが良かった。

翌日、直接学校へ向かうと、いちばんに佐々木先生のところへ断りに行った。

「先生、昨夜は他へ泊まりましたけん、図画の用意をしてくることができませんでした」

佐々木先生は、何やら意地の悪い笑顔を向けてきた。

「ごまかしたって、だまされませんよ。本当は忘れてきたとでしょう」

「いいえ、本当に泊まったとです」

「そんならなぜ昨日、前もって用意をしておかなかったの」

「昨日は泊まるつもりじゃなかったけん」

あの激しいあらしのせいで、仕方なく波多江に泊まったのだと告げると、佐々木先生の形相が変わった。

「波多江っち、また長谷川先生のところへ行ったとね。あの先生と一緒に泊まったん？」

「違います、長谷川先生は学校に泊まんしゃって、うちは川村先生と」

無言で眉をつり上げた佐々木先生は、おそろしく冷たい一瞥《いちべつ》をノエに浴びせると背を向けた。

ちゃんと正直に報告をしたのに、なんと無礼な態度だろう。教師であれば生徒に何を言ってもいいのか。

激しい憤りを覚えたものの、図画の道具がない事情についてはきちんと断ったというだけで安心したノエは、それきりそのことをけろりと忘れていた。まさか放課後になって、校長にまで叱責されることになろうとは予想もしていなかった。

「校長先生の御前《ごぜん》にいらっしゃい」

青い顔をした担任の女教師にそう促され、ノエは、そうした。いったい何を言われるのかと思うと身体じゅうの血が反抗に沸き立ち、怒りにわくわくした。

「あなたの泊まったのは、お料理旅館だそうですね」

口髭をたくわえた校長は、ノエを仁王立ちで見おろした。

「そうでしたか。うちは川村先生と一緒に泊まっただけですけん、そえんことといっちょん知りません」

とたんに怒鳴りつけられた。

「何ですか、その口のきき方は！」

血の気が引き、指の先まで冷たくなる。悪いことなど何もしていないのに、とノエは思った。昨日から今日までの行いをどれだけ細かくさらってみても、過ちの欠片《かけら》さえ見つけられない。あらしが来て、帰れなくなったから仕方なく女の先生と一緒に近くの家に泊めてもらった。朝、学校へ来て、何一つ包み隠さずありのままを話した。それなの

に、

「あなたは大人を敬うということを知らんとですか」校長はねちねちと文句を並べた。

「両親の許しも受けずによそへ泊まるなど、大変悪いことです。第一、そげな遠いところに学校の帰りに遊びに行くというのが間違いでしょう」

「ばってん先生、いつでも行くとです。そしていつでも川村先生と一緒に帰るとです。家の者は知っちょりますし、何も心配なんか、」

「黙りんしゃい。あなたはまったく慎みを知らない。私がまだ話しているうちから口答えをするとはどういう考えですか。いくら学科ができようと何だろうと、慎みのない女は、人に物を言う資格はありません。女はもっと女らしくするものです。心がけのいい人なら、あんなところに遊びに出かけるはずもなかろうし、そうすればこげな間違いは起こらんかった。そもそも、家の手伝いもせんで遊んでばかりいる性根もよくない。どんだけ悪いことをしたか、あなたにはまだわかっとらんとですか！　謝りんしゃい！」

気弱な担任がすすり泣きを始める横で、ノエは袴の足を開いて立ち、校長を睨み上げた。全身がどくんどくんと脈打ち、決して泣くものかと思うと目尻が切れて血がしぶきそうだ。

「……謝りません！」

とうとう、ノエは叫んだ。

「何ですと？」

「何がいかんかったとですか！　うちは、悪いこつばしとらん！　ひとつもしとらんも
ん！」

叫んで、身を翻した。

廊下を駆け抜け、教室に飛び込む。今になって涙が鉄砲水のように噴きだして止まらない。自分の机から荷物をすべてさらえて包み、そのまま後ろもふり返らずに家までの一里を歩いて帰る。昨夜のあらしでぐちゃぐちゃにぬかるんだ道は、低い下駄ではまともに歩けず、袴の裾が泥で汚れ、何度も転びそうになった。

帰り着いてみれば、誰も昨夜のことなど心配していなかった。むしろ、今日の帰りの遅いことに気を揉んでいた。あのあらしでは昨夜はとうてい帰れまいと、誰もが思うだろう。それが普通だし、それだけのことだったはずだ。いったい何が悪かったと言うのか。何を謝れと。

ノエは、明るいランプの下にいる父親の前に立ち、汚れた袴も脱がずに、教師たちの理不尽な態度や叱責についてあらいざらいぶちまけた。

「あげな学校、明日から行かん！」

震える声で宣言するノエをじっと見て、父親は、返事らしいことは何も言わなかった。

後になって、担任が家まで謝りに来た。それもあり、卒業までもうさほど残されていないこともあって結局数日後にはまた通うことになったのだったが、学校は、もはやノ

エにとって少しも眩しい場所ではなくなっていた。

波多江からは長谷川先生がわざわざ出向き、学校に事情をきちんと話してくれた。にもかかわらず、校長も、また図画の佐々木先生も、ノエにはいっさい謝ることがなかった。それどころか佐々木先生はそのとき、長谷川先生に愛想笑いを向けながらこう宣《のたま》ったそうだ。

「私はノエさんを信じとりましたが、担任の先生がねえ。あなたとノエさんの仲を勘ぐりりんしゃって、二人で泊まったたち言いふらしよったとです。私はもうやめときんしゃいと言うたとに、校長先生んとこまで話ば持ち込んで、勝手におおごとにして。かわいそうに」

後でそれを聞かされたノエは、あいた口が塞がらなかった。それほどまでに悪意のある粘着質の嘘《うそ》が、この世にあるということが信じられなかった。

大人は、汚い。自分を守るばかりか、わざわざ他人を貶《おとし》めるためにも嘘をつく。女はこうあるべき、子どもはこうあるべき、そうやって自分たちの理屈で決めつけては弱い者を力で従わせようとする。教師の権力をかさに着て、生徒に怒鳴ったり、刃向かうとおどしたり、そのくせ都合が悪くなると責任を押しつけて逃げようとするのだ。

この悔しさは忘れない、とノエは思った。絶対にあいつらを許さない。

腹に溜めておく石炭がまた増えた。

八年間に幾度となく転校を重ね、二度までも他家で暮らす苦労を強《し》いられる中で、心からの友などできようはずもない。信頼できる教師も周船寺にはいなかった。

その年の三月、卒業写真の撮影の日――直立不動で写真機を見つめる生徒たちの中に交じって、ノエはただ独り、横を向いて突っ立っていた。

こんなところにとどまりたくない。もっと勉強がしたい。視野を広げ、世界のなりたちや仕組みについて学び、すぐれた文章を書いて人の心を動かしてみたい。向学心なら、誰にも負けない自信があるし、成績だって立派なもののはずだ。

それなのに、どうして自分は女学校へ進むことができないのか。たいした成績もおさめなかったぼんくらたちが、呑気に進学しているというのに。

――なしてなん。

その理由は、もちろんノエにもはっきりとわかっていた。貧しいからだ。娘にこれ以上の教育を受けさせるだけの金が、伊藤の家には財布を逆さに振ってもないからだ。どう足掻《あが》いたところで、これぱかりは変えようがない。

高等小学校を出たノエはいったん熊本の通信伝習生養成所に入り、ここを卒業したのち、家の近くの谷郵便局の事務員として働き始めた。ほんのいくばくかでも家計を助けるための苦しい選択だった。

毎日、育った家からすぐの建物まで、海風に吹きさらされながら歩いて通う。悔しくてたまらなかった。ああ、いやだ。このまま一生を終わるなんてまっぴらだ。今宿の海を左に見たり右に見たりしながら一生を使い果たすなんて耐えられない。

休みの日、ノエはよく、三池にいる叔母モトの家を訪ねた。モトにはキミという娘がおり、従妹の彼女と並んで裏山の八幡神社の草むらに寝転んでは将来の夢を語り合った。

「『女学世界』にまた、うちの歌が載ったとよ」

ノエが言うと、キミは目を輝かせた。

「ノンちゃんは将来、女流作家にでもなると？」

そうなったならどんなにいいだろう。祈るように思いながら、胃が真っ黒に焼けつくほどの焦燥があった。

もう一度都会へ出たい。代の家にいた頃のように様々な本を読んで、知見を広げたい。今宿にいてはどうしてもそれがかなわない。なんとつまらない人生だろう。

そんな折だった。東京で事業をしていた叔父夫婦と娘の千代子が、夏休みに今宿へ遊びにやってきた。相変わらずおっとりとした千代子は、鶯谷にある上野高等女学校の三年生になっていた。

同じように尋常小学校と高等小学校の八年間を修了したというのに、この差はどうだ。片や、全部合わせても六、七十戸しかない寂れた村の郵便局員。それに比べて千代子はといえば、人口二百万を超える大都会の東京市で、のほほんと女学校に通っている。それほど勉強が好きそうにも見えないのに、猫に小判とはこのことではないか。

いくら嫉妬してみたところで、やはり金銭的な事情ばかりはいかんともしがたい。憧れと絶望とが激しく胸に荒れくるう夏だった。

悔しか。

ああ、こんちきしょう、歯痒《はがい》か。

絶対、このままで終わらん。絶対に……！

やがて健康そうに日に灼けて帰ってゆく叔父一家を見送るノエの裡には、鋭い光を放つ確かな野心が生まれていた。

第二章　突破口

　夏の終わりの風が吹いている。東京は根岸の朝だ。

　開け放った窓辺にカーテンが揺れる。書斎のソファに座った代準介が、インクの匂いも真新しい新聞にあらかた目を通し終える頃、妻のキチが冷たい麦茶を運んできた。

「ここへ置いてよかですか」

「ああ、うん」

　そちらを見ずに言うと、キチは、畳に据えられた応接テーブルの上にコトリと盆ごと置き、ため息まじりに言った。

「また送ってきよたとですよ」

　目を上げる。夏らしい竹細工の盆の上に、麦茶のグラスと並んで一通の封書が置かれていた。ずいぶんと分厚い。ほんの数日前に届いたものよりもさらに分厚い。

「これで、もう四通目やっとか」

　家にいる時ばかりは、夫婦ともにおのずと郷里の言葉が出る。

「いいえ」キチは首を横にふって答えた。「五通目ですたい」

代は新聞を畳み、封書を手に取った。持ち重りがした。

東京市下谷《したや》区下根岸八一番地
代　準介　様

水茎の跡も鮮やかな文字は、一字一字がしっかりとした構えで、封筒からはみ出しそうなほど大きい。裏を返すと、これまた大きく〈伊藤ノエ〉と署名がある。

「いくら郵便局勤めやからというて、こげんも気安く手紙ば送ってこらしてても困りますばいねえ。中身もどうせ、こん前やそん前となんぼも変わらんとでしょう」

妻には答えず、黙って封を開けながら、代は郷里の今宿村に暮らす姪を思った。この夏、ひとり娘の千代子を連れて帰省した際に会ったのがほぼ一年ぶりの再会だったが、あれからまだひと月とたたぬのに、こうして三日にあげず手紙が送られてくる。

長崎の家で預かっていた頃のノエは、言っては何だが野育ちのけもののようだった。きつい眼をしていた。きついだけでなく奥底から燃えさかるような力を秘めた眼が、まだ幼さの残る顔と体つきの上にあって、そのちぐはぐな印象が本人のあずかり知らないところで妙な色気を醸し出していた。

しかし、この夏に再会したノエにはもっと驚かされた。二歳年上の千代子のほうが妹のように見えるほどなのだ。日に灼けた浅黒い肌、彫りの深いいわゆる〈万屋顔〉はそのままだが、みすぼらしい着物の上からでも体つきがぐんとまろやかになったのが見て取れて、ふとした拍子にうなじのあたりから荒削りな、しかしはっきりとした色香が立ちのぼることがあった。たったの一年ほどでこうも変わるものかと思った。

食うにも困るほど貧しい家に育ち、里子に出されてはまた戻され、高等小学校こそ優秀な成績で出たものの先へは進めず、今は家からすぐの郵便局に勤めてわずかな給料を得ている——そこへ、かつて机を並べて勉強した従姉の千代子がきれいなべべ着てやってきたわけだ。ノエにしてみれば、屈辱以外の何ものでもなかったろう。

今の境遇に彼女が満足していないことは、炯々《けいけい》と光を放つ双眸からも明らかだった。千代子から華やかな東京の生活について聞かされる間も、顔で笑いながら心は開いていない。呑気でおぼこな従姉の横顔に、時折、焦げつきそうな嫉妬の一瞥を投げる。羨みながらも自分を下には置きたくないのか、そのまなざしはむしろ千代子を見下げていた。金持ちの家に生まれた幸運をわかっていない愚かな女への、嘲笑と憐れみとに満ちていた。

我が娘を侮《あなど》るノエの視線を、代はしかし面白く思った。いつのまにやら佇《たたず》まいや仕草の端々に女が匂うようになって、それでいて物騒な目もとだけは変わらず、今なお気性の荒い野生動物のようなのだ。しかもその目は、理知の光までも宿しつつある。

三つに折り畳まれた便箋をひろげ、目を走らせた。癖はあるが良い字を書く、とまた思った。

――私は、叔父上と叔母上に受けたご恩を片時も忘れたことがありません。お二人を実の父、実の母とも思っております。千代子姉もまた実の姉と思い、心より慕っております。

挑むようにまっすぐこちらへ向けられるノエのまなざしを思い起こし、代は苦笑した。似合わぬことを書いてよこすのは、魂胆があるからだ。

――私はもっと自分の力を試してみたいのです。もっともっと勉強をして、叔父上のように広い世界が見てみたいのです。できれば学問で身を立てたいと思っています。一生を今宿の田舎で終わるかもしれませんが、その前にせめて東京をしっかりこの目で見、沢山の人から話を聞きたいと思っています。そのためでしたらどのような努力もいたします。

「どうせ、前とおんなじことをくり返しちょるだけでしょう？」

妻の言葉に顔を上げる。麦茶をのせた盆を置いてそのまま畳に正座をしていたキチは、どこか疲れた面持ちで言った。

「なんやろう、あん子は、ひとんことばーっかり当てにしよって。ちょっとやそっと勉強ができたところで、誰もが進みたい道へ進めるわけやなかとにねえ」

血の繋がった姪だけに、キチの評価は厳しい。代の見る限り、いささか厳しすぎるほどだ。前回はキチ自らが実家の窮状を見かね、口減らしのためにノヱを引き取ってもらえないかと代に頼んだのだったが、身内がこれ以上の迷惑をかけることを気に病んでいるのだろう、このところ次から次へと送られてくる手紙にはまったくいい顔をしない。

便箋に目を戻す。

――今宿で私がこうしております間にも、千代子姉はどんどんと勉強をし、見聞を深めていることでしょう。それを思うにつけ、いても立ってもいられなくなります。

どうして人は、生まれ落ちた境遇によってこのように差がついてしまうのでしょうか。私が何か悪いことをしたのでしたら、耐えがたい苦しみにも耐えなければなりませんが、私は何一つとして人に責められるようなことなどしていないのです。それなのにどうして、こんなに辛い思いを我慢しなくてはいけないのでしょうか。

もっと勉強をしたい。そのためのお金と時間がもし私に与えられたなら、誰より良い成績を収め、結果を残す自信だってありますのに、私には端《はな》からそれが許されていません。

世の中が不公平にできていることは知っています。そんな世の中はいつか変えてゆかなくてはなりませんけれども、今の私にはまだ何の力もありません。ですから、叔父上、叔母上にお願いするより他ないのです。

一人前になったら必ず孝行をさせて頂きます。どうぞ私を学校へやって下さい。ご恩は必ずやお返しいたします。命に替えてもお約束しますから、どうか後生です。後生ですから学校へやって下さい。


これまでの手紙よりもなお一層、熱と力のこもった文章だった。哀願と呼ぶのがふさわしいほど口調は悲壮であるのに、不思議と卑屈さが感じられないのはやはり、文面の向こうにあの強靭《きょうじん》なまなざしを思い浮かべるからかもしれない。

「まっこと、すまんことです」

と、キチが手をついて頭を下げる。

「いや、お前が謝ることではなかと」代は言った。「なかなか面白かよ。おなごのわりに、見所のある子ばい」

しかしキチは、きっぱりと首を横に振った。

「あん子は、ええかげんに自分の分際っちゅうもんをわきまえんといかんとですよ。お千代さんと並んで勉強さしてもろうたんが忘れられんとやろうけど、自分までえろうなったような気でおったら大きな間違いたい。もう、子どもやなかとです。勘違いも思い上がりもたいがいにせんと」

立秋をとうに過ぎ、もうじき処暑を迎えるというのに、夕刻の陽射しはいまだ強く、庭木の葉も下草もしおたれている。

使用人が水やりを怠けているわけではない。陽がもう少し翳《かげ》るのを待たねば、せっかく撒《ま》いた水が熱せられ、かえって根が傷んで枯れてしまう。たとえ庭木一本でも、太く大きく育てるにはそれなりの心配りが要る。

縁先にあぐらをかいていた代の耳もとに、金属音に似た羽音をたてて蚊が寄ってくる。手にした団扇《うちわ》で払いのけながら、さて、どうしたものか、と思う。庭木ではない。ノエのことだ。

今朝ほど、また手紙が届いた。書いてあることの趣旨は同じだが、七通目にして、前よりもさらに分厚い代物だった。

その熱意には確かに、動かされるものがある。できれば協力もしてやりたいと思う。今もこの家には、会社の職人以外にも苦学生を受け容《い》れており、代はできる限りのことをして彼らを学校に通わせてやっていた。自分自身が若い頃、もっと勉強したかったところを断念しただけに、学ぶ意欲のある学生にはつい肩入れしたくなる。同じように考えてのことか、今の時代、若者の育英に力を注ぐ実業家は少なくない。

だが、あくまでも男の場合だ。女の身で、しかも今宿の田舎にいるのであれば、高等小学校を卒業しただけで上等ではないか。とはいえノエは、その今宿をこそ飛び出し、東京に来たがっている。あれだけの向学心と野心を備えた若者は男でもめずらしい。代は、人を見る目には自信があった。まっすぐ伸ばしてやればノエはきっとひとかどの人物になるだろう。惜しい。女でさえなかったなら、手を貸すことを迷いはしなかったのに。

塀のそばの日陰を、赤毛の犬が横切ってゆく。代がチチチと呼び、手招きをすると、馴染みの犬は相好《そうごう》を崩してそばへ寄ってきた。

長崎で営んでいた三菱造船所の仕事を支配人に任せ、東京でセルロイド加工の会社を興すべく根岸に越してきた当初から、この犬は、一家が夕餉《ゆうげ》を囲む時間になるといつもふらりと現れた。キチは毛が飛ぶなどと言って嫌がったが、犬好きの代が呼ぶと最初から人なつこく尾を振ってほとほとと寄ってきた。

立派な革の首輪をしていたので、

〈この犬はどちらの犬ですか〉

紙片に書いて結びつけたところ、一旦姿を消した後に、新たな紙片をつけて現れた。

〈村上の犬です。御贔屓《ごひいき》に願います〉

家主に訊くと、隣の家に住む村上浪六《なみろく》のことだと言う。あの時は驚いた。数々の任《にん》俠《きょう》歴史ものを書いて人気を博している小説家が、すぐ隣に住んでいるというのだ。

後に聞かされた話だが、先方もまた会う前からこちらに興味と好意を持っていたらしい。初めて挨拶を交わした時、村上は、弓なりの太い眉をますます吊り上げ、分厚い唇におかしそうな笑いを浮かべて言った。

「そりゃあそうでしょう。庭先の物置も借りたいからって、わざわざ自分から家主に五円の値上げを申し出たというじゃないですか。向こうが只《ただ》でいいって言っているのに、家賃の値上げを受けぬならこの家を出て行くとか何とか。こりゃたいした変わり者だと面白く思いましてね」

犬を介して意気投合して以来、村上とは急速に打ち解けていった。向こうが三つばかり年上だが、互いに隔たりは感じなかった。しばしば酒を酌み交わし、様々な議論を愉しむ。隣家の書生ら六、七人が村上も交えて相撲に興じているのを知ってからは、こちらの職人たちとともに押しかけ、交流相撲と称して毎日のように取っ組み合うようにもなった。

住む家は選べても、隣は選べない。慣れない東京暮らし、気の置けぬ隣人の存在は何より有り難い。

「よしよし、お前も暑いか」

はっはっと舌を出して喘《あえ》ぐ赤犬に、代は低く話しかけた。

「さあて、どうしたものかなあ」

心の裡がそのまま言葉になる。犬が、首をかしげる。

「いっぺん相談してみるか。お前の御主人に」

犬は、ゆさゆさと尾を振りながら笑った。

藺草《いぐさ》の丸座布団を蹴って立ちあがると、代は書斎へ行き、分厚い手紙を封筒から抜いて懐に入れた。差出人が自分の姪であることが先に知れれば、相手は率直な意見を言いにくくなるだろう。遠慮や気遣いとは無縁のところで、まずは忌憚《きたん》のない感想を聞いてみたい。職業柄、先方は昼でもたいがい在宅しているはずだ。カンカン帽をひょいと頭に載せ、下駄を履き、門をくぐって右隣の家の戸を叩《たた》いた。

と、庭のほうから誰かが応える。女の声だ。灯籠や蹲踞《つくばい》をまわり、飛び石を踏んで覗いてみれば、日陰になった濡れ縁に先客がいた。

男仕立ての絣《かすり》の着物、無造作に放りだした素足には男物の下駄、これまた男のように短く刈った小さな頭をふり向け、

「あら。代さん、いらっしゃい」

自分の家のように言う。

五代藍子《ごだいあいこ》——西郷隆盛や大久保利通と並び称される維新の立役者、五代友厚《ともあつ》の次女だ。朝に夕に、大きな白い犬を二頭連れて散歩しているかと思えば、こうしてしょっちゅう村上や代の家を訪ねてきてはひとしきり世間話など楽しみ、気が済むと帰る。年は、三十を超えたあたりだろうか。気風《きっぷ》のいい女で、親譲りの美形だが、男を相手に無駄な笑いを浮かべているところを見たことがない。

〈わたくしは殿方に興味がないの。この身は一生、亡き父から受け継いだ仕事に捧げるつもりでいますから〉

そう宣言し、言葉どおり独身を貫いている。

二十代の頃から朝鮮に渡って鉱山を探していたという藍子が、このたび帰国し根岸に移り住んだのは、伊藤博文統監から突如として退韓命令を受けたためだった。近年の日本に対する朝鮮の風当たりは、代らが考えていた以上に強くなっているらしい。

「浪六先生は、原稿取りの編集者と話してらっしゃるみたい。どうぞ、こちらへ来てお座んなさいよ」

張りのある声で促され、代は同じ縁側に少し間をあけて腰を下ろした。年下の女に気後れするなど、若い頃をふり返っても覚えのないことだ。

代の後ろからくっついて帰ってきた村上家の犬が、嬉しげに藍子のそばへ寄る。

「うちの犬の匂いがするんでしょう」

荒っぽく耳の後ろを掻《か》いてやる白い指を横目で見ながら、そうだ、ちょうどいい、と代は思った。ノエの手紙を、後でこの人にも見てもらおう。女だてらに男装をし、男も怯《ひる》む炭鉱に足を踏み入れ、しかし男とはまったく異なる思考回路を持った女性。奇人にして女丈夫。そんな彼女なら、自分の迷いにもすっぱりと決着を付けてくれるかもしれない。

編集者を見送った村上がようやくやって来た。代の相談をざっと聞くと、とにかく読んでみようと言って手を差し出した。三つ折りの手紙を広げるなり言った。

「ほう。こりゃあまた、いい字を書くなあ。年は、いくつだって？」

「数えで十五です」

「どういう関係なの？」

「ええ、まあ、知人のところの」

「なるほど、じつにしっかりした文章だな。うちの書生にも、ここまでの文章を書く者がいるかどうか」

「本当ですか」

「嘘は言わないよ。懇願の中にも矜恃《きょうじ》がある。これはなかなか書けるもんじゃない。技術以前の、性根の問題かもしれないな」

「どれ。わたくしにも見せてよ」

と横から藍子が手を出すのへ、村上は読みかけの手紙を渡してやった。

「あらあら、なんとまあ。出だしからもう、一生懸命を通り越して必死の形相じゃないの。代さん、どうして助けてやらないのよ」

答えに詰まる代を見て、村上が言った。

「なんなら、うちで面倒を見てもいいよ」

「は？」

「この子なら、成績だって立派なものなんだろう？　十五やそこらでこんな文章を書いてのける学生ならむしろ大歓迎だ。俺がかわりに面倒を見てやろうじゃないか」

「いや、いやいやいや、それには及びません」代は慌てて言った。「ご相談に上がったのは、はたして本当にその子に見所があるかどうかを判じて頂きたかったからです」

「そうか。だったら決まりだな。あんたが面倒見てやんなさいよ。見所については、俺が太鼓判を押すから」

「わたくしも同感だわ」

と藍子が言う。手紙を元通りに畳んで、代に返してよこす。

「文章については、わたくしにはわからない。浪六先生がいいとおっしゃるなら確かでしょう。ただ、わたくしはね、この子の書く字がとても好き。勇ましくて、雄々しくて、頼みごとをしているのになぜだか居丈高で、世間をちょっと舐めている感じがして……」

それははたして褒め言葉なのかどうかと眉を寄せている代を面白そうに眺めながら、藍子は続けた。

「ほら、よく、字には性格が表れるって言うでしょう？　こういう字を書く人はきっと、一筋縄ではいかない人生を歩むわよ。代さん、見てみたくはないの？　この子の、その先を」

自宅に戻ってからも、藍子の言葉は、まるで銅鑼《どら》の音のように頭蓋《ずがい》の真ん中で響き続けた。

〈見てみたくはないの？　この子の、その先を〉

先を――。

ノエ自身は、行く先にいったい何が待っていると思っているのだろう。文章から滲《にじ》み出す闇雲な希望と野心。これまでの彼女の生い立ちを考えるに、あの揺るぎない自己肯定が何に由来するものかがさっぱりわからない。

代は、同じ年頃だった時分のことを思い起こした。十三歳にして貸本屋を始めたあの当時、胸にあったのはそれこそ、踏み出す足もとさえ見ようとしない蛮勇、それ一つきりだった気がする。どれほど辛酸をなめようと希望は捨てなかった。根拠のない自信に満ち満ちていた。そもそも、自信を持つのに根拠など要るものだろうか。己を恃《たの》む心は、人に与えられて育つものではない。生まれながらにして備わっているか、いないかのどちらかだ。

二年前、四十を迎えた年に、長年の念願を叶《かな》えた。同じ一族の出でありながらこの世の誰よりも崇拝していた玄洋社の総帥《そうすい》・頭山満《とうやまみつる》に面会を請い、薫陶を受けたのだ。

あの時、頭山は五十三歳。西郷隆盛の生き方を追い、「身は質素に、功名を求めず、道理にかなう」を信条に、西郷亡き後は板垣退助を師と仰ぎつつ、心ある者を導いていた。

当人は愛国主義者とか右翼の大物などと言われもするが、己を捨てて人のために尽くす者であれば思想が右でも左でも援助を惜しまない。その姿勢と懐の深さに、代は、会ってのちますます痺《しび》れた。人生の指針とするに足る、大きな巨《おお》きな漢《おとこ》。遠い親戚にあたるゆえ、幼い頃は一族の集まりでしばしば顔を合わせていたが、まずは自身も漢として成功をおさめぬことには合わせる顔がないと思い詰め、いよいよ満を持しての邂逅《かいこう》だったのだ。

代が、今は長崎におり、三菱造船所の御用達として木材の納入などを主な商いとしていることを話すと、頭山は、髭に覆われた口もとをほころばせた。

〈素晴らしい。いや、素晴らしいことだよ。陸に砲台、海に軍艦があろうとも、ほんとうの備えは、代くん。国民の実業の力にこそあると思わんかね〉

言われて、身体が震えた。銭稼ぎと遊興ばかりの生き方を、あれほど恥じたことはなかった。

人生は無常、しかし、やるだけやらずして諦めるのも性に合わぬ。頭山や、その右腕と言われる宮崎滔天《とうてん》らのそばにいて、自分もまた日本のために、日本を良くするために、できる限りの手助けをしたい――代が、妻にも相談せずに東京移住を決めた理由は、じつはそこにあった。

後悔などしていない。むしろ爽快感しかない。この年になってなお、腹の底から衝き上げる熱い思いに動かされ、正しいと信じるもののために行動することはできるのだ。

人の情熱は、杉の大木のようなものだ。天を指して伸びようとする新梢《しんしょう》を、訳知り顔の理屈で抑え込むなど愚の極み。無理やり押さえつければ必ずや年輪にひずみが生じ、木材として使えなくなる。健全に伸びてゆけば国を護《まも》る船にもなれたはずのものが、せいぜい箸か串か爪楊枝《つまようじ》。いや、若木ならすぐに枯れるか醜く曲がってしまうかもしれない。そうなれば、あとはもう伐《き》り倒されるしかなくなる。

心は決まった。

翌朝、枕元に切子ガラスの水差しを運んできたキチに向かって、代は言った。

「ノエを上野高女に通わせちゃろうと思う」

「なんですと？」

キチは気の触れた人間を見るような目つきで代の顔を覗き込んだ。

「まーた、こんお人は、そげなこと勝手に決めんさって。なんぼなんでも上野高女は無茶ですたい。あげな気のきつかおなごを、どげんしておとなしゅうさせるとですか。あんたさんにもお千代さんにも、恥ばかかすことになるんが関の山ですばい。ノエのことは私も可哀想やとは思うとりますばってんが、とても賛成できんとですよ」

妻の懸念はわからぬでもなかった。

代は言った。

「しょんなかろうが。これから伸びようっちゅう木を、根元から伐るがごたあ真似はできんばい」

＊

勤めている郵便局の同僚から、自分宛ての封書を受け取った時、ノエの心臓は今にも転がり出しそうなほど暴れた。こちらからは何通も書き送ったが、叔父から返事が来るのはこれが初めてだ。

震える手で封を切り、手紙を広げる。見覚えのある角張った字。間違いなく叔父の字だ。生真面目な楷書で読みやすく書かれているはずなのに、やたらと気が急《せ》き、全身が脈打ち、目は文字の上をつるつると滑る。

「どげんしたと？」手紙を渡してくれた同僚が心配そうに訊く。「誰か亡くなりんさったとか？」

気遣いが鬱陶《うっとう》しい。それどころではない。

何度も読み直し、書かれてある趣旨をようやく理解し、さらにくり返し読んでもそれが自分の早とちりでないことに得心がいくと——ノエは、立ちあがった。

「ノンちゃん？」

外へと走り出る。松林の向こうに、すでに秋の色をした海が広がっている。その海へ、叫んだ。

くしゃくしゃに握りしめた手紙を胸に押しあて、吹きつける海風に向かって、何度も、何度も、雄叫びをあげる。そうでもしないと、全身が痛むほど激しくこみ上げる歓喜を抱えておけなかった。

あとからわかったことには、両隣に住む作家の村上浪六も五代藍子もそれぞれ、代が見せた手紙の主をてっきり男だと思い込んでいたそうだ。

代は終《しま》いまで読めば自ずとわかると思っていたのだが、あまりに長い手紙だったので、村上は最初の数枚を読んだところで藍子に横取りされ、そして気の短い藍子に至っては端から文字の構えしか見ていなかった。

「私がおなごやと、そん時わかっておいでやったら、お二人のお考えは違っとりましたやろうか」

初対面の挨拶の折、ノエが思いきってそう訊くと、村上と藍子は顔を見合わせ、おかしそうに笑いだした。

「わたくしなら、なおさら面白がって代さんをけしかけたわね」

と藍子が言い、村上が、たぶん俺もそうだったろうな、と頷く。

「いつかそのうち、わたくしたち女も殿方と同じことができるようになる時代が巡ってくるわよ。きっとね。東京ってところは、好きなことを好きなだけできるかわりに誘惑も多いから、本当にやりたいことがあるなら気を引き締めておやんなさいよ」

はい、と殊勝に頷くノエに、村上も言った。

「きみの文章ね、あれはなかなかいい。ただ巧《うま》いだけの文章だったらいくらもあるが、人の心を動かす力のある文章というのは、望んだからといって誰にでも書けるものじゃない。きみはこの先、どんなことがあろうと書き続けなさい。いいね」

二人の言葉の、何がそんなにも響いたものかわからない。喉の奥がきゅっと絞られ、鼻の奥が痺れ、ノエは、ただ頷くしかなかった。言葉を発すれば涙も一緒にこぼれそうになる。

幼い頃から口減らしのためあちらこちらへやられ、その都度、違った風習や異なる考え方にさらされてきた。どの家にもどの人にもそれぞれ別の常識があり、許されることと許されないことがあった。あちらでは正しくともこちらでは間違い。何を信じていいのかわからなくなり、それを過ぎると、信じられるものなどこの世にはないのだと思えてきた。

しかし今、初めて会ったこの二人が自分へ向けてくれる言葉には、何一つとして嘘がない気がするのだ。習俗から離れたところ、借り物ではないこの人たちだけの言葉で、まっすぐに励まそうとしてくれている。

浅い息を吐き、懸命に気を落ち着けてから、

「ありがとうございます」

ノエは言った。

隣で代が、じっとこちらを見ているのがわかった。

来年の春までは自宅で勉強しながらゆっくり見聞を広め、東京の暮らしに慣れた頃合いで上野高等女学校の三年に入ればいい。代叔父は、いつになく優しい顔でそう言った。冗談ではなかった。一学年違いの従姉に負けたくない。初めて長崎の代の家に預けられた時からもうずっと、千代子への羨望や嫉妬を抑えつけてきた。胸の内側の柔らかな

粘膜が掻きむしられるかのように辛かった。

もっと本を読みたい、もっと勉強をしたい、それなのにお金がないだけで前途は閉ざされる。これほど焦がれても絶望的に手に入れられないものを、千代子はただ金持ちの家に生まれただけで当たり前のように手にして、しかもそのことに無自覚なのだ。

羨望と嫉妬は、しばしば裏返って憎しみと区別がつかなくなった。この世にそういう感情があることにさえ気づかない千代子の、持って生まれた善良さが、なおさらノエの苛立ちを煽る。代の家で世話になることについてはもちろん恩義を感じているが、学問においては平等のはずだ。すぐにでも千代子に追いつき追い越して、叔父や叔母の鼻を明かしてやりたい。

とはいえさすがに言えなかった。千代子と張り合いたいから飛び級をしてでも同じ学年に入りたい、などと。

「ご負担をおかけしとうなかとです」

ノエは、叔父たち夫婦の前で、しゃんと背筋を伸ばして言ってのけた。

「少しでも早《はよ》う卒業ばして、ご恩をお返ししたかとです。今から一生懸命に勉強ばしますけん、四年生の試験ば受けさせて下さい」

「何をばかいことを言うちょるか」と、叔父は笑った。「まったく要らん心配たい。お前一人を女学校へ通わせたくらいのことで、うちの経済は揺らいだりせんけん、安心してよか」

キチ叔母も横から言った。

「あんたは昔っから、せっかちでいかん。誰に似たとやろうねえ。もちっと腰を据えて、何ごともゆっくり落ち着いて考えんといかんばい。勉強しに来よったんじゃけん、しゃんとせないかんばってん、無理せんちゃよかろう」

――無理。

言われて、なおさら火がついた。

「いいえ。そんでは私の気ばすまんとですから、どうぞ甘やかさんといて下さい。とにかく私は、千代ちゃんとおんなじ四年生に入るっちゃけん。もう決めたとです」

どれだけ説得しても頑として耳を貸さないノエに、とうとう代が腹を立て、声を荒らげた。

「そこまで言うなら、好きにすればよか」

への字の口をなおのことへの字にした叔父は、座布団を踏んで立ちあがるとノエを見おろした。

「ばってん、試験に落っちゃけたら、そん足で今宿へ帰れ。それが条件ばい。さあ、どげんする」

さしものノエも、一瞬ひるんだ。

四年生の編入試験に落第したなら三年に、というわけにはいかない。落ちればどこにも入れぬまま一年を棒に振ることになるわけで、叔父とて只飯食らいの姪をぶらぶらさせておくつもりはあるまい。負け犬は郷里に戻されて当然だ。

「よかですよ。約束しましょう」

半ばやけっぱちで言い返した。こうなったら退路を断って自分を追い込むしかない。

「よう見とって下さい。必ず合格してみせますけん」

戦いはその日から始まった。

編入試験まで二カ月余りしかない。高等小学校での成績はほとんど甲だったものの、女学校の科目には英語がある。英語など、ＡＢＣすらよく知らない。算術の加減乗除は得意だが、数学は学んだことがない。

女学校の一年から三年までの教科書を千代子に借り、貪《むさぼ》るように読んだ。英語と数学は、悔しいけれども千代子に頼んで先生になってもらった。

「遠慮なんかせんでよかよぅ、なぁーんでん訊いて。うちも、お浚《さら》いになるもん」

人の好い千代子は喜んで付き合ってくれた。

見たこともないアルファベットの読み方、書き方、大文字と小文字。単語と熟語、初歩の英文法、現在形や過去形や疑問形、日本語とはまるで違う語順からなる文章の構造。数学は因数分解を習い、定理を覚え、代数の問題を解いては答え合わせをした。キチが心配して覗きにくるのも無視して、二日徹夜をしては三日目にようやく眠り、また二日徹夜をするといった毎日だった。

そうして翌年の三月。上野高等女学校四年生の編入試験を受けたノエは、みごと合格した。成績は一番。努力より集中力より、意地による勝利だった。

合格通知を手にするなり高熱を出して寝込んでしまったノエを前に、代は、にこりともせずに言った。

「まったくお前は……。おなごにしちょくのは惜しかよ」

ノエは、額に載せられた温《ぬる》い手ぬぐいの下から、にっ、と不敵に笑い返してみせた。


眼下に鉄道のレールがゆるやかな曲線を描いて延びている。鶯谷の丘、新坂《しんざか》とも鶯坂とも呼ばれる坂道からは、辺り一帯が広く大きく見渡せる。川の流れのように白く光るレールの向こう側には、同じく朝陽を浴びて輝く家々の瓦。たくさんの煙突から立ちのぼる細い煙も、薄紅色にけぶる桜の花霞《はながすみ》も、すべてが淡く滲《にじ》んで見える。

丘の上に女学校の校舎のてっぺんが見え始めると、袴姿のノエはいつも、並んで歩いている千代子を置いて駆けだした。

海老茶《えびちゃ》の袴も、縞《しま》の着物も千代子のお下がりだが、見てくれなどどうでもいい。足を踏み出すごとに、一つに束ねた髪が背中で重たく跳ねる。父親譲りの分量の多い黒髪は、まとめるだけでもひと苦労なのだ。いったい他の女生徒たちは、ふっくらと桃割れに結った髪を整えるのに毎朝どれだけの時間を無駄にしているのだろう。

風呂敷で包んだ教科書を小脇に抱え、息を弾ませて走る。足袋が滑って草履が脱げそうになり、足の指で鼻緒をぎゅっと締め付ける。編上げ靴が切実に欲しい。

周りの女生徒たちが奇異な目でこちらを見るのを、ノエは心の裡で見下し、嗤《わら》ってやった。

（のんびり眺めとんのも今だけたい。あんたたちみぃんな、うちが追い抜いてみせちゃるけん）

息が切れ、足が前に出なくなって止まると、身体が火照《ほて》ってざくざくと脈打つ。肩を弾ませながら見上げる校舎は、陽を受けて凜《りん》と美しかった。

ほんの数年前に創立された若い学校だけに、上野高等女学校はよそと違って「良妻賢母」をうたわず、かわりに「自由教育」を標榜《ひょうぼう》している。

一、教育は自治を方針とし各自責任を以《もっ》て行動せしむること。
一、華を去って実に就き虚栄空名を離れて実学を積ましむること。

男子校ならともかく女子の学び舎《や》でありながら〈自治〉〈各自責任〉〈実学〉といった言葉を校是に掲げているのは、東京でもおそらくここだけだろう。ひとつの学級は三十人ほど、商家や問屋、町工場の経営者の娘たちが多い。教科はほぼ文部省の方針通りで、英語、数学、国語、漢文、倫理、作法、家事、ほかに「観察」と称して美術館や衛生試験所、浄水場や貧民街の見学に行くこともあった。

女だからという理由で行動を制限されずに済む環境は、ノエにとってはまさしく夢のようだった。好きな本をようやく好きなだけ読める。帰りに少しくらい寄り道をしたからといって、慎みがないだのとやかく言われることもない。

学校が終わるとノエは毎日のように、上野高女からほど近い帝国図書館へ通い、手当たり次第に本を手に取っては読みふけった。煉瓦造りの西洋風の建物はどっしりと壮厳で、窓には白いカーテンがなびき、読書に疲れた目をふと上げれば広々とした上野公園が一望の下に見渡せる。

読みかけの本にそっと鼻を近づけると、古い書物からは黴《かび》と埃と湿気の入り混じった懐かしい匂い、新しい書物からはまだ濡れているようなインクの匂いがする。自分は今、日本一大きな図書館にいるのだ。ここにある本はすべて、いつでも手に取れるという意味において私の本だ。そう思うと幸福感に息が詰まり、気の遠くなる心地がした。

書物だけではない。ノエは、叔父の取っている新聞を、夜には心置きなく自室へ持って行き、端から端まで読んだ。二階の六畳がノエにあてがわれ、襖一枚隔てた隣の八畳に千代子が寝起きしている。欄間《らんま》から漏れる隣室の灯《あか》りが消えても、ノエは新聞を読み終えるまで寝なかった。

初めのうちは一つの点にしか思えなかった事件が、毎日続けて読むうちに点と点を結ぶ線として繋がってゆき、しまいにはまるで物語のような大きなうねりが見えてくる。

たとえば去年、東京へ移ってくるために郵便局を辞める間際のことだ。ハルビンの駅で、伊藤博文元韓国統監が狙撃されて亡くなったのを知った。郵便局長の声が上ずっていたのを覚えている。自分と同じ苗字《みょうじ》を持つ偉い人が、日本と朝鮮との間のことで恨みを買って暗殺された。なんて気の毒な。撃った側の人はいったい何を考えてそんな馬鹿なことをしたのかしら。当時はせいぜいその程度にしか思わなかった。

耳で覚えていた〈アンジューコン〉が〈安重根〉であることを知り、さらに、彼が狙撃に至る経緯、韓国との感情の行き違いなどについて知識を得たのは、こうして新聞を読むようになってからだ。殺された伊藤博文は、この家のすぐ隣に住んでいる五代藍子の父親とも深い関係がある。この国の歴史は、自分とは遠いよそごとなどでなく、生身の人間の幸不幸とこんなにも密接に繋がっている。気づいたとたん、夜が明けたかのように周りの景色が見え始めた。

ただ濫読《らんどく》するばかりでなく、ノエは自分でも文章を書き始めた。千代子が誘ってくれて、校内新聞『謙愛タイムス』の編集に携わるようになったのだ。部員は六名ほどいるが、最も書く力があるのはノエだった。週に一度ガリ版で刷った新聞を、下級生がちりんちりんとベルを鳴らしながら校内に配り、校舎のあちこちに貼り出す。

生徒たちがみな頭を寄せ合ってノエの書いた文章を食い入るように読んでいる、それを後ろから腕組みして眺めるのは良い気分だった。

〈きみはこの先、どんなことがあろうと書き続けなさい〉

五代藍子とは反対隣に住む村上浪六があの時、自分のどこを見込んでそう言ってくれたかはいまだにわからないが、もしも才能の片鱗《へんりん》程度でも備わっているというのなら、その芽を枯らしてなるものか。

『謙愛タイムス』に、ノエは意識して様々な記事を載せた。面白かった本の一節を抜き出して紹介したり、自由な題材で随筆を書いたり、叔父の新聞から話題を拾ったりもした。一度、六月だったか、社会主義者の幸徳秋水らが企てたといわれる天皇の暗殺計画について詳しく書こうとした時はさすがに指導教諭に止められたが、そういったことは稀《まれ》だった。編集はおおむね生徒に任されており、校風そのままに自由だった。

ノエの文章は教員室でも評判になった。

それこそ今日の作文の時間には、

「伊藤、お前は書かなくていい」

担任の国語教師・西原和治からそう言われて課題を免除されたほどだ。教室がざわついた。

「ノンちゃんは、せっかくそんなに優秀なんだから、身なりのことだってもう少し構ったらいいのよ」

その晩、千代子は言った。家に帰るとすぐに袴や着物を脱ぐから、勉強する時は二人とも浴衣姿だ。横座りで鉛筆を握り、帳面に顔を伏せる従姉を、ノエは横目で見やった。丸みを帯びた色白な頬と細い目が、百人一首のかるたに描かれた女官のようだ。

三年、四年と級長を務めている千代子も勉強はできるほうだが、書くことにおいてはノエの足もとにも及ばない。それをまるで気にせず嫉妬もしないのが千代子の美質であると知りながら、ノエは苛々した。競争というものは、相手の側が躍起になってくれないと面白みが半減するのだ。

「ね、そうすればみんなも悪く言ったりしないのに。この間、私の櫛をあげたじゃないの。あれで毎晩寝る前と朝起きた時に髪を梳《と》かして、たれてくる後れ毛はちゃんとピンで留めなさいな。ぼさぼさのまんまじゃ、またでたらめな噂を立てられるわよ」

――伊藤さんは、頭に虱《しらみ》がわいている。

そう言われたことがある。あるいはまた、半紙や鉛筆やパンを買うために級友にちょっと借りたお金をしばらく返せなかっただけで、わざと踏み倒したように言われたこともある。キチは、小遣いをあまりくれなかった。

同級生から好かれていないのは知っている。どうだっていい。そんなことより、このんびり屋の従姉がもうすっかり東京言葉を使いこなし、家の中でまで無意識に話していることのほうが腹立たしい。

「ふん。屁《へ》でもないわ」

ノエは言った。束ねた髪の中に指をつっこんで、がしがしと掻く。汗で痒い。

「お風呂は面倒くさくても入ってるし、髪だって時々洗《あろ》うとる……洗ってる。あんなのはどうせ、私に勉強で負けた子がやっかんで、腹いせに言いふらしてるだけでしょう。知ったことやなか……ないわ」

九州の田舎から出てきた野暮ったい自分は、あの学校では異分子だ。受け容れてもらいたければ、中でも勢力を持つ連中にへつらって、にこにこへらへらしているのが一番、それもよくわかっている。

まっぴら御免だった。死ぬほどの思いをして上野高女に入ったのは勉強をするためであって、仲良しこよしの友だちを作るためではない。いま欲しいのは、手応えのある競争相手、さもなくば自分をもっと高みへと教え導いてくれる先達だけだった。


翌春、ノエは五年生に上がった。

級長が、千代子からついにノエに替わった。

この日をどれほど待ち望んだことだろう。従姉の相も変わらぬ呑気さ、座を奪われたことなど意にも介していない様子に焦れながらも、ノエはやはり嬉しく、晴れがましかった。報告すると、キチ叔母は眉根にいささか迷惑そうな皺《しわ》を寄せただけで何も言わなかったが、叔父は、「そうか、おめでとう」と言ってくれた。認めてくれたのだと思った。

一つ大きな山を乗り越えたからといって、気をゆるめるわけにはいかない。全体の成績こそ一番でも、教科によっては千代子にかなわないものがある。

最悪なのが英語だ。去年、徹夜の付け焼き刃で勉強し、編入試験には受かったものの、ほとんど独学に近いノエの英語は今に至ってもかなりひどいものだった。四年生の間、懸命に勉強したつもりなのに成績が上がらない。学ぶ対象との距離がこれほど遠く感じられ、しかも学んでも学んでもそれが縮まらないことなど初めてだ。数学や国語、漢文などとはどんどんわかり合えてゆく快感があるのに、英語ばかりはいつまでも気難しい他人の顔をしてそっぽを向く。歯痒くてならない。

「はい、それじゃ始めましょう」

教壇の上の、ひょろりとした新任教師が言う。五年生になってから、これが最初の英語の授業だった。

ああ、気が重い、とうんざりしながら、机の中から教科書を取り出す。

と、くすくすくす、とさざ波のように広がる笑い声にノエは目を上げた。黒板のほうを向き、白墨《はくぼく》で自分の名前を書き付けている新任教師の後頭部に、ぴょこんと派手な寝癖がついていているのだった。

全校生徒の出席する入学式で校長先生から紹介された時、へらりと椅子から立ちあがり、挨拶をして、へらりと腰を下ろしたのを覚えている。あの時は一応、質素なりにきちんとした紋付袴だったが、翌日からは黒い木綿繻子《しゅす》のおかしなガウンを羽織り、ふちが波打ったような中折れ帽をかぶって学校にやって来た。誰が言ったか、たちまち付いたあだ名は〈西洋乞食〉。言い得て妙だ。

白墨がカツ、カツ、と音を立てる。そうだ、〈辻〉だ。辻、潤。入学式の時も、挨拶の声だけは朗々とよく通った。

辻が黒板からこちらへ向き直り、皆に呼びかける。

「皆さん、これからどうぞよろしくお願いします」

縦に細長い、辣韮《らっきょう》を逆さにしたような顔に、小さな目と下がり眉。こうして正面から見ると耳ばかりが目立つ。

「さあ教科書を開いて下さい」

でも、この声は好きだ。鼓膜を豊かに震わせながら染みこんできて、耳の奥を愉しくさせる。ノエは新しい教科書の表紙をめくり、親指の付け根でぐいと押して折り目を付けた。

「いや、その前に……」

再び目を上げると、辻がいきなり、するすると奇妙な言葉を話し始めた。

皆がざわめく。言葉のリズムからするとどうやら詩のようだ。もしかしてこれが、英語、なのか。意味も何もわからないのに、一連一連の終わりごとによく似た音の響きがくり返されて、音楽のように心地よい。年寄りの校長先生の話す、壊れた荷馬車みたいな英語とは全然違う。流れるようで、包み込まれるようで、まろやかな発音と抑揚にうっとりと聴き惚《ほ》れてしまう。

やがて暗誦《あんしょう》を終え、ひと呼吸おくと、辻は言った。

「今のは、エドガー・アラン・ポオの書いた最後の詩です。若くして亡くなった妻を悼んで書かれたと言われています。詳しい内容はまたいずれ教えますが、こうやって、ただ聴いているだけでも美しいでしょう。優れた詩というのはそういうものです」

自然にわき起こる拍手に、辻は、はにかむような苦笑いで応えた。

ノエも、夢中で手を叩いた。その音がひときわ大きく響いたせいだろうか、辻がこちらを見る。

視線がかち合った。

ノエの目をまっすぐに見つめながら、辻は言った。

「では、教科書の一頁目。きみから読んでみましょうか」

第三章　初恋

ことあるごとに脱線し、脇道へ迷い込む。それが自分の授業の悪しき癖であるのはよくわかっている。辻潤にとって、これまでの二十七年にわたる半生そのものも同じようなものだった。

ただ、授業に関して言えば、その脱線が魅力でもあるらしい。三月まで浅草の精華《せいか》高等小学校で教えていた間など、生徒が飽きてきたと見るや尺八でぽっぽっぽと「鳩《はと》」を吹き、オルガンを弾いて歌わせ、気分転換をさせてはまた授業に集中させていた。集中するどころかそのまま収拾がつかなくなることもしばしばだったが、生徒には好かれていたし、教師としてもそう出来は悪くなかったと思っている。

ここ上野高等女学校に英語教師として勤めだしてからも、基本的な方針を変える必要は感じていなかった。若い女ばかり集めた学校など、高等小学校と比べたってたいした違いはない。どちらも子猿の集まりだ。

五年生の教室の戸をがらりと開ける。とたんに、甘ったるい鬢付け油の匂いを吸い込んでしまい、慌てて口で息をする。もとは印刷工場だったという校舎全体にこの匂いが漂っているのだが、狭い密閉空間ではなおさら濃くなる。空気に色がついているようだ。

ほとんどの女生徒が急いで着席する中、窓際にまだ数名がかたまっているのへ向けて、

「そこ、早く席に着いて」

声を張ると、皆が嬌声《きょうせい》をあげながら散り、ようやくめいめいの机に落ち着いた。

意味のない笑いや、意地の悪い揶揄《からかい》にもだんだん慣れてきた。そう、しょせん猿だと思えば腹も立たない。

教壇に上がる。視線が高くなると、窓の外の桜がなおいっそう美しく見渡せる。英語の教科書や名簿をいったん教卓に置き、辻は、白墨を握って黒板に大きく書き付けた。

花の雲　鐘は上野か浅草か

「この句を知っている人」

三十人ほどの中から、さっと何人かの手が挙がる。

今しがた最後に席に着いた生徒を指名した。中山嘉津恵《かつえ》、浅草にある町工場の、工場主の娘だ。起立した彼女が、

「松尾芭蕉の句です」

はきはきと答える声にかぶせて、先生、と別の生徒から声が飛ぶ。

「今日から国語の先生になったんですか？」

教室が沸く。

「あら、それを言うならしょっちゅう音楽の先生にもなるわよ」

「詩人にも」

「ルンペンにだって」

「ひどいわ、せめて吟遊詩人って言ってておあげなさいよ」

それらの騒ぎを、微笑と視線でやんわりと鎮め、辻は重ねて嘉津恵に訊いた。

「どういう情景を詠《よ》んだものかわかりますか」

「ええと、はい。花曇りの日に、どこからか鐘の音が聞こえてくるのを、これは上野のお寺の鐘か、それとも浅草の鐘か、いったいどちらなのだろうと……」

ふん、と誰かが鼻を鳴らした。

嘉津恵が、きっ、とそちらを睨む。

聞こえよがしに嗤ってみせたのは、教卓のすぐ正面の席に座っている生徒――伊藤ノエだった。

「どうかしましたか、伊藤さん」

やんわり訊いてやると、ノエは顎《あご》をつんと上げ、座ったきりで言った。

「あら、笑ったりしてごめんなさい。〈花の雲〉を、嘉津恵さんが花曇りのことだなんて言うからおかしくて、つい」

またか、と辻はげんなりした。五年生、いや学校全体を見渡しても、この生徒は抜きん出て扱いづらい。編入試験は一番だったと聞くし、今年から級長を務めているくらいだから頭の良さは図抜けているはずなのに、出来る科目とそうでないものの差が激しい。さらに言えば、出来る科目についてはやたらと周囲を見下す傾向がある。

とくに、嘉津恵との間にはいささかの確執があるらしい。ちゃきちゃきの下町娘である嘉津恵やそのお取り巻きからすると、昨年編入した野暮な田舎出のノエなどはあきらかに異端分子なのだろう。弾《はじ》き出されておとなしく引き下がる性格ではなさそうなのが、なおさら面倒を呼ぶ。

つい昨日も、辻の目の前で軽いひと悶着《もんちやく》があったばかりだった。ちょうどノエが教員室にいる時、その日の当番だった嘉津恵が日直簿を返しに来たのだが、

〈あら、何読んでるの〉

ノエは、級友が小脇に抱えていた本をすっと抜き取ってぱらぱらめくり、それが小杉天外の『魔風恋風《まかぜこいかぜ》』であるのを知ると鼻先で嗤って返しながら言った。

〈こんなの読んだら早いわね〉

さあっと頰を紅潮させた嘉津恵が、何も言い返さずにノエを睨むだけ睨んで出ていったのが意外だった。腹には据えかねるが、読むと書くとに関してはとうてい敵わないという思いがあるようだ。あとでノエたちの担任の西原が苦笑いしていた。

〈中山嘉津恵だけじゃない。あれでみんな、伊藤ノエには一目置いているんだよ〉

だったら、と辻は思う。ほんの形だけでももう少しおとなしくふるまったらどうなのか。たしかに芭蕉の句に対する嘉津恵の解釈の一部は誤りだろうが、それにしたって物事には言いようというものがある。

「きみには、別の意見があるの？」

仕方なく訊いてやると、ノエがようやく立ちあがった。

いつものことだが後ろで無造作にくくった髪はぼさぼさ、着物の衿は垢《あか》じみて、袴のひだ山も脂光りしている。すっきりと身ぎれいな嘉津恵に比べると、同じ学校に通う生徒とは思えないほどだ。

嘉津恵を見やり、それから首をねじって教室全体を見渡したうえで、ノエは黒板に向き直った。

「〈花の雲〉というのは、芭蕉が満開の桜を雲に喩《たと》えた言葉です」

容赦なく、きっぱりと言い切る。

「見上げる桜が、空さえも見えないくらいどこまでも続いていて、雲にも見まごうほどだという意味です。花曇りの空だなんて辛気くさい解釈をするよりもずっと、お花見の季節の明るくて喜ばしい気持ちが読み取れますでしょう」

まっすぐに通る、張りのある声だ。

「うん。まあ、ここはそう解釈するのが妥当だろうね。花曇りと読むのも悪くはないけれども、桜が、霞か雲かと咲き誇っているところを想像すると美しいじゃないか」

丸く収めようとして言ったのだが、

「それだけじゃありません」

ノエは言いつのった。

「え」

「〈鐘は上野か浅草か〉の部分です。中山さんの言ったように、〈鐘が鳴るのを聞いた芭蕉が、これは上野と浅草どちらのものだろうかと考えている〉というのがまあ通りいっぺんの解釈ではありましょうけど、私は別の解釈もできるんじゃないかと思っています」

授業の枕に俳句など持ち出したのが失敗だったかなと思いながら、辻は、

「ほう。どんなふうに？」

突っ立ったままの嘉津恵を目顔で座らせた。不服そうな様子で腰を下ろす級友を、ノエが勝ち誇ったように横目で眺めやりながら続ける。

「芭蕉がこの句を詠んだのは、深川にある芭蕉庵で句作に励んでいた頃です。つまり、時の鐘が一刻《いっとき》ごとに鳴らされるのを毎日欠かさず聞いて暮らしていたわけです。考えてもみて下さい。今の時代の私たちよりも頻繁に鐘の音を聞いていたんですよ。その芭蕉に、上野の寛永寺の鐘と、浅草寺の鐘の区別がつかなかったはずはありません。上野の鐘のほうが少し音が低くて、浅草のほうはぽっかり明るく響きますから」

耳の敏《さと》い子だ、と辻は思った。幼い頃から音曲に親しんできた自分もそこは似ている

からよくわかる。確かに、二つの梵鐘《ぼんしょう》は音程や音質が異なる。そしてもちろん、どちらも江戸の頃から変わっていない。

「そうだね。芭蕉には聞き分けられていたかもしれない。だとしたら？」

「だとしたら……」ノエは息を吸い込んだ。「彼がこの句を詠んだ時、鐘は、もしかして鳴っていなかったかもしれません」

驚いた。非常に有名な句だが、そんな解釈は聞いたことがない。どういう意味だ。教室もざわめく。

「鳴って、いない？」

「ええ」

黒い目を瞠って、ノエは辻を鋭く見つめた。喧嘩でも吹っかけているのかと思うほど強い視線だ。

「芭蕉が、たとえば文机《ふづくえ》に向かって書きものをしていて、ふと顔をあげたとします。おなかがすいたのかもしれません。いわゆる腹時計ですね」

生徒たちからくすくすと笑いが起こる。ふだんはノエの話し言葉に残る独特の訛《なま》りや抑揚を笑うのだが、今は違う。いつしか皆が彼女を注視し、次の一言を待ち構えている。

「あるいは、庵《いおり》を出て、隅田川沿いあたりをそぞろ歩いていたかもしれません。いずれにしても芭蕉の視線の先にあるのは桜です。淡い薔薇色《ばらいろ》の雲を思わせるような桜が、まんまんと咲き誇っています。腹具合から言って、もうそろそろ昼時の鐘が鳴る頃合いじゃあるまいか。さて今回はどちらの寺の鐘が先に鳴りだすか。満開の桜を見上げながら耳をそばだてて、さあ鳴るか、まだ鳴らぬかと待ち構えるところへいよいよ……」

ノエが、余韻を意図するように口をつぐむ。

いつしか引き込まれ聞き入っていた自分に気づき、辻ははっとなって身じろぎした。脳裏に、花霞にけぶる江戸の景色がひろがっている。長らく争いもなく、最も平和だった時代。まさしく春風駘蕩《しゅんぷうたいとう》、春爛漫《らんまん》の町並み。隅田川を越えて芭蕉庵まで届く鐘の音の響きにのんびりと耳を傾けている様子を思い描くのが定石《じょうせき》だが、ノエの述べた解釈なら、そこに糸を一本ぴんと張ったような緊張が生まれる。鐘の鳴るのを今か今かと待ち構える、決定的瞬間のわずかに前の情景。

「なるほど。面白い解釈だね」

辻は言った。内心、舌を巻く思いだった。ノエの瞳を初めて見つめ返す。

「もちろん、実際のところがどうだったかは芭蕉先生に訊いてみなくてはわからないわけだけれども、こういった俳句にせよ短歌にせよ、また古今東西の詩にせよ、味わい方は基本的に自由です。今のきみの意見は、正統とは言えないかもしれないが、斬新だし、たいへん説得力がありました。うん、素晴らしかった」

ぱらぱらと拍手が起こり、たちまち広がった。堂々たるノエの弁は、級友たちにも同じ江戸の景色を見せたものらしい。

そこにないものを見る目、聞こえていない音を聞き取る耳、そしてそれらを他者にも伝わるように活写する言葉。そういえば校内新聞に寄せる彼女の文章を教員室で西原がわざわざ見せてくれた時も、未熟ながら際立って個性的であることに驚いたのだった。見くびってはいけない。この衿垢娘はなかなかたいしたものを持っている。

ノエが、得意げに小鼻をぴくぴくさせながら腰を下ろす。

もしや嘉津恵がしょげているのではと見やると、彼女のほうはすっかりあきらめ顔で、さっさと英語の帳面を広げていた。勝ち気なわりにさばけた性格らしい。

「さあ、それでは今日の授業に入りましょうか」

黒板に書き付けた句を消し、辻は教科書に手をのばした。

たちまち、ノエの眉間に憂鬱そうな縦皺が寄った。出来る出来ないで言うならば、まさしく英語こそは彼女がいちばん苦手な科目なのだった。

幼い頃から辻には、何かを我慢させられた記憶がひとつもない。

祖父の四郎三《しろうざ》は明治維新まで浅草蔵前で札差《ふださし》をしていたため、暮らし向きはまだ大変に贅沢で、女中が常時四、五人ほどもおり、文字通りお坊ちゃまの辻は乳母日傘《おんばひがさ》で育った。母親の美津《みつ》に言わせれば、食べものの好き嫌いが激しく、しょっちゅう熱を出してはひきつけを起こす神経質な子どもだったようだ。

美津は、会津藩の江戸詰勘定方であった田口重義の娘で、のちに四郎三の養女に入った。三味線や長唄に長《た》けており、生粋の江戸育ち、とっくに成人した息子にもいまだに言いたいことをずけずけと言う。性格はともかく音曲の才能は、この母から辻に受け継がれたに違いなかった。

物心ついてからの記憶をたどれば、いつも音と色がある。母のつま弾く三味線の音色ばかりではない。浅草というところは土地柄、じつに種々雑多な音に満ち、派手な色彩に溢れていた。

両親や女中らと仲見世を歩けば、さまざまな見物《みもの》聞き物につい足が止まる。目を引く絵看板、大太刀《おおたち》をすらりと抜いて男が語るガマの油売りの口上や、年端もいかない少女の曲芸、老婆の描く五色の砂絵、覗きからくりや猿回し、それにどれほど目を見ひらいていても種と仕掛けのわからない手妻《てづま》など、大道芸を彩る音曲は仰々しく、聴いているだけで胸が騒いだ。

あるいはまた、神楽囃子《かぐらばやし》。神社の縁日に演じられるお神楽の中でも、幼い辻は、道化役の〈馬鹿〉が気に入っていた。〈馬鹿〉の出来次第で、お神楽の面白さが倍増し、逆に半減もする。どこの神社の〈馬鹿〉がいちばん巧いか、いっぱしに見比べたりしていた。

強烈な記憶がある。幼稚園に通っていたから五、六歳頃のことだったろうか。母方の曾祖母に連れられて行った浅草の自性院《じしょういん》ご開帳の折に、極彩色で描かれた恐ろしい掛軸を見た。曾祖母が、これは地獄と極楽、人間が死んでから行く場所を描いたものだと教えてくれた。以来しばらく、とくに地獄のことが頭から離れなくなった。縁日でも

〈地獄極楽〉の見世物を選んで見物し、死後の世界やこの世ならぬもののことばかり考えていた。

浅草界隈から少し離れるだけで、住まいのあった蔵前のあたりはぐっと静かになる。それこそ上野と浅草の鐘がどちらもよく聞こえてくるし、日曜日には神田駿河台にあるニコライ堂の鐘の音もがらんがらんと長く鳴り響く。

そんな中で辻はひとり、『西遊記』の世界にのめりこんだ。あの日、曾祖母の隣で食い入るように見入った〈地獄極楽〉の掛軸と、三蔵法師や孫悟空の繰り広げる冒険世界とは地続きだった。

おそらく生来の性分は、ただの夢見がちなロマンチストだったのだろう。いささか感受性が強く、残酷でおどろおどろしいものに惹《ひ》かれもしたが、子どもなら一度は興味を持って不思議のない世界だ。そのまま育っていれば、『西遊記』がボオドレエルになり、ホフマンになり、ポオになるくらいで済んでいたかもしれない。

それが、家庭の経済がみるみる傾くに従って、理不尽な思いを山ほど味わわされるようになり、精神的に早熟な可愛げのない性格へと育ってしまった。

『徒然草《つれづれぐさ》』との出会いも大きい。中学を中退した後の、十三、四の頃のことだ。習い覚えた尺八に耽溺《たんでき》するあまり成績が落ちたのと、家の経済状態の悪化が合わさっての中退で、金はないが暇だけは売るほどあった。無常観は知らず知らずのうちに骨の髄まで染みつき、ほぼ時を同じくして内村鑑三《かんぞう》の著作からキリスト教へと気持ちが傾いてゆく中で、『徒然草』はやがて老荘になり、伝道の書になり、シュティルナーになっていった。

あまりにくり返し丹念に読みこんだせいで、『西遊記』も『徒然草』も、今ではもうさほど面白いと思わない。それでもやはり、自身を作りあげた愛読書はと訊かれればその二つになるのだろう。辻にとって、ロマンチストであることの象徴が前者であるとするならば、後者はそれ以外のすべての気質の象徴と言えた。

はっきり言って生まれてこの方、何かになりたい、などと考えたことがない。せめて得意な尺八で身を立てられればと思ったが、師である荒木古童《こどう》に、これからの時代そんなもので食っていけるかと諌《いさ》められてしまった。もとより身体は丈夫なほうでなかったし、貧相な肉体を今さら鍛えるなど無駄なこと、書物に親しむか、趣味で音曲を嗜《たしな》むなどしていたほうがはるかに幸せだ。およそ労働が嫌いという一点において、自分にかなう人間はいまい。働かずに好きなことをして、風の吹くまま気の向くまま一生を旅の空のように過ごしたい、それが基本的な気分と言っていい。何ものにも束縛されず、自分以外の何ものにも従わぬ高等遊民でありたかった。

現実は厳しい。致命的なまでに商才のなかった父親がとうとう精神を病み、自ら井戸に飛び込んで亡くなってしまったのが去年。今、母親と妹の生活はすべて辻の両肩にのしかかっている。

十代も前半から世の中はあまり愉快なところではないと知らされ、学校も勉学も、自修以外はさほど好きでなかった。そんな自分が今、ほとんど独学に近い英語を武器にしてえらそうに教鞭《きょうべん》を執っているのがちゃんちゃらおかしい。

月給は前の職場である高等小学校よりいくらか上がったが、それでも三十円から四十円ほど。それなのに、母・美津の金遣いは荒い。かつての祖父の蓄財が底をつき、伊勢屋の馬鹿蔵とまで呼ばれた大きな蔵や家屋敷がすべて人手に渡ってから二十年が経《た》つというのに、美津はいまだに〈宵越しの金は持たぬ〉を地でゆく散財をするのだ。できるならば働きたくない息子が、ようやく稼いできた金の中から渡す生活費を、ちょっとよそ見をしている間に遣いきってしまう。

せめて自分にいくばくかの貯金があったなら――あるいは好いた女との将来だって考えられるかもしれないのに。

吉原の酒屋の娘キンとの、あまりにも淡い恋情のやりとりを思い、辻は唇に薄笑いを浮かべた。

中途まで上野高女に通っていたキンは、おそらく両親から大切に育てられたのだろう、気立ての明るい、よく笑う娘だった。泉鏡花を愛読する彼女とは互いに好意を確かめ合い、熱く湿り気のある文まで交わしているが、そのじつ手も握っていない。肉体を伴う恋愛経験の少なさが辻を臆病にさせていた。何より、事が成就した後で現実的に何ができるかと考えると、どうでもその先へ進もうという気持ちが起こらないのだった。

これもまた、自分の悪しき癖だ。目の前の愉しみに身を委ねるより、結果を、それも必ず悪いほうへと予想して早々に諦めてしまう。考えばかりで行動が伴わぬ。

脳裏に浮かぶキンの面差しが揺らいで、ふと、別の顔と入れ替わる。肌は浅黒く、眉が太く濃く、顔のすべての部品がぎゅっと真ん中へ寄ったような面立ちは好ましくも何ともないのに、どうしてだか最近は折々に、例の田舎出の衿垢娘のことを思い浮かべてしまう。あの、黒々と光る眼の強さ。

生徒として模範的というわけではなかった。ノエには、学校で教えるようなことなどはどこかで軽蔑している気配があって、ことに女の教師たちから評判がよろしくない。身だしなみについては非常にだらしなく、不潔と言っても過言ではない。それなのに、妙に男を惹きつけるものがある。

授業の間、ノエは、こちらを見つめて視線をそらさない。桜がすっかり散り終わった頃からは登下校の道でもばったり出くわすことが多くなったが、他の生徒たちに交じって並んで歩く時なども、彼女はまるで怖じずに辻の目を見上げてくる。

何度となくその視線を受け止めるうち、辻には、なんだか彼女のことがうつくしく思えてきた。キンのような行儀良く整った美とは異なる、思いつめた野生動物のうつくしさだ。しかもそれは突出した文学的才能によって裏打ちされている。そのアンバランスさから目が離せない。

伊藤ノエが裡に秘めている強さの、せめて半分でもこの身に備わっていれば、と辻は思った。

自分などしょせん、臆病者の負け犬に過ぎない。

＊

高等女学校に通う生徒の多くにとって、卒業とはすなわち結婚を意味している。実家がよほど裕福で女子大まで進むことのできる者は別だが、十七、八にもなれば他家へ嫁ぐのが当たり前、たいていの縁談は親が決め、当人同士が挙式の場で初めて顔を合わせることもめずらしくない。中には、在学中に婚約や入籍まで済ませる者もいるほどだ。

ノエが自身の縁談について聞かされたのは、五年生の夏休み、七月の終わりに故郷の今宿へ帰省した時だった。

自分にもいつかはと予想していなかったわけではないが、あまりにも急な話に、ノエは憤慨した。上野高女の卒業式が来年の春、ということは、八カ月ののちにはもう他家に入れというのか。冗談ではない。

「結婚やら、しとうなかとですよ。そげなつまらんことのためにわざわざ女学校さ行かしてもろうたとは思うとらんとです」

猛然と抗議するノエを前に、

「まあまあ、ぶすくれた顔ばしちょらんと、とりあえず話ば聞きんない」

叔父の代準介は苦笑いをして言った。いつになく、声におもねるような響きがあった。

伊藤家の囲炉裏端に、代と、父親の亀吉がそろっていた。男二人に茶を淹《い》れた母親と祖母は、ひとことも口を差し挟まずに隅のほうで繕いものをしている。

「東京なんぞに長《なご》う居《お》っても、ええことは何もなかやろう」呑気に煙管を吹かしながら、代が続ける。「千代子にも縁談ば用意したばってん、ひとり娘ば嫁にやるわけにはいかんけん。婿ば取ることに決めたとよ」

代が若い頃勤めていた九州鉄道の社員で、今宿村出身の柴田某《なにがし》とかいう男を養子に迎えることがもう決まったという。

ノエは、唇をかみしめた。千代子はどうせ黙って受け容れたのだろう。本心では嫁ぎたくなくても、あのおとなしい従姉が親の言うことに逆らったりするわけがない。

自分はまっぴら御免だった。あれほど沢山の手紙を書いて叔父に上京を認めてもらい、死ぬ気で勉強して上野高女に編入したというのに、何が結婚だ。卒業後は新聞社にでも就職して婦人記者として働き、ゆくゆくは女流作家にもなるつもりでいるのだから、無駄な回り道をしている暇はこれっぽっちもない。

相手が誰であろうと問題ではなかった。嫌なものは嫌だ。百歩、いや千歩譲って、よほど姿のいい人品卑しからぬ殿方であれば少しは考えてやらなくもないが、その場合でもすぐには嫌だ。話を聞けというなら聞いてやる、言うだけ言ってみるがいい。さあ、相手は誰だ。誰だというのだ。

逆巻く反抗心のあまり目を潤ませて睨みつけるノエを前に、叔父は、今度はまったく表情を変えることなく相手の名を告げた。

「末松んとこの福太郎たい」

ノエは眩暈を覚えた。子どもの頃に何度か会った福太郎の、お蚕《かいこ》さまのようにもっさりとした顔が頭に浮かんだ。

末松家は隣村周船寺の豪農だ。ちょうど今、移民先のアメリカから息子の嫁探しに帰国しているという。当主の鹿吉は、代や亀吉とも幼馴染みの間柄で、代に至っては昔、金銭的窮地に陥った末松一族をその大胆な機転でもって救ったとかいう経緯があるらしい。それだけに、千代子もノエも、またノエの妹のツタなども、幼い頃から末松家とはいくらかの行き来があった。

そういえば福太郎の顔を最後に見たのは、一家が日本を離れる直前だったろうか。目顔で挨拶を交わしてのすれ違いざま、なまっちろい顔に浮きあがる髭剃《ひげそ》り跡の青黒さを見て、ああ気色悪いと思ったのを覚えている。よりによってあんな、栄養失調の青首大根のような男のもとへ嫁に行くなど、まったくもって願い下げだ。

しかし、叔父も言いだしたらきかなかった。

「向こうん家は、大乗り気ばい。今さら無かった話にはできんとよ」

その横から父親までが、皺の増えた顔を弱り切ったようにゆがめてノエを説き伏せにかかる。

「お前は何かと金持ちを小馬鹿にしよっとが、そもそも、うちに金がなかけん、こんだけ叔父さんの世話になっとるんやなかか。金があるっちゅうことはそれだけでありがたかこつばい」

「亀吉の言う通りたい。福太郎は気の優しか立派な男やし、こげなええ話はめったになか。おまけに向こうは、『息子の嫁には英語の素養ん欲しか』と、こう言うちょる。ノエ、お前は、年頃の娘なら誰でもよかち言うところへ嫁に行くわけやなかよ。能力を買われて求められとると」

それでも嫌か、と重ねて訊いた叔父は、答えを待たずに言った。

「この際、お前も、アメリカっちゅう国をその目で見てきたらよか。それも人生経験じゃろう」

——アメリカを、この目で。

初めて、心が少し動いた。

「お前のことやけん、あげな馬鹿でかい国ば見てしもうたら、東京なんぞでは食い足りんようになるとやろう。そん時はそん時じゃ。福太郎やら鹿吉やらと良う相談ばして、二つの国ば股にかけた仕事でん何でんすりゃあよかよ」

叔父が、本気でそんなことを信じていないのは明らかだった。と同時に、さすがはこちらの性格をよく見抜いていると思わされもした。

(——福太郎は嫌だ)

ノエは、膝の上で拳を握りしめた。

(でも、結婚すればアメリカへ行ける……)

脳裏にふと、東京にいる若い英語教師の顔が思い浮かぶ。そういえばあちらも福太郎を縦に伸ばしたようなうらなりのひょろひょろだが、なぜか嫌ではない。

授業のとき、芭蕉の句のことでまっすぐに褒めてくれたのが嬉しかった。姿に似合わずよく響く声が英語の詩を暗誦するのを、もっとたくさん聞いていたかった。それで学校の行き帰りにもできるだけ時間を合わせ、最近では共通の話題がずいぶん増えていたのに――まさか、会えない夏休みの間にこんな重大事が勝手に決められようとしているとは。

休み明けに辻に会い、縁談について話したなら何と言われるだろう。こんなにもお粗末な英語の素養とやらを買われてのことだと知ったら、さすがに笑われるのではないだろうか。英語への苦手意識が薄れつつあるのは、一にも二にも辻のおかげだ。校長などとは比べものにならないほど上手な教え方で、こんがらがっていた結び目のありかを即座に見つけ、丁寧に解きほぐしてくれた。

辻先生、と呟《つぶや》いてみる。心臓が、何か物狂おしい影のようなものに締めつけられる。親とはぐれた雛鳥《ひなどり》のようなこの心許《こころもと》なさ、慕わしさは何なのだろうとノエは訝《いぶか》った。

卒業まではまだ八カ月あると高をくくっていたが、甘かった。善は急げと思ったか、それともノエの性格の難を聞き知っての判断か、末松家は性急なほど前向きだった。

代叔父は、まだ学業が中途であるので正式な祝言は卒業を待って行いたいと申し入れてくれたようだが、先方は、それならこの夏の帰省中にせめて仮祝言を挙げ、できれば入籍もと言ってきた。そのかわり、すでに末松家の嫁である以上、九月以降の学費や東京での生活費については負担すると言う。

それは困る、と代は断った。姪は何しろまだ学生の身分であり、嫁としての役割を果たしようもない。卒業まではこちらで扶養するからと丁重に辞退したのだが、末松側もなかなか強情に筋を通そうとする。押し問答の果てに、仮祝言ののちは学費だけを婚家が持つという折衷《せっちゅう》案でようやくまとまったのが盆前のこと。すべては、ノエに何の相談もなくやり取りされた話だった。

足をすくわれた心地がした。叔父には、返しきれないほどの恩義がある。ふだんは穏やかだが怒らせれば怖いことも知っている。幅広い人脈をもとに、常人には窺い知れぬほど大きな目でもって物事を考える人だということも、「おなごにしちょくのは惜しかよ」と言いつつこちらに一目置いてくれていることも。そんな叔父を、ノエ自身、深く畏れながら慕ってきたつもりだった。

それなのに、いや、それだからこそなおさら、腹が煮えた。

「どこの世界に、娘に悪い縁談ば持ってくる親がいるものか」

などと言うがお為《ため》ごかしにきまっているし、ついでにさりげなく恩まで売りつけるあたり、老獪《ろうかい》としか言いようがない。アメリカ行きという餌をちらつかせ、こちらの好奇心や向学心を人質にとって言うことを聞かせようとする。これからは婚家に学費を負担してもらうなどと、それでは人身売買と変わらないではないか。

〈まったく要らん心配たい。お前一人を女学校へ通わせたくらいのことで、うちの経済は揺らいだりせんけん、安心してよか〉

ああ言ってくれたのも嘘か。自分は叔父にとってそこまでお荷物だったのか。そもそも、縁談のことを素知らぬ顔で黙っておき、帰省するやいなや父と結託して話を進めたのが気に入らない。そのうえ仮祝言だなんて、いったいどこまで勝手なのだ。女だからと馬鹿にするにもほどがある……。

憤りは激しかった。それ以上に、ノエは深く傷ついていた。

それでもなお、この結婚を不承不承《ふしょうぶしょう》ながら受け容れることにしたのはひとえに、アメリカという未知の世界への興味を抑えがたかったからだ。西洋には、〈レディー・ファースト〉という言葉があるという。教えてくれたのは、そう、辻だ。あちらの国では、日本と違って、女が男の付属物のように扱われることはないのかもしれない。

いよいよ福太郎に我慢できなければ、アメリカへ渡ってから家を飛び出してしまえばいいのだとノエは思った。後のことはきっと、どうとでもなる。

部屋の中、日が当たらない一角に、大きな姿見と椅子が据えられている。控えの間にとあてがわれた八畳は、襖を隔てて隣の六畳と続いており、その周りの縁側は立派な庭に面している。八月二十二日、残暑もひときわ厳しいこの日、末松家の奥座敷では仮祝言の準備が進んでいた。

　ノエのごわごわと量の多い髪を島田に高く結い上げるのに、髪結いはかなり苦労していたが、浅黒い肌におしろいをはたいて紅をさすと、彫りの深い顔の造作が引き立ち、見違えるほど美しい花嫁となった。縮緬《ちりめん》の白無垢《しろむく》はむろん末松家が用意したものだ。豪奢《ごうしゃ》な金糸銀糸の刺繡《ししゅう》が吉祥《きっしょう》の文様を彩っている。

　鏡の前に座ったノエはしかし、

「ああもう、いやだ」

　付き添っている妹に当たり散らしていた。

「やっぱりいやだ、あげな男。見ただけで虫唾《むしず》が走る」

「しーっ。聞こえたらどげんすっと」ツタが慌ててたしなめる。「ここまで来たらもう、あきらめるしかなかでしょうよ」

　悟ったような物言いが気に食わない。ツタも、今日ばかりはそれなりの晴れ着に身を包んでいるが、それもまた福太郎の母親が気を回して貸してくれたものだ。ますます金で買われたようで何もかもが腹立たしい。

「ふん。そげなこつ言うなら、うちのかわりにツタちゃんがお嫁に行けばよか」

　言い返すと、ツタはあきれた顔で鏡越しに目を合わせてきた。

「ノンちゃんは、ちぃとも変わらんねえ。自分ことばーっかり考えて、家んことも親んこともなーんも考えよらん」

ノエは、じろりと睨み返してやった。

郵便局を辞めた自分が東京へ移った後、この優しい心根の妹がかわりに女中奉公に出て、給金の一円五十銭のうち一円を母親に渡していることは知っている。姉として忸怩《じくじ》たるものも、無いわけではない。だが、今それを言うか。

「考えんのがいかんとね。親が勝手に貧乏しちょるだけばい。うちに責任はなかと」

「ノンちゃん」

「あんたも、お人好《ひとよ》しばええかげんにしとかんと損ばすっとよ」

鏡の中のツタが憤慨した面持ちで何か言いかけ、けれど黙る。姉の花嫁衣装を見て、今日のところは気持ちを引っ込めることにしたようだ。

ノエは、椅子から立ちあがった。

「あ、どこ行くと?」ツタが腰を浮かす。「お便所?」

だったら何なのだ。介助でもしてくれるのか。

「外の空気ば吸うだけばい」

言い捨てて踵《きびす》を返そうとする足もとに、打ち掛けの裾がぞろぞろとまとわりつく。あいやだ、鬱陶しい。着物も帯も、頭も重い。針山よろしく簪《かんざし》や櫛笄《くしこうがい》の類いがたくさん挿してあるせいで、視線をわずかにふり向けるだけで首がぐらぐらする。

わざと男のように裾を左右に蹴散らしながら歩いてやると、

「ノンちゃん!　もう」

開け放った縁側で寛《くつろ》いでいた猫が慌てて逃げ、植え込みに隠れた。

ノエは縁先へ出て、庭の松の梢を仰いだ。そろそろ両家の親族や来賓たちが奥座敷にそろう頃だろう。いくら嫌でももう逃げられない。少なくとも、今日のところは。

視界の隅、両親と叔父が迎えに入ってきたのがわかった。

ノエは、知らぬ顔で空を見上げながら、流行《はや》りの歌を口ずさんでみせた。

「駕籠《かご》で行くのはお軽じゃないか、わたしゃ売られて行くわいな……」

行合《ゆきあい》の空に、トンビが高く舞っていた。

三味の音色や笑い声が、庭先の虫のすだきと混じり合ってこちらまで届く。母屋に残っている客らの間で祝宴はまだ続いているのだ。

周囲に気遣われ冷やかされながら、若い二人が離れへと引き取ったのが一時間ばかり前。打ち掛けを脱ぎ捨てただけでも畳から足裏が浮きそうなほど身が軽くなったものだが、湯を使わせてもらうとようやくさっぱりした。鬢付け油を洗い流すのが一苦労だった。

仮祝言とは、仮の契約のことでもなければ祝言の真似事でもない。皆の前できちんと三三九度の杯を交わしたからには、夫婦ふたり、初夜を済ませることとなる。

先に浴びた福太郎は、すでに寝間にいるようだ。気が進まぬのに変わりはないが、この期に及んで子どもじみた駄々をこねていても仕方がない。ノエは、用意されていた浴衣をまとうと、水気を適当に拭った髪を背中に垂らし、裸足《はだし》ですたすたと寝間への廊下をたどった。

なんと呼びかけてよいものか一瞬考え込み、結局、声をかけずに引き戸をからりと開ける。

「あ、びっくりした」

慌てて起き上がった福太郎は、布団に腹ばいになって本を読んでいたらしい。相変わらず、髭剃り跡が青黒い。とはいえ仮祝言とそれに続く宴《うたげ》の間、ちらちらと横顔が目に入るうちに、ノエの側の生理的嫌悪感はわずかずつだが薄まりつつあった。

人は何ごとにも慣れる。初夜というものも、どうせ避けられぬものなら、いやいや身を委ねるだけ損だろう。結婚そのものには不服だが、正直なところ、行為には興味がある。これまで男女の恋愛小説をどれだけ読んでも描かれていなかった肝腎の場面の秘密が、今まさに明かされようとしているのだ。

ノエは、布団を踏みしだき、良人となる人の前にしゃがんだ。たじろぐ福太郎をしげしげと見やりながら横座りになる。

「お……お風呂は、どうでしたか」

「いいお湯でした」

「そう」

二言で話題に詰まったようで、福太郎は読んでいた本を引き寄せ、うつむいてぱらぱらとめくった。見れば、英語の原書だ。ノエの中で、何かが動いた。

「これ……」

「え」

「これを、読めるとですか」

「ああ、うん。そりゃ、読めるとですけど」

「辞書なしで？」

「……なしで」

ノエは、福太郎を初めてまじまじと見た。髭剃り跡は、まだ少し気持ち悪いが、仕方がない。誰にも欠点はある。

「なに。どうかしましたか」

彼のほうにも遠慮があるのだろう、ずいぶん硬くなっているようだ。ノエは、思わず笑った。

「うちに敬語ば遣うとは、おかしかよ」

言われて気づいたのか、福太郎もじわじわと頬をゆるめる。

「そうです……そう、か」

「そうじゃなかね？」

「うん」

彼の肩や首のあたりから、みるみる力が抜けてゆくのがわかる。顔立ちは昔とそう変わっていない。今にも桑の葉をもそもそ食べ出しそうだ。

と、

「ノエさんは、僕なんかでよかったとかね」福太郎が、はにかむような苦笑いを浮かべて言った。「親父《おやじ》やおふくろたちが、なんやろう、調子ん乗ってあれもこれもと勝手な条件ばつけよったんやなかかと？　気ぃ悪うさしたやろうと思う。すまんかった」

ノエは面食らった。

想像していたのと、何だか違う。全然違っている。目もとも、声も優しい。手が大きく、指が長いところも悪くない。

もしかして代叔父は、ほんとうにこの男を見込んだからこそ自分のために選んでくれたのだろうか。アメリカでこの先も事業を広げてゆく彼は、言うなれば人生の成功者だ。日本の古くさい習俗の中で、息が詰まりそうになっている姪を見るに見かね、もっと大きな世界へ連れ出してくれる男を探してくれたということなのだろうか。

福太郎の手が、おずおずと伸びてくる。ノエの指先をそっと握る。

ああ、いよいよだ。肝腎の場面の秘密が、今――。

「大丈夫、心配なかよ」

さすがに緊張を隠せずにいるノエに、福太郎は優しく言った。

「僕は、もうずっとこっちにおる。アメリカには二度と戻らんことに決めたけん」

第四章　見えない檻

すぐそこの杉の木で、蜩《ひぐらし》が鳴いている。

暮れかけた勝手口から土間へと、キチは、野菜を盛った重たい籠を運び入れた。井戸端で洗ったばかりの太い大根や芋が、西日を受けて輝いている。痛む背中をそらし、腰を拳で叩く。

東京・根岸、代準介宅の敷地は広い。母屋は二階建てで、立派な前庭と中庭、後庭があり、後庭の奥には物置がある。

以前は信州松本藩主だった戸田子爵が住んでいたというこの家を月々三十円で借り受け、離れの土間と板間で代が新しくセルロイド加工の会社を始めたのは明治四十一年（一九〇八年）の暮れ、はや三年ほど前のことだ。その分野では日本でもかなり早い起業だったこともあり、業績は今のところ悪くないらしい。それも、良人や職人たちの様子を見て推し量るしかない。女である自分には難しい商売のことはよくわからないし、代も話そうとしない。

枡《ます》で米を量り、羽釜に入れて流しへ運ぶ。先ほど井戸から汲《く》み上げて瓶《かめ》に満たした水は、爪の中が痛むほど冷たい。柄杓《ひしゃく》で羽釜に移しては、力を入れて米を研ぎ、濁った水を替えてはまた研ぐ。外の蹲踞によく似た石の流しが、濡れたところから色を濃く変えてゆく。

手首すれすれに水加減をし、重たい木の蓋をのせた羽釜を土間の竈へと運ぶ。膝をつき、灰をかぶせて取っておいた種火の上に新聞紙や小枝をのせると、すぐに燃えだした。そっと具合良く薪を組み上げ、太いものに燃え移ったところまで見届けて立ちあがる。最近、立ち座りの際にいちいち膝が軋んで痛む。若い時分にはなかったことだ。顔をしかめながら流しに戻る。大根の葉は放射状に広がって茂り、細く鋭い棘《とげ》がちくちくと指を刺す。これを細かく刻み、炙った油揚げと一緒に胡麻油《ごまあぶら》でさっと炒《いた》めたものが代の好物だった。

代は最近、東京と長崎を行き来しており、月の半分ほど家を空けている。商売はもちろんだが、頭山満翁《おう》が率いる玄洋社の用事もあるに違いなく、さらにはあちこちで苦学生やら不良少年やら俳優志望やら相撲取り志望やら、頼まれれば端から引き受けては然《しか》るべき先へ紹介し、その育英に力を貸しているらしい。いずれもそれぞれに気の張ることだろう。久しぶりに家で過ごせる晩くらい、旨い刺身を郷里の醤油《しょうゆ》で食べさせてやりたい。

良人とともに上京してきたキチが戸惑ったことのひとつは、こちらの醤油がやたらと塩辛いことだった。九州の醤油は、甘い。こっくりと濃い甘じょっぱさで素材によくからみ、野菜や魚を煮るにもそれひとつで味付けが済む。昔から砂糖の貿易が盛んだったからなのか、それとも暑い気候の中で身体に力を蓄える必要があったのか、いずれにせよ毎日の料理にあの醤油がなくては始まらない。せんだって郷里に帰った時も、キチはわざわざ一斗樽《とだる》で買い求めて東京へ送らせた。ノエの仮祝言の後のことだ。

贅を尽くした婚儀だった。これまで仕事の関係でいくつもの婚礼に出席してきた代やキチでさえ唸るほどだった。糸島郡一帯でもとくに羽振りのよい豪農として知られる末松家としては、面子《メンツ》も見栄もあったのだろう、親族ばかりか近隣の有力者までが大勢招かれ、夜が更けるまで料理や酒がふるまわれた。

ノエのために用意された花嫁衣装もまた上等なもので、どうせ色黒な姪には似合わないだろう、田舎芝居の女形《おやま》が仮装したように見えるのではないかと心配していたのに、いざそれを身にまとったノエの立ち姿は堂々としており、着物の迫力に負けていなかった。およそ花嫁らしくなく顎を上げ、傲然《ごうぜん》とあたりを睥睨《へいげい》するのは頂けないが、身内の欲目を差し引いてなお美しかった。真白な綿帽子の下で、黒々とした眼が追いつめられた猫のように鋭く光っていた。

この根岸の家の二階で、ノエが夜を日に継いで編入試験のための勉強をしていたのがまるで昨日のことのように思える。ほんの二年前とはいえ、あの頃は今よりもずっと子どもも子どももしていた。

「……むごかことたい」

　思わず、本音がこぼれる。おなごは皆そうだ。心も身体も成熟しきらぬうちに、背中から無理やり追い立てられるようにして大人であることを要求される。

　それでもノエなどは幸せなほうだ。嫁ぐ先があれだけ金持ちであれば生活の心配は要らないのだし、あの福太郎なら女に暴力を振るうこともなかろう。それなのにいったい何が不満なのだ、贅沢な。

　キチは、再び土間へ降りてしゃがみ、竈の火加減を見た。燃えて崩れかけている薪を元の位置に戻すと、火の勢いが強まり、羽釜の中でぐつぐつと米の躍る音が響き始める。

　外では変わらずに、くけけけけけけけ……と鯛が鳴いている。

「わがままばーっかり言うて、あん子は……」

　火ばさみを扱う手つきが荒くなる。

　仮祝言の翌日の午後、今宿の実家に親族が集まり、茶を啜《すす》りながら昨日の疲れを癒やしていた時のことだ。戸口の外で何やら物音がしたと思えば、ノエがずんずんと入ってきて、あたりまえのように囲炉裏端に座った。

　亀吉とムメ、祖母のサト、そして代やキチや千代子らが誰一人として状況をつかめずに呆気《あっけ》にとられる中、ようやく、妹のツタが言った。

「ノンちゃん、あんた……こげなとこで何しとると？」

　するとノエは、一同を睨みまわして言い放った。

「見た通りばい。帰ってきたとよ」

いくら仮祝言とはいえ、昨日の今日でこれでは勝手が過ぎる。婿の福太郎がよくもまあ許したものだと思えば、

「ふん、あげな男……」ノエは、憎々しげに顔をゆがめ、言い捨てた。「根性なしの大嘘つきたい」

「嘘つき？」

「ああ、そうたい。『ボクはもうずっとこっちにおるー、二度とアメリカへは戻らんことに決めたー』て言いよった。男のくせに、志半ばで撤退するとは情けなか。そげな話ば聞いとらんし約束が違うやろう、それとも初めからうちを騙《だま》すつもりやったとか。もう、腹が煮えて煮えて……」

膝で地団駄を踏みそうな勢いで怒り狂った後、ノエは、また顎をつんと上げ、どこか得意そうに鼻の穴をふくらませて言った。

「とにかく金輪際、あげな男は願い下げばい。ゆうべだって指一本触らせたりせんかった」

それきり、誰が何と言って聞かせようが叱りつけようが頑として婚家へ戻ろうとせず、なんとその日のうちに一人だけ東京へ舞い戻ってしまったのだ。

キチと千代子も慌てて荷物をまとめ、追いかけるようにして帰ってきたのだが、汽車の中では二人して、なんとまあおとなしい婿さんだろうと半ば呆《あき》れて言い合ったものだ。

気性の激しいノエには、福太郎のそんなところも苛立たしく歯痒かったのかもしれない。

くけけけけけけ……。　蜩が鳴く。

先方との取り決めで正式な祝言は卒業後となってはいるものの、ああして方々へお披露目まで済ませたのだから、もはやなかったことにはできない。ノエもそこはわかっているはずで、だからこそ帰京してからというものろくに口をきかず、キチや千代子には八つ当たりをくり返していた。扱いに困っていると、上野高女の佐藤政次郎教頭が、しばらく自分のところに寄宿させてはどうかと申し出てくれて、今はなだめ役の千代子ともども厄介になっている。

叱ったところでかえって頑なになるばかりだろうから今はほうっておけ、というのが代の考えだ。ノエも馬鹿ではないのだから、いくら拗《す》ねていても卒業までには気持ちも落ち着いて納得するだろう、と言う。

キチには疑わしかった。あのどこまでもきかん気のごついおなごが、自分で納得のいかないことを黙って呑み込むものだろうか。

代ですら、ノエの性根をほんとうには知らない。幼馴染みの亀吉の娘、と思って見るからだ。たしかに、「万屋」の伊藤の血を引く男は、器用な半面あまり堪《こら》え性《しょう》がないが、女は違う。長らく家長だったサトがいい例だ。それに、ノエやツタは母ムメの血も受け継いでいる。伊藤家のどん底時代をたった独りで支えたムメの芯の強さが、ノエの場合、忍耐ではなくわがままという形をとるから見過ごしてしまいがちだが、彼女が本気で意思を通そうとしたなら、誰もそれを挫《くじ》くことなどできないのではないか。

我知らず、キチはゆっくりと首を横に振っていた。

なさぬ仲の千代子のほうが、ずっと育てやすい。代の娘にしてはいささかおっとりし過ぎているところもあるものの、そこが可愛げにもなっている。苦労を知らずに暮らしていける環境にあるのなら、女は少し鈍いくらいがちょうどいい。

くけけけ。

蜩が黙り込む。

見れば勝手口の外に赤毛の犬が来て、じっとこちらを眺めていた。隣の村上浪六のところの犬だ。代が可愛がるものだから、こうして調子に乗る。しっ、と追いやると、首をすくめてすたすたと去ってゆく。

犬は、嫌いだ。臭いし毛が舞う。村上とは反対隣の家、五代藍子のところでも大きな犬を二頭飼っていて、時折、風に乗って白い毛がふわふわとこちらの庭に入り込んでくる。

〈キチさんは、見ていると、ノエちゃんにばっかりずいぶん厳しく当たるんだわね。千代ちゃんには遠慮があるのかしら〉

まさしく遠慮のない口調でそう言われたことがある。髪を散切りにしたおとこおんなが何を言うか、と腹立たしかった。どれだけ偉い人の娘か知らないが、いやむろん知ってはいるが、こちらの家のことなど何もわかっていないくせによけいな口を出さないでもらいたい。

竈の火が、少し強すぎる。キチは、薪を崩して加減した。

ノエが上野高等女学校へ通っているについては、ノエ自身の闇雲な努力の結果だ。代が認め、彼女は堂々と応えた。

が、そもそも三年以上前、長崎の家で彼女を預かってやって欲しいと、最初に代に頼んだのはこの自分なのだ。今宿の実家の窮状を見かねての、要するに口減らしのためだったけれど、後添えの身でそれを言いだすのはほんとうに心苦しかった。

千代子に対してきつく当たらないのは、叱る必要がないだけだ。比べてノエは、何から何まで世話になっている身でどうしてそんな、と、こちらが呆気にとられるほど自分勝手なふるまいをして憚《はばか》ることがない。彼女が代に向かって生意気な口をたたくたび、キチの胃はきりきり痛む。

おなごの身で、どうしたらあのように傍若無人でいられるのか。どんなふうに生まれついたら、あんな燃える火の玉みたいな眼をして殿方を睨み、まるで対等であるかのような口をきいて自分の考えを主張することができるのか。

とうてい理解できないのに、どこか眩しいような、羨ましいような気がして、自分の姪に憧れにも似た気持ちをつい抱きかけては思い直す。他人であればほうってもおけるだろうが、身内はそうはいかない。ああいった気性のおなごは厳し過ぎるくらいの躾をしないとどこまでも野放図に育って、いつか取り返しの付かないことになる。

あんな子でも嫁に行けば少しは落ち着くのだろうか、とキチは訝った。

末松の家からは、入籍を急ぎたいとせっつかれている。縁談が調ってからというもの
ノエの学費は末松家が負担しているだけに、あまり木で鼻を括《くく》ったような返事もしにく
いのだが、それにしても仮祝言の翌日にあんな仕打ちを受けたというのに福太郎は怒り
もしなかったのか。なんでもアメリカでは、男子たるもの婦人を尊ぶべしと教育される
ようだが、これだけ面子を潰されてなお怒らないとなると、もはや男子ですらないよう
に感じられる。ノエでなくとも物足りなかろう。

ふうっと長く大きなため息をつくと、炎がゆれた。細めの薪を手に取り、くべようか
どうしようかと思案した時だ。

くけけ。

と、また鯛の声が止んだ。しつこい犬だ。

キチが顔を上げるのと、勝手口を人影がふさぐのは同時だった。縞の着物に海老茶の
袴、結い上げずに後ろでまとめただけの髪が肩先でもつれている。

「どげんしたと」

「……本」

ふてくされた様子で板間へ上がったノエは、脱いだ編上げ靴を教材の風呂敷包みとと
もに小脇に抱えて水屋へ直行すると中ほどの引き戸を開け、しまってあった残りものの
握り飯を一つ躊躇なくつかみ取った。戸を閉めるには手の数が足りなかったとみえる。

開けっぱなしのまま廊下の奥へ消え、ややあってから、たん、たん、と階段を荒っぽく上がってゆく足音が聞こえてきた。

キチは、竈に目を戻し、黙って薪をくべた。薄暗くなってきた土間に、薪が爆《は》ぜて火の粉が散る。

また蜩が鳴き始めた。

＊

夏の帰省中、勝手に縁談を進められたばかりか仮祝言まで挙げさせられたことを、ノエは、同じクラスの誰にも話さなかった。ともに教頭宅で起き伏ししている千代子にも固く口止めをした。

「絶対、学校の誰にも言わんでな」

「なんで？」

「なんでんでん。口ば裂けても言わんでな」

事実を知る人間は、少なければ少ないほどいい。今ならまだ逃れる方法はあるはずだ。あの男との間にはまだ何も起こっていないのだから、本当の意味で〈結婚〉したことにはならない。

どうしてよりによってこの自分が愛のない結婚などをしなくてはならないのか、ノエにはまったく理解も我慢もできなかった。両親や叔父や叔母は口を揃えて、お前も一度は首を縦にふったはずではないかと言うが、もとより断れないように仕向けられ、仕方なく受け容れた縁談だ。福太郎と夫婦になることでアメリカへ行けるならと、自分で自分を無理やり説き伏せたに過ぎなかったし、かの地へ渡ってから隙を見て逃げだそうとまで夢想していた。それなのに、渡米さえもふいになった今、なんだってあんな男にこの身を投げ出す必要がある？　男女というものは、たとえば憧れの若山牧水の詩にうたわれているように、もっと純粋で情熱的なパッションをもって結び合わされるべきものではないのか。

考えれば考えるほど、怒りのあまり身体が瘧《おこり》にかかったように震え、歯ががちがち鳴った。福太郎のことをほんの一瞬でも、そんなに悪くもないかもしれない、などと思った自分を許せなかった。辞書なしで英語が読めて話せるくらいが何だというのだ。青黒い髭剃り跡を思い浮かべるたび、ぞわぞわと肌が粟立つ。

しかし同時に、同級生たちに対して、これまでにない優越感も覚えるのだった。例の、小説をいくら読んでも書かれていない〈肝腎の場面の秘密〉こそ解けなかったが、もうあと一歩で男と同衾《どうきん》するところだったのだ。しかも、拒みきったのは自分の意思だ。実際には福太郎は、こちらの怒りに気圧《けお》されて手を出すどころではなかったようだが、たとえあのとき強引にのしかかられていたとしても、決してやすやすと意のままにはさせなかっただろう。必要とあらば、舌を噛んででも……。そんなふうに妄想を逞しくしていると酒に酔ったような心持ちになり、いまだ恋に恋しているだけの友人らがひどく幼く思われた。

恥辱と怒りの中で終わった仮祝言のあと、根岸の家に独り戻る道すがらもノエが誰よりも会いたかった相手は英語教師だった。

夏休みが明けて始業式が終わったら、いちばんに辻先生のところへ行こう。この身に起こった出来事を洗いざらい聞いてもらうのだ。何と言われるだろう。かつては『平民新聞』をこっそり愛読していたらしいし、いつも皆にロマンチックな恋の詩を教えてくれたりもする先生のことだから、お金のために売られてゆくような哀《かな》しい女の身の上を聞いたら一緒になって憤慨して下さるに違いない。もしかしたら自ら救いの手を差し伸べようとしてくれるかもしれない。万一――そう、万が一にもそのようなことになった場合、自分の側こそ、受け容れる覚悟があるだろうか……。

ほろ苦くも甘やかな妄想をめぐらせるたび、何かむず痒いような熱が腹の下の方にひろがり、徐々に凝《こご》ってゆくのを感じた。この感覚には覚えがある。軀《からだ》の内側の潮位が上がってゆき、うずうずとした焦燥に押し上げられ、両の膝頭をこすりあわせたくなる感覚。福太郎との間ではもちろん気配さえ兆すことのなかったものだ。

しきりに寝返りを打ち、隣の布団で寝ている千代子に気づかれないよう、ノエはそっと息を乱した。波を鎮め、凪《なぎ》を取り戻す方法は、拙《つたな》いながらにもう知っていた。誰に教わったわけでもなく、気がつけば探り当てていた。

辻が、こちらを憎からず思っているのはわかっている。自惚《うぬぼ》れではないと思う。放課後の音楽室で彼がピアノやオルガンを弾き、幾人かの女生徒がそれに聴き入ったり一緒に歌を歌ったりするのは習慣のようになっているが、何かの拍子に二人きりになった時など、互いの間に心が通い合ったと感じられる瞬間がこれまで幾度もあった。学校の帰りに話が尽きず、辻が根岸の家まで送ってきてくれて、代叔父やキチ叔母と挨拶を交わしたこともある。その彼を逆に送って外へ出た時、会話の隙間にふと言葉より雄弁な沈黙が入り込み、どちらも口をひらくのが惜しくなって黙って見つめ合った——あの時の彼のまなざしに何の意味もなかったとは思えない。

そしてとうとう、始業式の日が来た。午前中で終わった式の帰りに、ノエは辻を待ち伏せした。ずっと考えていた通りにそうしたはずなのに、どうしたの、と優しく問われたとたん、言葉より先に涙が溢れた。

邪魔の入らないところで少しゆっくり話がしたいと頼むと、辻は言った。

「じゃあ、送って行こうか」

ノエは慌ててかぶりを振った。代家でも、教頭先生のお宅でも話せない。辻を見上げる瞳に、気持ちがこもってしまう。彼もそれを感じ取ったのか、一旦視線をそらすと、短い思案の末に言った。

「だったら、僕の家に来るかい。母も妹もいるし、狭くて汚いところだけど、それでもよかったら」

上野桜木町の女学校から辻の家のある上駒込までは、歩くとゆうに一時間以上かかる。疲れやしないかと辻はしきりに気にしてくれたが、ノエは幸せだった。今この時が、これまで生きてきた中でいちばん幸せかもしれないと思った。いつまでも泣いたり、しおしおとうなだれたりしていては、行き交う人の詮索の目が辻に向く。迷惑をかけまいと、無理に顔を上げて歩いた。

ようやく辿り着き、家への路地を入る時、近くの寺から時ならぬ鐘の音が聞こえてきた。芭蕉の句を思い浮かべたのは、辻も同じだったらしい。ノエをふり返り、少し笑った。

母親の美津は、玄人めいた婀娜《あだ》っぽさを備えた綺麗《きれい》なひとだった。息子が若い女生徒を連れて帰ったことに驚きながらも、書物で散らかった奥の三畳に通し、熱いお茶と一緒に茶色い饅頭《まんじゆう》を出してくれた。素朴だが旨い饅頭で、しっとり香ばしい皮とともに甘い餡《あん》が口の中でほどけると、硬く強ばっていた気持ちまでほぐれてまた泣けてきた。

八月の間に仮祝言も済んだと聞かされた辻は、さすがに狼狽《ろうばい》を見せた。その様子に、ノエは意を強くして言いつのった。

「叔父さんは、代家に恩ある私がこの縁談を断れないだろうと踏んで、無理やり押しつけたんです。末松が学費を出すなんて言うから、お金に目がくらんで私を売ったんだわ。これまでの損を取り返すみたいに。これじゃ人身売買も同じです」

おそらくそうでないことはノエ自身もわかっていたが、自分を可哀想に思う気持ちは止まらず、言葉は次々に口からこぼれた。全部が嘘ではないのに、言えば言うほど、舞台の上で新派悲劇のヒロインを演じているような心持ちになってゆく。

「今さら断れるわけがない、そんなことをすれば郷里の両親がどんなに肩身の狭い思いをするか……って、そんなことばかり言って私を追い込んで。でも、いやです私。あんな芋虫みたいな顔の男のものになるのは絶対にいや」

「そうは言ってもきみ、祝言だってもう……」

「いいえ」

辻の言葉を遮り、きっぱりと首を横に振ってみせた。

「あんなんは、まわりを安心させるための真似事です。だってうち、指一本、触らせんかったもん」

つい、お国言葉がこぼれる。

「え、どういうこと？」

「どういうこともこういうことも、いま言うた通りです。うち、ひと晩じゅう眠らんと、夜が明けたらすぐに逃げてきたんやけん。あげな男、一歩も寄せ付けんかった」

辻が、呆気にとられた顔をしている。

「しかし、まさか……」

「嘘やって言いなさると？」

「いや、嘘だとは言わないが、しかしよくもまあ旦那さんがそれを許してくれたね」

「旦那さんなんかじゃありません。あげん昼行灯《ひるあんどん》がごと薄ぼんやりしとる男、こっちから願い下げばい」

声が震える。激しい感情が喉までせり上がり、飲み下そうとすると、げっぷのような呻き声がもれた。

「まあ、うん。話はわかったから、とにかく気を落ち着けて」

「私、卒業までにどこかへ行方をくらまそうと思ってます」

「こらこら」

「おとなしく納得したふりをしておいて、隙を見て逃げ出します。外国行きの船にでもこしょっと乗り込んでどこか遠くへ行ってしまえば、叔父さんたちには探せやしない。あとで先生にだけ、手紙を書いて居所を報せますから」

「いや、わかったから、うん、早まっちゃ駄目だ。卒業まではあと半年もあるんだし、何か方法を考えよう。ね」

なだめる辻の物言いは分別くさく、とりあえずこの場を丸く収めようという困惑に満ちている。

期待していたものとは程遠い。自分は、ここでもお荷物なのか。

ノエは、しゃくりあげて泣いた。初めて本当に好きになった男がどうにも煮え切らないのが悔しく、保身の透けて見えるのが哀しい。それ以上に自分が情けなくてならなかった。叔父や両親の思惑が本当はどうであるにせよ、いやなものはいやなのだ。それなのに、まともな反抗の手段が何もない。

キチ叔母などは、最初はいやでもそのうち平気になる、などと慰めにもならないことを言うが、女に生まれてきたというだけで、男たちから犬の子のように扱われ、気まぐれによそへやられ、楯突《たてつ》けば首根っこを押さえ込まれる、そんな馬鹿げた話があっていいものか。どうして他の女たちはこんな理不尽を受け容れて我慢できるのだろう。それとも皆が言うように、自分がただわがままなだけなのか。

やがて、ノエの泣き声がいくらかおさまった頃になって、襖が開いた。美津が、辻を促して言った。

「あんまり遅くなったら、おうちの方が心配しなさるよ。潤さん、お嬢さんを家まで送っていってておあげな」

帰れ、ということだと、ノエは理解した。

恨めしくとも、好きな男の母親を睨みつけるわけにはいかない。涙を拭き、薄い座布団から下り、精いっぱい居ずまいを正して頭を下げる。

「お騒がせをいたしまして申し訳ございません。ありがとう、存じました」

両手をついて畳に顔を伏せながら、世の中のすべてから見放された心持ちがした。

晩夏の暑さが去り、秋の声を聞く頃には、クラスの皆も日々の授業どころか試験勉強さえそっちのけで、間近に迫る卒業後の身の振り方ばかり気にかけるようになってきた。すでに嫁ぎ先の決まっている者は言葉少なだが、そうでない少女たちは、それぞれに思い描く将来の夢を口にし合っては目をきらめかせ、休み時間の教室は内緒話めいたさざめきに満たされる。

ふだんから目立つ中山嘉津恵やその取り巻きたちは、さすがに言うことも華やかだった。

「貿易商の旦那様、なんて素敵よね。舶来品がすぐ手に入りそうだもの」

一人が言えば、別の少女が身を乗り出し、

「私は外交官の夫人になりたいわ。ヨーロッパの国々をあちこちまわって、社交界の花になるの」

すると嘉津恵が、すかさず横から混ぜっ返す。

「あなたは壁の花がいいところじゃないかしら」

話の輪の中にいたノエも、千代子も、思わず一緒になって笑った。

編入してきてからしばらくは苦手で敬遠していた嘉津恵らのグループとも、今では適度な距離感というものがつかめて、それなりにうまくやっている。打ち解けるまではいかなくても、互いに一目置き合うといったところだろうか。

学校劇『ヴェニスの商人』のアントニオ役を、その押し出しのいい体格でもって嘉津恵が演じきった時、なかなか悪くないと思ったノエが本人に感想を伝えたのが先だったかもしれない。嘉津恵もまた、学内の文化祭で土井晩翠《ばんすい》の詩を朗読したノエのところへわざわざやって来て、素晴らしかった、生徒ばかりか先生や来賓の人たちまで夢心地で聴き入っていたわよ、とねぎらってくれた。

ようやく皆の笑いがおさまると、混ぜっ返された少女が、自身も苦笑まじりに言った。

「もう、失礼ねえ。そう言う嘉津恵さんは卒業したらどうするおつもりなの？」

「私？　私は……」

嘉津恵がめずらしく口ごもるのを、ノエは意外な気持ちで見ていた。ふと、勘が働いた。もしかすると彼女にも、砂糖菓子のような夢を語る気になれない事情があるのだろうか。

視線が合う。しまった、と思うより早く、

「それよりノエさんはどうかしら」嘉津恵が言った。「皆さん、聞きたくない？」

わっと輪の空気が盛りあがり、全員の視線がこちらに注がれる。事情を知る千代子が気まずそうに俯《うつむ》くそばで、ノエは、胸深くまで息を吸い込んだ。

「私は……卒業したら九州へ帰らなくてはなりませんから、しばらくあなた方とはお別れね」

「しばらくって？」

誰かが無邪気に訊く。

「ほんのしばらくよ。必ずまた東京へ戻ってきますもの」

「戻ってきたら何をなさるつもり？」

「さあ。記者になるか、作家になるか、いずれにしても良人になる殿方の職業を恃みにしたりはしないわ」

「あら、勇ましいこと」

と嘉津恵に茶々を入れられ、ノエはむきになった。

「どうせ私は、人並みの生き方をしませんから、いずれは皆さんと新聞紙上でお目にかかることになるでしょうね。そうでなくて、もし九州にいるようになったら……」

「なったら？」

「そうね。玄界灘で海賊の女王になって、板子《いたご》一枚下は地獄、といった生き方をするかもしれないわよ」

皆、ああまた大言壮語が始まったとでも思っているのだろうが、ノエは真剣だった。うじうじと煮え切らない男に嫁ぎ、死ぬまでの人生を習俗と世間体に縛られるのはまっぴらだ。それくらいなら、卒業までの間に隙を見てどこかへ姿をくらまし、泥水を啜ってでも自由に生きてやる。自分のことを自分で決める生き方がそこにしかないのなら、ほんとうに海賊にでもなってやる。

笑いさざめきながらすぐに次の話題へ移ってゆく級友たちに囲まれ、ノエは、ちらりと嘉津恵を見やった。彼女だけが、笑わずにこちらを見ていた。

卒業まで半年もある、と辻は言ったが、その後の時間はまるで流砂のようで、佐藤教頭宅で世話になるうちにあっという間に年が明け、二月が来て、庭ではすでに梅が咲き始めていた。

こちらに意思などというものは端からないかのように、末松家との話は勝手に進んでゆく。先方からさんざんせっつかれるうち、せめて卒業後にと言っていた叔父も折れて、とうとう入籍まで済まされてしまった。昨年の十一月二十一日のことだ。

たった一つだけ残されていた出口に、ががらがしゃんと重たい鉄格子が下ろされたようだった。

――仮祝言を挙げただけで、福太郎などまだ本当の良人ではない。

――このまま逃げてしまえば全部を無かったことにできる。

懸命にそう思い込もうとしていたのに、最後の希望まで奪われたのだ。

〈人は誰も、いつまでも子どもでいるわけにはいかんのだよ〉

教頭の言葉に、ノエは頷けなかった。子どもでいたいのではなく、自由でいたいだけだ。

このうえはやはり行方をくらませるしかない。故郷に帰って末松の家に縛られてしまったら、もう滅多なことでは逃げられなくなる。都会とは比べものにならないほど、田舎では人の目がしつこくまとわりつき、こちらの一挙手一投足を見張る。自分以外は全員スパイだと思うくらいで間違いはない。

そんな怖ろしいことになる前に、卒業式が済んだら九州におとなしく帰ると見せかけて、途中でひとり汽車を降り、知らない街にまぎれてしまおう。大阪、広島、それとも別の汽車に乗って福島、青森、日本全国どこだっていい。女海賊になるのはさすがに難しくとも、しばらくのあいだ下働きをしてでも潜伏し、いつかこっそり東京へ舞い戻ってやる。そうして、それまでの数奇な半生について書き綴《つづ》り、新聞や小説誌に発表するのだ。

眠れぬ夜、ノエは文机の引き出しから一冊の雑誌をそっと取り出しては眺めた。貸してくれたのは辻だ。相変わらず男としての行動に出るつもりはないようだが、気にかけてくれているのは伝わってくる。上駒込の家へ押しかけて苦しい胸の裡を洗いざらい吐露したあの日から、ほんの数日後だったろうか。

「興味があったら読んでごらん」

そう言って、辻はこれを手渡してくれたのだった。

黄色の表紙の中央に、どこかエジプトの壁画を思わせるドレス姿の女性の立像が描かれている。長い髪を一つに編んだ女性は横顔で、少し顎を上げて視線を投げ、遠くを見つめている。

その絵の右側に、海老茶地に白抜きで、「青」。左側に、同じく、「鞜」。表紙をめくると本扉、さらにめくれば、右頁の最初に四角な漢字が連なっている。

〈青鞜《せいとう》第一巻第一号内容〉

興味があったら、どころの騒ぎではなかった。手渡されたこの創刊号を何気なくめくり、それが何について書かれた雑誌であるか——いや、誰が何をしようと考えて創り出された雑誌であるかを悟るなり、ノエは、衝撃に言葉を失っていた。

巻頭にはなんと、あの与謝野晶子が「そぞろごと」と題する詩を寄せている。全体が十二連からなる、長く熱い詩だ。

山の動く日来《きた》る。

ノエは胸の高鳴りをこらえきれず、立ちあがって部屋を歩き回りながら一言一句を目で追った。

人よ、ああ、唯《ただ》これを信ぜよ。
すべて眠りし女《おなご》今ぞ目覚めて動くなる。

その詩の後にはさらに、発起人による勇ましい文章が続く。

元始、女性は実に太陽であった。真正の人であった。

十六頁にもわたるその長い文章を書き綴ったのは、〈らいてう〉という聞き慣れない名前の女性だった。なんと、この立派な雑誌そのものが女性だけの手によって書かれ、編集され、印刷されて世に出たのだ。

かつては太陽であった女性が、今は自分からは輝くことのできない月となっている。家に縛られ、親や夫の保護のもと自由を奪われている女性たちを、真に独立させること――そのためにこそ『青鞜』は初声《うぶごえ》を上げたのだと、らいてうは堂々たる筆致で綴っていた。

自由。――自由！

気がつくと、部屋の隅にへたり込んだノエの目からはぼろぼろと熱い涙が噴きこぼれていた。キチ叔母からは泣き虫だと言われ、自覚もあったが、その涙は今まで経験したどれとも違う、感情よりも理性を水源とする涙だった。雑誌を持つ手ばかりでなく、軀ごと、震えた。

以来、辻が許してくれたのをよいことにずっと借りたままになっている。毎月一日に出る月刊誌だが、この創刊号には格別の思い入れがあった。

一冊二十五銭、けして安くはないが、それだけの値打ちがある。かじかむ指先を火鉢で炙《あぶ》り、そっと頁をめくる。叔父の所蔵している高価な本でさえ、これほどまでに丁寧に扱ったためしはなかった。

収録されている文章はすでにどれもこれも精読し、覚えるほど読み込んでいる。森鷗外夫人や国木田独歩夫人、それに、たしか去年の初めに新聞の懸賞小説で選ばれてデビューしたばかりの田村俊子……。

「ノエさんならきっと興味を持つとは思ったが、そこまでとはなあ」

辻は苦笑気味に言った。聞けば、彼がこの雑誌のことを初めて目にしたのは九月の初めに出た新聞広告だったそうだ。『太陽』『中央公論』といった総合誌と並んで、〈唯一の女流文芸雑誌〉と銘打たれた『青鞜』があった。

「〈ブルー・ストッキング〉って知っているかい」

「いいえ」

「十八世紀のロンドン社交界に、モンタギュー夫人という人物がいてね。女性中心の知的なサロンを催していた彼女らが、正装としての黒絹の靴下じゃなく、青い普段着の靴下を、自分たち婦人グループの象徴として用いるようになったんだ。女性の知性と教養のシンボルとでもいうのかな。そういう女性の活動をいかにも愚かしいことだと揶揄《やゆ》する連中が、わざと侮蔑的に呼んだりもしたようだがね。〈あの女はブルー・ストッキングだから〉なんていう具合に」

「西欧にも、女が下に見られていた時代があったんですか」

「そりゃそうだ。今だってさほど変わらないよ」

当たり前のことのように辻は言った。

「『青鞜』という題名は、おそらくその〈ブルー・ストッキング〉を踏まえてつけたんだろう。前に〈紺足袋党〉なんて訳しているのを見かけたことがあるけど、それに比べたら上出来だよ。こんな挑発的な雑誌を出したらきっと世間から酷評される、そのことを百も承知で先回りしてつけた名前だと思う。たいしたセンスじゃないか」

嬉しそうに笑っている辻を、ノエは不思議な思いで見た。もともとフェミニストではあるが、それにしても男性の身でずいぶんこの雑誌に肩入れするものだ。

「このらいてうさんって、どういうひとなんですか」

と訊くと、辻は物言いたげに眉尻を下げた。細長い顔が、全体に垂れ下がるように弛《し》緩《かん》する。ふだん、好きな音楽や小説や芝居などについて話す時と同じ表情だった。

「森田草平の『煤煙《ばいえん》』を読んでみるといいよ。少し早いかもしれないが、きみなら理解できるだろう」

ノエは、とりあえず出ている一巻と二巻を借りて読んだ。何でもかんでも吸収したい気持ちになっていた。

妻子ある男が惚れた〈朋子〉という若い女はインテリだが、折々に奇矯なふるまいの目立つ謎めいた女性として描かれている。男は、愛しているとは決して口にしない彼女に心を引きずりまわされ疲弊してゆく。

読み終えたノエに、辻は、らいてうの本名が〈平塚明《ひらつかはる》〉であることを教えた。〈朋〉ではなく〈明〉――『煤煙』は森田草平の側から描かれた告白的な私小説であり、家庭のある小説家と女子大まで卒業した未婚女性との情死未遂事件は、ほんの四年ばかり前に世間を大きく騒がせた醜聞であったのだ。

普通に考えれば、そんな恥ずかしい事件を起こした娘など外へも出られるはずがない。遠い田舎の親戚のもとへでもやられ、息を潜めるようにして一生を送るのが関の山だろう。

それなのに、この平塚明、いや、らいてうというひとは、自分を不当に貶めようとする世間に向かって傲然と顔を上げ、同じく踏みつけにされている女性のために、すべての女性の尊厳のために、こんな立派な雑誌を世に送り出してみせた。

それに比べて自分はどうだ。二十七歳と十八歳という差はありこそすれ、情けなくはないか。この雑誌を読んだ女性たちの多くがいよいよ目覚め、立ちあがって行動しようというこの時に、自分の運命を人の手に委ねて何もできずにいるなんてあまりに不甲斐なくはないか。

辻に教えられるまま、ノエはさらに福田英子《ひでこ》の『妾《わらわ》の半生涯《はんせいがい》』を読み、木下尚江の『火の柱』を読み、そしてイプセン作・島村抱月《ほうげつ》訳の『人形の家』を読んでノラを知った。

（ああ……ああ！）

内臓を絞られるような悔しさに身悶《みもだ》えし、ノエはますます出奔の計画を本気で考えるようになった。

卒業式は三月二十六日。その日が、一日また一日と近づいてくる。いざ式が済んで、翌日かまた翌々日になるか、とにかく皆に見送られて汽車に乗るまでは、要らぬ疑心を抱かれないようおとなしくしていなくてはならない。やり過ぎては駄目だ。本意ではないけれどもここまで来てはもう仕方がない、と嫌々あきらめたふりをして、皆を欺くのだ――。

「いやはや、驚いたな」

目の前で長いため息をつく辻を、その午後、ノエは情けない思いで見おろしていた。

「人生、何が起こるかわからないとは言うが、それにしてもなあ」

これまで放課後にはいつもそうしていたように、二人は音楽室で話していた。厳粛かつ華やかに執り行われた式への感動も、とうとう高等女学校を卒業したことへの感慨もほとんどない。それどころではなかった。

「どうすればいいと思いますか、先生？」

思いきって水を向けると、辻はオルガンの鍵盤を見つめたまま言った。

「正直に僕の考えを言えば、とにかくきみは一旦、あきらめて故郷へ帰るしかないと思うよ。だって、しょうがない。事情が変わったんだから」

その新たな事情は、一通の電報という形でもたらされた。一昨日、三月二十四日のことだ。代の実父・佐七が亡くなったという報せだった。

叔父は取るものも取りあえず長崎へ戻り、卒業式を翌々日に控えた千代子とノエはこのまま教頭宅に残って、式が済み次第、キチとともに急いで帰る手はずとなった。千代子などは祖父に可愛がってもらった記憶があるのだろう、目を泣きはらしていたが、ノエは泣くことすらできずにいた。身体が溶けてしまいそうでどこにも力が入らなかった。

自分はもしや、呪われているのだろうか。計画のすべては東京からひとりきりで婚家へ向かうことを前提としていたのに、叔母と千代子にべったりと張りつかれていたのでは途中で逃げるわけにもいかない。恨めしいのは代の父親だ。よりによってこんな時に死ななくたっていいではないか。

すぐにでも辻と話がしたかったが、部屋を出て玄関へ向かおうとしただけで、

〈どこへ行くんだね?〉

佐藤教頭に呼び止められた。

べつに、と答えると、教頭はじっとノエを見て言った。

〈大事な時だからね。家でおとなしくしていなさい〉

何か勘づいているのかもしれない。鼻も口も塞がれるような息苦しさを覚え、ノエは身を翻して再び二階へ駆け上がり、それきり今朝までほとんど部屋にこもっていた。

「辻先生」

「うん？」

「汽車は、明日の午後一時過ぎなんです」

「そう」

オルガンの椅子に座り、こちらとは目も合わせない辻を見おろしていると、なんだこんなやつ、というような反発がせり上がってくる。

「見送りになんか、来ないで下さいね。みんなに何かと思われますから」

「ああ。行かないでおくよ」

そんな返事が聞きたいのではない。自分が何をどうしたいのかわからない。駄目だ。また泣きそうだ。

身体に力を入れて涙を懸命にこらえていると、ふいに辻が目を上げた。互いの視線が強く絡む。

「明日の朝」

「え」

「朝早く、出かけてくることはできる？」

心臓が位置を変えた気がした。

「どこへですか」

「竹の台陳列館で、青木繁の遺作展があるんだ。知ってるかな、ロマン派の……ほら、去年若くして亡くなった」

「もちろん知っています」

同じ福岡県出身の天才画家だ。知らないわけがない。

「有名な『わだつみのいろこの宮』も展示されるらしいんだ。観《み》に行く時間はある？」

「先生と一緒にですか」

「うん。よかったら」

「行きます。行きたい」

ノエは、オルガンに覆《おお》い被《かぶ》さらんばかりに身を乗り出した。

「汽車に間に合うかな」

「午前中だったら大丈夫。きっと行きますから、どうか駄目だなんて言わないで」

辻は、その日初めて笑った。

「誘っているのは僕だよ」

その晩、帰省のために最小限の荷物を整え、残りは後から送ってもらうように荷造りしてから寝床に横になると、隣の布団の千代子がこちらに寝返りを打った。

「ねえ、ノンちゃん」

「ん？」

「東京も、これが最後ね。いろいろ、ありがとうね」

「何が」

「だから、いろいろ。ノンちゃんが来てくれたから、毎日楽しかった」

「……そう」

自分の返事が、まるで昼間の辻のそれのようだ。あのとき彼は、今の自分のような困惑や鬱陶しさを我慢していたのだろうか。いや、ほんとうに鬱陶しかったら、明日会おうなどと誘ってくれるはずがない。

「お互い、お嫁に行っても時々会おうね」

「そうね」

「もちろん、旦那さまたちが許してくれたらだけど……末松の福太郎さんも、うちの勝三郎さんも優しいから、きっと承知してくれるわよ」

「……うん」

何ごとにも鈍い従姉が、そのあとすぐにすうすうと寝入ってくれたことにほっとして、ノエもまた無理に目をつぶった。嫁入りのために故郷へ帰るその日に、別の男と、それも好いた男と密会をする。高鳴る心臓の音が耳についてなかなか寝付けなかった。

ふっと眠りに落ちたのは朝方だったろうか。おかげで少し寝過ごしてしまったが、まだ間に合う。大急ぎで身仕度をし、昨夜のうちに用意しておいた風呂敷包みを抱える。

「あれ、ノンちゃん、どこ行くと？」

寝ぼけまなこの従姉は郷里の言葉に戻っている。

「ちっと、そこまで散歩。汽車の時間までには絶対、駅に行くけん。心配せんとって」

そう告げると、足音を忍ばせて階下に下り、教頭らの見ていない隙をついて飛びだした。

いつもの袴姿で、編上げ靴を履いてきてよかった。全力で走って走って電車に飛び乗る。今ごろになって、まさか二人きりではなくて誰かも一緒に誘ったのでは、などという疑念が湧いてくる。

上野で降りると、先に停留場に来ていた辻は、ひとりだった。いつも学校に着てくる紺色の絣の着物だが、今日は鹿の子の兵児帯《へこおび》ではなく、おそらく一張羅だろう博多献上の角帯を締めている。こちらに気づいた彼が、見たことのない顔で少し笑うのを見た時、そうだ、昨日で卒業したのだったと初めて実感が湧いた。

会場まで、公園の中を歩いてゆく。朝もまだ早いせいか人影はまばらで、二人の足音ばかりが大きく響く。

絵を観ている間じゅう、どちらもほとんど口をきかなかった。誘ったのは僕だと言ってくれたはずの辻は、なぜかよそよそしく、ノエが隣に立つとまるで避けるかのように離れて次の絵のほうへ行ってしまう。

どうして、とノエは思った。こんな寂しい思いをさせられるとわかっていたら、きっと来なかった。

――いや、違う。それでもやっぱり来た。もうこれきり逢《あ》えないひとだ。今この瞬間のことを、自分は絶対に生涯忘れまい。夭逝《ようせい》した天才画家の筆の跡も、会場の湿った土間の匂いも、窓から射す光の束を細かな塵《ちり》が出たり入ったりしているこの光景も。

だんだん人が多くなってきたのを見て、

「出ようか」

辻が短く言い、先に立って外へ出た。来た時よりは温もった木立の中を、怒っているような足取りでずんずん歩いてゆく。

ノエは、追いかける気力をなくした。木陰に立ち止まり、俯いて、編上げ靴の先を見つめる。千代子のお古を、さらに二年にわたって履き続けたので革はずいぶん傷んでいるが、その傷がむしろ愛おしい。

学校への坂道を、毎日この靴で駆けあがった。校舎が見えてきても、もっと先まで駆けてゆける気がした。でも結局、その先に自由などなかった。今日で終わりだ。もう、どこへも行けない。

息を吐き、顔を上げようとした時だ。ノエは驚いて、思わず短い悲鳴をもらした。辻が、にこりともせずにずんずんと引き返してくる。

遅れたことを咎《とが》められるのかと思うよりも早く、目の前が一面、絣の紺色で覆われた。

第五章　出奔

たった今、とうとう汽車が出ていってしまった。真っ黒な煙を大量に吐き、悲鳴のような汽笛の音をあとに残して。

中山嘉津恵は、級友たちと顔を見合わせた。

せっかく皆でこうして見送りに来たというのに、肝腎の本人がまだ現れない。集まった上野高等女学校の先生たちも、どうすればよいものかと戸惑いを隠せずにいるようだ。

先ほどから心配と苛立ちのあまり立ったり座ったりしている代夫人の横に、同じく級友でもある千代子が心細そうに寄り添っている。

そっとそばへ行き、嘉津恵は声をかけた。

「来なかったわね」

千代子がふり向き、みるみる半泣きの顔になる。

「嘉津恵さん……ごめんなさいね。せっかく来て下さったのに」

「いったいどうしたのかしら、ノエさんたら」

「わからないの。今朝早く、荷物を抱えて飛びだしていったっきり」

「どこへ?」

「さあ。『そこまで散歩』って」

「なんでそん時、はっきり訊かんかったとね」

横から、夫人が身を揉むようにして言う。

「だって、『汽車の時間までには絶対、駅に行く』て言うたけん」

驚いた。千代子の口からお国訛りを聞くのはこれが初めてだ。家族の間ではしばしば話されているのかもしれない。

ああ、そうか——と、嘉津恵は夫人の顔を盗み見た。ノエが千代子の家から女学校に通っていたのは、この人がノエの叔母だからだと聞いたことがある。なるほど、眉が濃く彫りの深い顔だちはどこか似ている。

千代子が再び、嘉津恵にすがるような目を向けてくる。

「どうしたらいいと思う?　このまま来なかったりしたら」

「さあねえ」

こちらに訊かれても困る。

「もしかして、何か危ないことに巻き込まれていたらどうしよう」

それはないのではないかという気がした。来ないとしたら、それはおそらく本人の意思だ。

「……逃げたのかもね」

呟きは、ざわめきに紛れた。千代子が耳を寄せてくる。

「え、なんて？」

「何でもない」

嘉津恵は息を吸い込み、駅の雑踏を見渡した。

さっき出ていった蒸気機関車の煙の匂いが、まだ漂っている。見送りに来ていた人々も徐々に潮が引くように減ってゆく。夜まで待たなければ、次の汽車は出ない。

ふと、二年前のことが頭に浮かんだ。上野高等女学校の四年生に編入してきた頃の伊藤ノエは、絵に描いたような山出しの田舎娘だったが、向上心や克己心といったら並みではなかった。野心、と言い換えたほうがふさわしいかもしれない。何があろうと自分の居場所を明け渡したりするものかとばかりに目をぎらつかせ、授業の間じゅう食い入るように教師を見つめて鉛筆を握りしめていた。

生まれてこのかた何かに不自由したことのない嘉津恵にとっては、受け容れがたい異分子だった。おおかた似たような境遇で育ってきた級友たちにとっても同じだったろう。クラスに気の荒いけだものの子が一匹紛れ込んでいるかのようで、ちっとも落ち着かない。嘉津恵は、自ら率いる仲良し七人組と一緒に、率先して排除にかかった。

思い出すのは、「紋付き事件」だ。学校で折節《おりふし》に行われるあらたまった式には、皆、黒木綿の紋付きを着て出席する。絶対の決まりではないけれどもほとんどの生徒がそうしている。しかし、十一月三日に行われた天長節の式典では、クラスでノエだけが普段と同じ着物と袴だった。従姉の千代子はもちろん黒紋付きを着ている。代家が貧乏なはずはないのにどうしてノエさんだけ、と皆が不思議に思う中、当の本人は青ざめた顔でつんと顎を上げたまま、誰とも目を合わせようとしなかった。

　ふだんから殊勝な相手ならば同情の対象になっていただろうが、もちろんノエはそれに当てはまらない。嘉津恵たちの次なる興味は、元旦の式典に向けられた。

　はたしてノエは、黒紋付きを着て颯爽《さっそう》とやってきた。ところが式の間、後ろの列に立った嘉津恵がよく見ると、背中や袖の紋はまだ染められておらず、白抜きの丸のままなのだった。昔は武家しか家紋を持っていなかったというし、今でも持てない貧しい庶民がいることは知っているが、目にしたのは初めてだ。それともただ、家紋はあるけれども染めさせるお金がなかっただけだろうか。そもそもお金のある人なら、こんな具合に紋のところだけ白抜きしてあるような反物は買わない。白生地を買って染屋へ持っていき、紋とともに染めさせるはずだ。

　まるで闇夜に満月が三つ昇ったようなノエの背中を眺めながら、嘉津恵は友人たちと肘でつつき合って笑った。

「万緑叢中《ばんりょくそうちゅう》の紅一点じゃなくて、白三点ね」

　陰口に、ノエがふり向く。下から睨み上げるようなその視線に、大柄な嘉津恵も思わずたじろいだ。

間違いをさとったのは、帰宅して母親にその一件を話した時のことだ。

母親によると、白抜きの丸紋は「石持《こくもち》」と呼ばれ、もともとは武士が縁起をかついで用いた紋であるというのだった。白地に黒い丸が「黒餅」、黒地に白い丸が「白餅」。それぞれが、石高の多いことを意味する「石持ち」や「城持ち」に通ずるとして、遊び心で身につけられた。後には黒地に白の丸だけが残り、やがて紋を持たない庶民の家の者が便宜的に用いるようにもなったが、本来は縁起物であり、必ずしも染めるお金がないから白抜きというわけではない。

「もっと勉強をなさい」と、母親は苦い顔で言った。「だいたい、そんなことで友だちを笑うなんて情けないことですよ」

情けないとまでは思わなかったが、自分の無知が恥ずかしく、嘉津恵は友人たちにその話はしなかった。ノエにも謝らなかった。

すると、次なる式典、二月十一日の紀元節に、ノエは二本線のくっきり入った紋付きを着て現れたのだ。「丸に二つ引き」の紋は足利氏などで有名だが、ほんとうに家系がそうなのか、それともただ彼女の父親が次男坊だったのかはわからない。

いずれにせよ、元旦の式と同じくすぐ後ろに立っていた嘉津恵の目に、それが素人の手で描かれたものであるのは明らかだった。案外、家系も何も関係なく、いちばん描きやすかったのがその文様だっただけかもしれない。

誰からも隠れるようにしてかがみ込み、墨を含ませた筆を握って、目をこらし息を殺しながら丸に二本線を描き入れるノエの姿が浮かぶと、さすがの嘉津恵にももう何も言えなかった。前回同様くすくす笑い合う友人たちを逆にたしなめ、怪訝な顔をされたのを覚えている。

あの頃は不思議だった。いくらノエが代家の居候であるにせよ、姉妹のようにして同じ学校に通っている千代子だけがきちんとした紋付きを着て、片やそんな具合だったのはどうしてなのか。

しかし今こうして、ノエのほうの身内である夫人を眺めていると、その理由が少し理解できる気がするのだった。代家の後妻に入り、なさぬ仲の千代子を大事に育てながら、自分の姪であるノエを引き取って学校へ通わせてもらう――もうそれだけで、あの叔母さんとしては婚家での肩身が狭かったのだろう。その空気はノエにも伝わったはずだし、そうとなれば劣等感に小さくなるよりもむしろ、それをはね返そうとするほうへ気持ちが動いたに違いない。彼女はそういう質《たち》だと、今では嘉津恵にもよくわかる。

ノエは、まだ現れない。同じく見送りに来た担任の西原先生も、教頭の佐藤先生も、頭を寄せ合って何やら相談している。

嘉津恵は停車場の向こうを見晴るかした。早春の陽射しあふれる広場に、人の数は多いが、それらしい少女の姿は見えない。

ほんとうにどこかへ逐電してしまったのだとしたら、ノエの勇気が羨ましい。自分もほどなく嫁入りが決まるだろう。浅草で細紐テープの工場を営む父親は、知り合いの銀行家に嫁がせるかそれとも裕福な得意先の旧家へ嫁にやるかと思案しているらしい。いずれにせよ、こちらには選択権どころか発言権もない。

皆、そうだ。自分たち女はみんな、親や、夫になる人の所有物として扱われる。そういうものだと思いこんでいたから、これまで、不満はありこそすれ、おかしいと感じたことはなかった。

今は、違う。当たり前だと思えない。

何ごとにも簡単には屈しないノエの、あの燃えるようなまなざしを思い浮かべた時、

「あっ」

と誰かが叫んだ。

声のほうを見やると、千代子が子どものようにぴょんぴょん跳ねながら広場のほうを指さしていた。

来た。風呂敷包みを矢絣の胸に抱え、一つに束ねた髪を左右に揺らしながら、息を切らせて駆けてくる。

「ノエ、あんたいったい……」叔母さんが身を震わせて叱りつける。「どこで何ばしょったと！　皆さんに心配ばかけて、見んしゃい、汽車なあとっくに出てしもうたやなか！」

「ごめんなさい」

「謝って済むことと済まんことがあるとよ！　次ん汽車は、晩までなかとばい。どげん

すっと、ええ？　旦那様は向こうで待っとらっしゃるとに、いったいどげんするつもりやったとね」

「ごめんなさい」

口で謝りはするが、ノエは頭を下げない。額に噴きだす汗が陽を受けて光り、後れ毛はこめかみに貼りついている。嘉津恵の目には、ノエが急に大人びたように思われた。昨日の卒業式で会ったばかりなのに、まるで別人のようだ。

思いきってそばへ寄り、言葉をかける。

「すみません、おばさま」

夫人と千代子、ノエの視線が、嘉津恵に注がれた。

「晩の汽車を待って、乗って行かれるのですか」

「ええ、まあ、そういうことになりましょうねえ」

「そうですか。残念ですが私たち友人は皆、晩にはお見送りに参れませんので、こちらでお暇《いとま》いたしますね」

「まあ、まあ、申し訳ありませんねえ。本当にご迷惑をおかけして」

深々と頭を下げられる。いいえ、と嘉津恵はかぶりを振った。

「こうして最後にお目にかかれただけで嬉しゅうございました。ねえ、ノエさん」

返事も待たず、ノエの袖を引っぱるようにして柱の陰まで移動する。

二年間、机を並べて学んだ級友は、なぜか心ここにあらずといった様子だ。着物の衿は相変わらず垢じみているが、そこからすっと伸びた首筋が妙にまぶしい。思わず目を奪われ、何を言おうとしていたのかわからなくなって、嘉津恵は、かわりに頭に浮かんだことを言った。

「なるんでしょ、女海賊に」

「え」

ノエがぼんやりと顔を上げる。今やっと嘉津恵が目に入ったかのようだ。

「いいじゃない、おなんなさいよ」かまわず続ける。「海賊にでも山賊にでも、なるといいわよ。あなたはそうやって、この先も思うとおりわがままになさるのがいいのよ。ね、そうしてよ」

じっと見上げてくるノエの頰は薔薇色に上気し、瞳は熱に浮かされた人のように妖しく光っている。綺麗だ。

「ねえ、ノエさん。いろいろあったけれど、愉しかったわね。向こうへ帰られても、お身体にだけは気をつけてね」

こちらの思いが曲がらずに伝わったのか、ノエの頰がわずかに緩んだ。と同時に、これまでの緊張が解けたのだろう、黒々とした双眸に水っぽい膜が薄く張りつめてゆく。慌てたように嘉津恵から目をそらすと、

「ありがとう」彼女は言った。「私もこの二年間、けっこう愉しかったわ」

やっと、いつものノエだった。

「嘉津恵さんも、どうかお元気で」

「あら、任しといてよ。私はきっと、どこかお金持ちのお家へお嫁に行くでしょうから、遊んで暮らしながら楽しみに待たせて頂くわ。いつか新聞の紙面に、あなたの名前が大きく載るのをね」

あえて揶揄《からか》うように言ってみせると、ノエは、嘉津恵を見て、初めて笑った。

笑ったのだろうと思う。目尻には光るものが溜まり、頬は歪《ゆが》んで、泣き顔と区別がつかなかった。

＊

緋色《ひいろ》に咲き誇っていたはずの石楠花《しやくなげ》が、気がつけば、縁先の日だまりで汚く萎《しお》れている。花弁も雄しべも溶けたようになって濃い色の葉に貼りつき、気まぐれに寄ってきた蜂さえすぐに見捨ててよそへ飛び去ってゆく。

ノエは、目をそむけた。

沓脱石《くつぬぎいし》にそろえてあった下駄をつっかけて庭を横切り、門柱に寄りかかる。道の向かいに建つ小学校からは、子どもらの唱歌を歌う声がてんでばらばらに聞こえてくる。

校舎の脇を通ってのびる道の両側には、名残の菜の花が風に揺れ、ゆるやかにうねる道が思いのほか強い春の陽射しに照らされて白々と輝くのを見ていると、そのあてどなさ、果てのなさが自らの身の上に重なった。奥歯をきつくきつく嚙みしめ、鼻の奥のしびれを懸命にやり過ごしながら、丘を登る道が空の中へ消える一点に目をこらす。目のくらむような眩しさは、暗闇も同じだった。

頭上で雲雀《ひばり》が鳴いている。ふらふらと縁側へ戻って腰掛ける。

ここは、尋常小学校時代からの友人の借りている家だ。主は、すぐ向かいの小学校に勤めていた。身を寄せてから一週間になるが、日曜以外の日中はノエ独りで留守番している。

もう四、五年会っていなかったのに突然訪ねてきたノエを、彼女は驚きながらも喜んで迎えてくれた。

「いつまででん、おってくれてかまわんよ。どげな事情があってのことかわからんばってん、なぁんも無理せんでよか。話せる時に話してくれたらそれでよかけん、ね」

事情。

世話をかけているのだからきちんと打ち明けなければと思いながら、まだ一度も話せていない。いったいどう話せばいいというのだろう。東京からほとんど無理やり郷里に連れ帰られ、親や叔父たちの思惑どおり嫁入りさせられた先の家を、たったの九日目に着の身着のまま飛びだしてきた――要するにそれだけの話なのだが、どうしてそんなことになったかについて、気持ちを表せる言葉が見つからない。

東京を離れてから数えれば、今日でほぼ二十日。その間の日々がまるで一瞬のように感じられる。人の死に際には一生のすべての記憶が走馬灯のように脳裏を巡るというが、それに似ているかもしれない。今の自分も生きるか死ぬかの瀬戸際にいる。これからどうすればいいのか、生き延びる道などどこにあるのかを思うと、いっそすべてを終わらせてしまう以外に何も手立てが残されていないような心持ちになってくる。

あの晩、新橋から汽車にさえ乗らなければ……あの時点で何もかもを振り捨てて逃げてしまえば、今の困窮はなかっただろうに。

ノエは下駄の先を見つめ、きつく目を閉じた。

わざと遅れていこうなどとは思っていなかったのだ。上野の森から新橋駅までは懸命に急いだし、間に合うとばかり思っていた。しかし、着いてみると予定の汽車は少し前に出てしまった後で、叔母のきつい叱責はもちろん、見送りの教師や級友たちから注がれる非難と詮索のまなざしは肌に突き刺さるように思われた。

どこかの時点から、時間の流れがぎゅっと圧縮され、勝手に早回しになったとしか思えなかった。心当たりは一つしかない。

眼前を覆い隠した古い絣の紺色。はっと息を吸い込んだ拍子に流れ込んできた男くさい匂い。細くて骨張っている腕の意外な力。そして――初めての接吻《せっぷん》。

あんなに苦しいものだとは知らなかった。小説などで読む限り、ただうっとりと気持ちよくなる行為と理解していたのに、実際はぬめぬめとした軟体動物に口を塞がれたようで、正直に言えば気色が悪かった。長く息を止めていたせいで酸素が欠乏し、危うく気を失いかけた。辻が支えてくれなかったら膝から崩れ落ちていただろう。大丈夫かと訊かれ、ノエは激しく首を横に振った。

〈爪が……〉

〈え？〉

〈爪の中が、痛い。指の先までずきずきします〉

辻は牡牛《おうし》のように低く呻き、なおさらきつく抱きしめてきた。

互いの唇を結び合わせるという行為そのものは気持ちよくも何ともないのに、好きな男から有無を言わさず求められ、受け容れている自分を思うとたちまち、苦しくも甘やかな陶酔に満たされてゆく。高等女学校の最後の一年間を通していちばんの理解者でいてくれた先生が、ほんの昨日までは教え子の一人だった自分の軀を荒々しく抱きすくめ、もっと先のことまで欲しがって身悶えしている。その特殊な状況が何よりノエを陶然とさせ、屈折した満足へと誘った。この世で唯一のもののように求められることが嬉しく、歓喜に背骨が痺れた。

もしも辻との間にあれほど熱い抱擁《ほうよう》がなかったら、おそらく自分は末松家を飛び出したりしなかったはずだ、とノエは思う。もともと嫌だった。好きでもない男、それどころか自分より低級としか思えない男にこの身をまかせるなど、虫唾が走るほど嫌で、嫌で、嫌で嫌で嫌で嫌で嫌でたまらなかったけれども、他に心を捧《ささ》げる相手が誰もいなかったなら涙を呑んで運命を受け容れていたかもしれない。いつかは忍従の日々にも慣れ、もはや嫌と思う心さえ動かなくなっていたかもしれない。

八日の間に、三度。苦行を越えて拷問のようだった。穏やかなばかりに見えた福太郎もやはり若い牡ではあって、新妻の拒絶をそう何日も許してくれるものではなかった。乱暴に組み伏せられ、怒りに猛《たけ》ったものを半ば無理やり押し込まれた時は、軀が二つに裂けるかと思った。

九日目の朝、気がつけばふらりと家を出ていた。もう戻るつもりはなかったが、持ち合わせが足りない。福岡にいる友人や三池のモト叔母の家を訪ねてはみたものの、金の無心を言い出しかねているうちに家出してきたことが知れてしまいそうになった。慌てて取り繕って逃れてきた先が、この大牟田《おおむた》の友人の家というわけだ。手紙を出して頼れば応じてくれそうな相手は二人しかいない。その算段をする間に見つけ出されて連れ帰られるのを避けなくてはと思うと、ここしか思いつかなかった。

しかし、一週間たつのにどこからも返事が来ない。上野高女の担任だった西原先生からも、それに辻からも、いっこうになしのつぶてだ。

あの日の抱擁と接吻は、辻にとっては気の迷いだったのだろうか。二度と会えるかどうかもわからない別れに際して一時的に気分が盛りあがっただけの、ほんの戯《たわむ》れに過ぎなかったのだとしたら、自分の出した必死の手紙などは噴飯ものだったろう。先回りして気を揉んだところで仕方ないと思いながらも、悔しさと憤りに歯がみしたくなる。

もう、どうなったっていい。捕まってあの家へ連れ戻されることさえ回避できれば、どこまで身を堕《お》としたっていい。

ぎゅっと固くつぶった眼裏《まなうら》に、辻から貸してもらった『青鞜』の表紙が浮かぶ。

〈山の動く日来る。……すべて眠りし女今ぞ目覚めて動くなる〉

生きたい。

ノエは、身を震わせた。

いつ死んだっていい、だからこそ、燃えるように激しく生きたい。どうせ親兄弟すら棄《す》ててきた身の上だ。いっそ堕ちられるだけどん底まで堕ちていい。全身真っ黒に汚れ、命がけでその日その日を生きてゆくだけの炭鉱夫のように、悲痛な、むき出しの、ぎりぎりの生き方をしてみたい。

そんな具合に、まるで下手くそなオペラ歌手の歌うソプラノよろしく、きぃんと甲高く張りつめた調子で心が鳴る瞬間もあるにはあるのだが、すぐにまた一転、どんよりと気持ちが腐り、自分の行く末などもうどこまでも真っ暗で、どれだけ身を粉にして働いてみたところでたいしたことなどできるわけがないといった悲観的な気分に押しつぶされてしまう。神経がひりひりとむき出しになっている。心と身体を鎧《よろ》う防具をどこかで落としてきてしまったかのようだ。きっとそれも上野の森だ、と思ってみる。自分はあの朝、公園の木陰で抱きしめられて死んだのだ。

「もし!」

男の声に、ぎょっとなって目を開けた。門のところに郵便夫が立っている。心臓が背中から飛び出しそうになった。

「伊藤ノエ、ちゅう人はこちらにおるかね」

「はい！　うちです！」

まろぶように走って行き、自分宛ての封書を三通受け取る。一通は西原先生、一通は辻からで、さらにもう一通、ねずみ色の封筒に入った郵便局からのものがあった。急いで家に上がり、障子の陰に正座をする。震える手で開けてみると、電報為替だった。西原が当座の金を用立てて送ってくれたのだ。

胸に押し当て、身体を折るようにして、ノエはすすり泣いた。のしかかっていた重しが取りのけられ、ようやく息を吸うことができた。これでどうにか道が開ける。とりあえず東京へ行ける。

続けて、西原からの封書を開けた。


——御地からの手紙を見て電報を打った。意味が通じたかどうかと思って今も案じている。金に困るのならどこからでも打電してください、少々の事は間に合わせますから。弱い心は敵である。しっかりしていらっしゃい。事情はなお悉《くわ》しく聞かねばわからないがとにかく自分の真の満足を得んがために自信を貫徹することが即《すなわ》ち当人の生命である。生命を失ってはそれこそ人形である。信じて進むところにその人の世界が開ける。

いかなる場合にもレールの上などに立つべからず決して自棄すべからず
心強かれ　取り急いでこれだけ。

ただの一生徒に、こんなにまで親身になって心を注いで下さるか、ここまで強く未来を信じて下さるかと思うと、涙とともに武者震いがこみ上げてきた。
悲観などしている場合ではなかった。この恩に報いるためには、勉強して、勉強して、どんなにつらくとも自分の道を切り開いて進まなくてはいけない。こんなところでぐずぐずしてなどいられない。

ノエは、最後に辻からの手紙を手に取った。ことさら丁寧に、愛おしむようにして封を開け、何枚も重ねて分厚く折り畳まれた便箋をひらくと、達筆とはお世辞にも言えない筆の跡がこぼれる。ほのかに胸が高鳴ってゆく。

――オイ、どうした。

手紙は勇ましく始まっていた。

――もうかれこれ十二時頃だと思う。明日から仕事が始まるのだから「早くねなさい」と相変らずお母さんがおっしゃってくださるのだが、こっちは相変らずの親不孝なのだから「え」とか何とかなま返事をしてまだグズグズ起きている。

ノエは、一度だけ訪れた上駒込の辻の家を思い起こした。狭い部屋の片隅、おびただしい本に埋もれた文机に、ひょろりと細長い身体をかがめてこれを書き綴っている男の姿を想像すると、それだけで指先まで温もる。

一字一句、舌の上で舐めては転がすかのようにして読んでゆく。

——血肉の親子兄弟——それがなんだ。夫婦朋友それがなんだ、たいていはみな恐ろしく離れた世界に住んでいるじゃないか、皆恐ろしい孤独に生きているじゃないか。しかしたまたまやや同じような色合の世界に住んでいる人達が会って、そうしてできるだけお互いの住んでいる世界を理解しようと務めてかなり親しい間柄を結んでいくことがある。それは実に僥倖《ぎょうこう》といってもいいくらいだ。もっとも理解という意味にはいろいろある。二人が全然相互に理解するというようなことはまあないことだと思う。またできもしないだろう。ただ比較的の意にすぎない。

もしやこれは私たち二人のことを示唆しているのだろうか、とノエは思った。そうであってほしい。辻が、自分たちの間に起こったあの出来事、そしてこの一年間にわたり互いの間にやり取りしてきた情を、ほんとうに僥倖ととらえてくれるのなら、そんな嬉しいことはない。

——俺は筆をとるとすぐこんな理屈っぽいことをしゃべってしまうがこれも性分だから仕方ない許してもらおう。俺は汝を買い被っているかもしれないがかなり信用している。汝はあるいは俺にとって恐ろしい敵であるかもしれない。だが俺は汝のごとき敵を持つことを少しも悔いない。俺は汝を憎むほどに愛したいと思っている。甘ったるい関係などは全然造りたくないと思っている。俺は汝と痛切な相愛の生活を送ってみたいと思っている。もちろんあらゆる習俗から切り離された——否習俗をふみにじった上に建てられた生活を送ってみたいと思っている。汝にそこまでの覚悟があるかどうか。そうしてお互いの「自己」を発揮するために思い切って努力してみたい。もし不幸にして俺が弱く汝の発展を妨げるようならお前はいつでも俺を棄ててどこへでも行くがいい。

そこまで読み進んだ時、ノエは、自分の口から、まるであの朝の辻と同じような低い呻き声がもれるのを聞いた。息が乱れ、手の震えが止まらない。障子越しの春の陽射しはうららかなのに、全身に鳥肌が立っている。

いったい何という手紙を書いてよこすのだ。酔っぱらったように朗々と歌いあげる文章を、軽薄とは思わない。かえって嬉しい。恋という病に冒されているのは自分だけではないらしいと、初めて信じられる。

さらに読み進むと、辻は、幾日かにわたって手紙を書き継いでいたようだ。オイどうした、から始まったのが四月八日のもの。続いて、他愛ない日常の様子が書かれた十三日付の便箋があり、そうしてさらに十四日に書かれたものを目にして、ノエは息を呑んだ。

なんということか、末松家から上野高等女学校宛てに、「ノエニゲタ、ホゴタノム」との電報が届いたというのだ。

――電報がきたのは十日だと思う。俺はとうとうやったなと思った。しかし同時に不安の念の起きるのをどうすることもできなかった。俺は落ち付いた調子で多分東京へやってくるつもりなのでしょうといった。校長は即座に「東京へ来たらいっさいかまわないことに手筈《てはず》をきめようじゃありませんか」といかにも校長らしい口吻《こうふん》を洩《も》らした。佐藤先生は「知らん顔をしていようじゃありませんか」と俺にはよく意味の分らないことをいった。西原先生は「とにかく出たら保護はしてやらねばなりますまい」といった。

ありありと情景が浮かぶ。対して辻はといえば、「僕は自由行動をとります」と言いきったという。「僕の家へでもたよって来たとすれば僕は自分一個の判断で措置をするつもりです」、そうきっぱり断言したと書いている。

本当だろうか。手紙の中でだけ勇ましいふりをしているのでなく、ほんとうに校長たちの前でそれだけの啖呵《たんか》を切ったのだとしたら、いよいよ、彼のこちらに対する思いは真実ということになるのではないか。

——みんなにはそれがどんなふうに聞えたか俺は解らない。女の先生達はただ呆れたというような調子でしきりに驚いていた。俺はこうまで人間の思想は違うものかとむしろ滑稽に感じたくらいだった。

辻の書いてよこした一言一句にあまりにも強く目をこらしすぎ、眼窩《がんか》の奥がぎりぎりと痛む。

末松家からの電報……。それだけでも背中から追い立てられる心持ちがするのに、続きを読むと、福太郎は自身の名で学校に葉書まで送りつけていた。「私妻ノエ」という書き出しで始まるその葉書には、たぶん上京したであろうから居場所が分かったらすぐに報せてほしい、父と警官同道の上で引き取りに行くからとあり、さらに付け加えて「妻は姦通した形跡がある」とまで書かれていた。

姦通?

わき上がってきた震えは、先ほどまでのものとは違っていた。あまりにも激烈な怒りによる戦慄《わなな》きだった。

警官同道の上で引き取りに？　所有物扱いも甚しい。女を一個の人間とも思わず、あのように容赦なく無遠慮に蹂躙《じゅうりん》しておいて、何が私妻だ、何が姦通だ。目尻に悔し涙が溜まる。

高ぶる気持ちを無理やり落ち着けて、手紙の先へと目を走らせる。

――問題はとにかく汝がはやく上京することだ。どうかして一時金を都合して上京した上でなくってはどうすることもできない。俺は少なくとも男だ。汝一人くらいをどうにもすることができないような意気地なしではないと思っている。そうしてもし汝の父なり警官なりもしくは夫と称する人が上京したら、逃げかくれしないで堂々と話をつけるのだ。……イザとなれば俺は自分の立場を放棄してもさしつかえない。俺はあくまで汝の味方になって習俗打破の仕事を続けようと思う、汝もその覚悟でもう少し強くならなければ駄目だ。とにかく上京したらさっそく俺の所にやってこい。

卒業式の日までは、なんと頼りないことかと思っていた。焦れったくてたまらなかった。しかし、あんなに優柔不断に見えた辻が、今、ひとりの男としてこんなにも堂々たる言葉を投げかけてくれている。ありがたい。嬉しい。そして、誇らしい。

文字が霞んでよく見えないと思うより先に、はたり、と便箋に雫《しずく》が落ち、万年筆の文字がにじんだ。慌てて着物の袖で拭い、ついでに目も拭う。

出奔して以来ずっと着たきりの木綿の袷《あわせ》は、末松の家が仕立てたものだ。それまで普段に着ていた縞と矢絣の着物は、汚いと言われて脱ぎ、それきり置いてきてしまったが、汚れていようがかまわない、あのどちらかを着て出てくれればよかったとノエは思った。

まだ身体に馴染んでいない木綿はごわごわして鬱陶しい。それ以前に、末松家の施しを受けているようでむかっ腹が立つ。脱いでしまうわけにもいかないからなおさらだ。

――そんなに心細がるなよ、

綴られた丸っこい字の向こうに彼の顔が浮かんで、ノエは微笑した。遠めがねでこちらのことを覗いているのかと思った。


――今に落ち付いたら詳しく出奔の情調でも味わうがいい。俺は近頃汝のために思いがけない刺戟《しげき》を受けて毎日元気よく暮らしている。ずいぶん単調平凡な生活だからなあ。

上京したらあらいざらい真実のことを告白しろ、その上で俺は汝に対する態度をいっそう明白にするつもりだ。俺は遊んでいる心持ちをもちたくないと思っている。

なにしろ離れていたのじゃ通じないからな、出て来るにもよほど用心しないと途中でつかまるぞ、もっと書きたいのだけれど余裕がないからやめる。

幾日にもわたって書き継がれた長いながい手紙は、十五日の夜に書かれたその一枚を最後に終わっていた。

最初の「オイ、どうした」に戻り、分厚い便箋をざっくりそろえ直して三つ折りに畳んだところで、糸が切れたようにノエの力は尽きた。両手がだらりと膝の上に落ち、手紙も封筒も畳の上に散る。

それきり、しばらく放心して、縁側の日だまりと柱や軒の作る陰影をぼんやり眺めていた。

春の風がそよぎ、部屋の中にもふわりと吹き込んでくる。

西原の送ってくれた金のおかげで、もういつでも上京は叶う。それこそ今日にだって福岡へ出て、汽車を待つことはできる。そう、できるのだ。今から向かいの小学校を覗いて声をかければ、友も止めはしないだろう。それなのに、どうして自分は立ちあがろうとしないのか。

いろいろの入り混じった混乱が、ノエの背骨に力を入らなくさせていた。上京する途中で末松家からの追っ手に見つかるなどという危険性については、これまで頭に浮かんだこともなかった。辻に言われて初めて考え、そうすると急に怖ろしくなる。

今この時も彼らは手を尽くして、あちこちに手配の手紙を書き送っているのではないか。もやもやとした煙のような不安に背中から呑み込まれそうだ。

怖い。

寒い。

ノエは思わず這いずるように日向《ひなた》へまろび出て、温もった縁側から空を見上げた。柔らかな青空に、刷毛《はけ》ではいたような薄い雲が浮かび、ゆっくりと風に流されて移動してゆく。ぴぴぴぴぴ、ちちちちち、と鳥のさえずりが降ってくる。目をこらすと、点ほどに小さな揚げ雲雀が、雲の際《きわ》を上下していた。

すがりついた軒の柱を、きつく握りしめる。

捕らわれてなるものか。何ものにも縛られてたまるものか。末松家から「結婚した」と思われ「妻」と称されるのが、くらくらと眩暈のするほど悔しい。たしかに入籍はした、何度か無理やり抱かれもした、しかしどちらも自分の意思ではなかったし、後者に至っては手籠めに等しかった。温かな抱擁もなければ熱い接吻もない、ただ残酷なだけの一方的な行為に過ぎなかったのだ。

あんなものを「結婚」とは断じて認めない。他の誰が何と言おうとも、この私が認めない。動物を売り買いするかのように女を杜撰《ずさん》に扱っておきながら、いざ逃げられればたちまち姦通扱いとは笑わせる。あの何の能もない間抜けた面をした福太郎が、仰々しく「私妻」などと書いている様子を思うと、憎らしさよりも滑稽さのほうがまさって、自覚のない本人のかわりに恥ずかしさで身をよじりたくなってくる。

　福太郎に対する罪悪感など塵ほどもありはしなかった。むしろ、辻という大切な男がありながら福太郎に身体を明け渡してしまったことのほうに申し訳なさを覚える。離れてから半月あまりしかたっていないのに、こんなにも辻が恋しい。その半月が一瞬のうちに過ぎたように思えるのは、沢山の出来事がいっぺんに起こり状況がめまぐるしく変わったせいであって、辻とのことだけはひどく遠く、その遠さにまた不安を煽られる。

　どんなに長い手紙、どれだけ熱烈な言葉をもらおうとも、足りない。辻の言うとおりだ。上京し、顔を見た上でなくては何を確かめることもできない。

　話せというなら、行って本当のことを洗いざらい話してやる、とノエは思った。上野の森での抱擁からのち自分の身に起こったことをみんな打ち明けたなら、辻はどうするだろう。悋気《りんき》に燃えて、あの時よりもさらに強い力でこの軀を抱くだろうか。

　何度目かの身震いが起こった。柱にむしゃぶりつき、かき抱きたいような慄《おのの》きがこみ上げてくる。

　それを抑えて立ちあがり、ひんやりとした畳の部屋に戻ると、ノエは、鏡台の前に座った。埃よけに掛けられた小花模様の布をはね上げる。

　自分の顔を見るなど、何日ぶりだろう。鏡の奥の暗がりから、黒々と光る眼が二つ、挑むようにこちらを見つめている。

　後ろで束ねていた髪をほどきながら勝手に開けた鏡台の引き出しには、ピンや髪留めなどが几帳面《きちようめん》に整理されていた。その中から、美しい飴色に変わった柘植《つげ》の櫛を手に取る。

すっかりもつれて鳥の巣のようになってしまった髪を、乱暴に梳《す》く。引き攣《つ》れても、ちぎれても、かまわず梳く。

早ければ明日には、辻と逢えるだろうか。

第六章　窮鳥

〈可哀想じゃないか。置いておやりよ〉

たしかに言った。まさかそのせいで自分たち家族の生活が根こそぎ揺らぐことになろうとは、辻美津は微塵《みじん》も想像していなかった。

あれは四月の半ば過ぎ、まんまんと咲き誇っていた庭先の染井吉野がいよいよ散り始めた矢先のことだ。朝餉《あさげ》の仕度をととのえた美津が、最後に味噌《みそ》を溶きながら娘の恒《つね》を呼びつけ、まだ寝床にいる兄を起こしてくるよう言いつけた時、

「ごめんください」

と訪う細い声がした。

鍋を恒に任せ、矢鱈縞《やたらじま》の袷の衿もとを直しながら外を覗いてみると、玄関右手の庭先、ちょうど桜の花びらの散りかかるあたりに、若い娘が立ち尽くして不安げにあたりを見回していた。門ではなく、枝折り戸《しおりど》を開けて入ってきたらしい。

木綿の着物や帯などは質素ながら悪い品物ではなさそうだが、雑にまとめて結いあげ

た髪が乱れ、後れ毛がこぼれているせいでひどくみすぼらしく見える。どこの誰だろうと訝りながら、

「何かご用？」

声をかけると、娘はこちらへ顔をふり向けた。

美津ははっとなった。浅黒い肌、彫りの深い目鼻立ち、何より瞳の放つ光の強さに、はっきりと思い出す。昨年のいつ頃だったか潤が一度だけ連れて帰ってきた上野高女の教え子だ。いや、元教え子と言うべきか。あの時点で五年生だったのだからもう卒業したはずだ。そう、ほんのひと月足らず前に。

「おはようございます。こんなに朝早くから申し訳ございません」

娘が膝につくほど深々と頭を下げたので、美津は少しばかり心を和らげた。

「ええと、あなたはたしか……」

「はい、伊藤ノエと申します、昨年の秋口にこちらへお邪魔いたしました、その節は大変ご迷惑をおかけいたしました」

言葉は丁寧だが、せかせかと早口だ。

「じつは、夜汽車でまいりまして今しがた新橋に着いたばかりなのです、朝早くからご迷惑とは思ったのですけれど他に行くところもなくて……」

こんなに落ち着きのない娘だったろうか。まるで、鷹《たか》にでも追われて命からがら逃げ込んできた小鳥のようだ。

「潤を訪ねてきたのかい？」

「はい」

「あいにくまだ寝てるようだけど」

「……そうですか。すみませんが、お目覚めになるまで、こちらでしばらく待たせて頂いてはいけないでしょうか」

よほど急いで来たのか、額やこめかみに汗の粒がふつふつと浮いている。切羽詰まった口調と、すがりつくようなまなざし。何かよほどのことがあったのか――そういえばあの時も、縁談を無理強いされていると言って泣いていた。

美津は、ため息を一つついた。

「それじゃあ、まあとりあえず中にお入りよ」

仕方がない。弱い者に頼られるとかばいたくなるのは、これはもう性分だ。

「夜汽車はどちらから？」

「福岡からです」

答えながら、ノエがおとなしくこちらへ来る。

「あれまあ、ずうっと揺られ通しじゃそりゃあ疲れたろう。お腹はどう？　もう何か食べたかい」

「いいえ、ゆうべから何も」

「なんてこった」

と、その時だ。がたぴしと、濡れ縁に面した引き戸の開く音がして、寝間着姿の潤が顔を覗かせた。ノエを見るなり顔がぱっと輝く。

「おう、着いたか」

「はい、来ました。やっと来ました！」

驚いた。息子は、ノエが上京してくるのを知っていたのか。どうして、いつのまに――それより何より二人はいったいどこまでの仲なのだろう。

「無事で良かった。心配していたのだ。いま着替えてそっちへ行くから、茶でも飲んで待っていろ」

がたがたぴしりと引き戸が閉まる。

目の前に立つ娘の衿足は濃い産毛に覆われ、なんとはなし薄汚れている。髪も幾日洗っていないのか、べたっとくっついて重たい。あと一歩近づけば脂の匂いがしそうだ。しかしそのうなじから小さな耳の後ろのあたりが潤に声をかけられただけで薔薇色に染まっているのを見ると、美津は何とも言えない心持ちになった。遠い昔のことで忘れていたが、自分にもこんな時代はあったのだ。

狭い家の中から、慌ただしげな身仕度の気配がする。目に浮かぶようだ。脱ぎ捨てた寝間着ごと布団を丸め、襖を開けてほうり込み……。

「おいで」

声をかけると、ノエがふり返った。髪の上に桜の花びらが一枚、紙くずのようにのっている。いっぺんに気が緩んだのか、幼子のような目をしてこちらを見上げてくる。

ついほだされてしまう自分に半ば呆れながら、美津は言った。

「何があったかは知らないけど、『腹が減っちゃあ戦はできぬ』ってね。まずは朝ごはんにしようじゃないか。しっかり食べて、あの子との話が済んだらひとっきり休んで。そのあとは、湯屋へ行くよ」

「……え？」

「え、じゃないよ。お風呂だよ、お風呂。あたしが耳の後ろまできっちり洗ってやる」

聞けば、東京までの旅費は元担任の教師がわざわざ都合してくれたという。そうでなければノエは、身を寄せていた友人の家から動くに動けず、早々に婚家か実家のどちらかに見つかって連れ戻されていたかもしれない。それだけの窮状にあっても、想《おも》いを寄せる潤に対してはあからさまに金を無心できなかったノエの気持ちが、美津にはいじらしく思われた。

嫁ぎ先の末松家からは姦通の疑いまでかけられているらしい。実際がどうであれ、先方に対しては申し開きのしようがない。まだ情は通じていませんと言い張ったところで証明する手立てはないのだ。

そうした話の間も、ノエはひたぶるに潤を見つめている。長旅に疲れ、意気消沈しているには違いないのだが、それでいて何一つあきらめていない。小柄でこりこりと引き締まった全身から、生きる意思と、絶対に誰にも邪魔させるものかという決意があふれている。この思い詰めたまなざしに、息子は抗《あらが》えず心を奪われてしまったのだろうと美津は思った。

「話は大体わかったよ。ねえ、潤。可哀想じゃないか。いろいろとけりがつくまで、しばらくはここに置いておやりよ」

美津がそう言うと、ノエは古畳に手をつき、黙って頭を下げた。

「そのことなんだがね、母さん。西原先生とも相談したんだが、とりあえずは彼女の身柄を、教頭の佐藤先生のところに預けようと思うんだ」

ノエの目が跳ねるように動いて、潤を見る。非難がましい目だ。

「いや、置いてやりたいんだよ」潤は慌てて彼女に向き直った。「俺だって、きみをそばに置いて守ってやりたいのはやまやまなんだが、何しろ今は微妙な時期だろう？　この段階で俺ときみとが一つ家に暮らしていてはあらぬ誤解を招くばかりだ。ちゃんとけりがつくまでの間は、誰に対しても胸を張れるよう、別々に暮らしたほうがいいと思う。せっかく東京へ逃れてこられたというのに、ここで話がこじれてしまっては元も子もないじゃないか」

噛んで含めるような物言いは、男と女というより、いまだ教師と教え子のそれだ。気持ちはどうあれ肉体の上では、二人の間にまだたいした進展はないのだろう。

「な、ノエさん。きみも佐藤先生なら安心だろう。ついこの間までお世話になっていたことだし」

「さあて、それはどうだろうねえ」と、横から意見してみる。「教頭先生ともあろうお方が、この期に及んでそんな厄介ごとを引き受けて下さるかどうか。御身《おんみ》のほうが可愛くなっちまうんじゃないかねえ」

潤は、いや大丈夫、と請け合った。

「実にものの解《わか》ったお人なんだ。こんな理不尽な話を聞けば一緒になって憤慨して、力を貸して下さるはずだよ。常日頃から生徒らに対しても、習俗打破を堂々と主張しておいでだもの」

「シューゾ……何だって？」

「だからつまり、人は誰でも自由に生きるべきだ、っていうことさ。旧《ふる》いしきたりなんか必要とあらば打ち破れ、って」

「でも……」と、ノエも口を挟む。「辻先生だって、この前のお便りに書いて下さっていたじゃありませんか。私の行方とか上京について、佐藤先生が知らん顔をしていようとおっしゃった、って」

郷里の訛りなのだろう、彼女は話に夢中になると〈先生〉を〈しぇんしぇい〉と発音する。真剣な話をしているのに、春の柔らかな空気の中で、そこだけが妙になまめいて聞こえる。

「や、確かにそうだったんだがね」潤はしかつめらしく言った。「後からふり返るに、佐藤先生が本気だったはずはないよ。校長の手前、あの時はああ言うしかなかっただけだろう。大丈夫、きみは安心していなさい。明日にでも俺と西原先生とで相談に出かけてみるから。きっと悪いようにはならないよ」

ふたを開けてみれば、当たっていたのは美津の読みとノエの疑念のほうだった。この時にはすでに、末松家ばかりかノエの叔父である代準介からも捜索願が出されており、学校側としては巻き込まれることを何より恐れたのだろう。佐藤教頭の態度は硬かった。

「一時の感情に流されて、人の倫《みち》にはずれることをしてはいけないよ辻君。ここは道理をわきまえて、さっさとノエ君を九州の御主人にお返ししたまえ。だいたい、教職にありながら人妻である教え子を誘惑するとは何たる破廉恥《はれんち》な」

そんなことまで言われて、潤は愕然《がくぜん》としたらしい。自分を上野高女に受け容れてくれた恩師である教頭から、掌を返したように仁義にもとる卑怯者と決めつける物言いをされたのだ。おぼこな教え子を誘惑して関係を持ち、嫁ぎ先からの家出を唆《そそのか》しておいて、あまつさえ学校まで巻き込もうとするとは言語道断、と。

さらには、その佐藤の口から報告が行ったのか、学校では校長が渋い顔で待ち構えていた。

「いったい何ということをしてくれたんだ。末松氏からはもう再三、妻を返さなければ訴えるとまで言ってきているのだぞ。どう考えても理は向こうにある。我が校としてもとうてい見過ごしにはできん。いいかね、辻君。きみが誰と恋愛しようが姦通しようが勝手だが、あくまで勝手を貫くと言うのなら我が校を辞めてからにしてもらいたい」

　校長にしてみれば、まだ年若い教師のこと、そこまで言えば考え直すと思っての叱咤《しった》であったのかもしれない。

　が、腹に据えかねた潤はその場で、

「お説はよくわかりました。お望み通り、今日限り辞めさせて頂きましょう」

　啖呵《たんか》を切ると、教員室に残っていた荷物をまとめてさっさと帰ってきてしまったのだった。後から西原が家に来て、腹立ちはわかるが早まったことをするな、校長に謝って学校に戻れとさんざん説得したが、頑として聞き入れなかった。

　美津は驚かなかった。かっとなると感情を抑えられない性質は、明らかにこの母譲りだろうと思うと怒ることもできない。

　何しろ後先が考えられぬ。思ったままが口から出るし、金はあればあるだけ遣ってしまうか、なくてもそう深刻にならない。娘の恒だけはそこそこ人並みに育ってくれたようだが、息子の潤は自分に似て、いちいち深刻ぶるわりには、ものごとをあまり大げさに受け止めることのできぬ質なのだ。

　彼とておそらく、売り言葉に買い言葉で職を辞したことについて、後悔がなくはないはずだ。ノエという野暮ったい小娘、南国育ちのあの利かん気な泣き虫娘への恋慕も、今はまださほど強いものとは思えない。ふところに飛び込んできた窮鳥を助けてやらねば、という侠気《おとこぎ》に自ら酔っぱらっているだけで、全体重をかけて寄りかかってくるようなノエの激情に流されているというのがほんとうのところだろう。

が、しかし、だからどうした。こちらから折れて校長や教頭に詫《わ》びを入れるには、どうしても意地が邪魔をするのだ。自分を曲げるのが嫌なのだ。美津にはそれが手に取るようにわかるのだった。

初めのうちこそ自棄《やけ》にもなるものの、そのうちに〈どうとでもなれ〉が〈なるようになる〉へ、さらには〈何とかなる〉へと変化してゆく。切迫感は日に日に薄れ、どのような状況にも慣れてゆく。慣れることが、できる。

得といえば得な性分なのかもしれなかった。美津自身、実父は会津藩の勘定方、後には使用人を大勢かかえる札差の家の養女となって贅沢の限りを尽くしてきたというのに、その没落を目の当たりにしながら今はこんなに貧しい生活にも甘んじている。ふつうの神経を持った女であれば、とっくに首をくくっていたっておかしくない。おまけに頼みの綱の息子ときたら、たかが小娘一人のために意地を張って仕事を放りだしてきた。月々三、四十円ほどの彼の稼ぎがあってこそ母子三人の暮らしがぎりぎり保たれていたのに、いったいこれからどうやって食べていけば——しかもあんな、よく食べそうな居候まで増えてしまって。

〈窮鳥を助けるも何も、むしろ助けてもらいたいのはこっちじゃないか〉

そう思うと、美津は、ふしぎと清々《すがすが》しいような気持ちで、うっかり笑い出してしまいそうになった。

隣家から間に合わせに借りてきた客用の布団も、そんなに長くは必要あるまい。今は女三人が枕を並べて寝ているが、潤の使っている三畳の書斎でノエが寝起きするようになるのもどうせ時間の問題だろう。若い男女が暇を持て余せば、することは一つに決まっている。

*

夢からいつ覚めたともわからなかった。気がつけば目は開いていて、鴨居《かもい》や長押《なげし》についた傷を見るともなく見上げているのだった。

ノエは、布団をかぶり直した。衿もとから二人ぶんの温みと匂いが上がってくる。障子越しにもすでに陽の高いのがうかがえる。本ばかりに埋もれた狭い部屋はぽっかりと白くて温かい。日なたに置かれた繭《まゆ》の中にいるようだ。身じろぎすると、腹がぐうと鳴った。朝餉はとっくに済んでしまったろう。最近では美津も恒もわざわざ起こしには来ない。

空が明るむ頃まで飽かずにこの軀をむさぼっていた男は今、隣で深い寝息をたてている。細長い横顔の輪郭が、遠くの山の稜線のようだ。

手をのばしても届かないような、知らない人がそこに寝ているような心許なさに、ノエはうつぶせになって上半身を起こし、男の顔に触ってみた。

額から鼻梁《びりょう》にかけて、人差し指でなぞってゆく。鼻柱と上唇との間の窪みに、指の腹がぴたりとはまる。下唇のふくらみと皺。先すぼまりの顎。こうして間近に見ると意外なほど睫毛が長く、白い肌はきめ細かい。

自分と逆だったら良かったのに、と思う。隅から隅まで筋肉質の、指を押し返すほどの弾力を持つ浅黒いこの肌を、辻はどう思っているのだろう。男が好むのは、つきたての餅のように白くどこまでも指がめり込んでゆく柔肌ではないのか。

いきなり辻が、かっと目を見ひらいた。

思わず飛びあがり、

「びっ……くりした。いやだ、おどかさないで下さい」

寝間着の胸をおさえて怯えているノエを見ると、辻はおかしそうに笑いだした。

「ひとの顔を勝手に撫でまわした罰だ」

骨っぽい腕が伸びてくる。抱き寄せられ、男の重たい軀の下に組み敷かれて、ノエはたちまち恍惚《こうこつ》となった。こんな罰ならいくらでも甘んじて受ける。

辻と関係を持つ前までは、背中のすぐ後ろに不安のかたまりが暗雲のように追いすがってきていたのに、今はその同じ背中を幸福のかたまりに急きたてられている心地がする。それはそれで怖い。追いつかれたとたん、何もかも霞となって消えてしまいそうで。

「何を考えてる」

覗き込んできた辻が唇を結び合わせ、舌を絡める。

「何も」

「嘘だ」

こりりと舌先を噛まれ、ノエは小さく呻いた。下唇を、それこそ餅を食《は》むように歯の間にはさんで引っぱられる。同時に寝間着の衿合わせから乾いた手が忍び込んできて、乳房の重みを確かめている。

「どうせ俺以外の男のことを考えていたんだろう」

「いいえ」

「お前の夫も、こんなことをしたのか」

「いいえ、いいえ。良人なんていません」

「末松の福太郎はどうした」

「あんな人、良人やなかですもん」

とたんに乳首をぎゅっと抓《つね》られ、ノエは息を呑んで腰を浮かせた。

「じゃあ、なんで抱かれた？」

ささやく辻の指先に力がこめられてゆく。茱萸《ぐみ》の実を摘み取ってつぶすかのようだ。

「だって、無理やり」

「そうかな。お前だってまんざらでもなかったんじゃないのか」

「ひどい。先生、どうしてそんなひどいこと……」

「そうでなければどうして三度も身体を許したりした。え、言ってみろ」

これが初めてではない。辻が学校を辞め、ついに男女の関係にもつれ込んでからというもの、何度も何度もくり返されてきた問答だ。大牟田の友人のところに届いたあの手紙にもあった通り、辻は、ノエにあらゆることを喋らせた。とくに閨《ねや》では容赦がなかった。ひととおり打ち明けた後でもまた幾度もしつこく同じことを訊き、答えが前より詳しいものでなければ許してくれない。

どうしてそんなひどい仕打ちを、と初めのうちは辛いばかりだったが、やがてノエは覚《さと》っていった。

辻がいくら情念の炎に焼かれ、嫉妬に狂っているかのように見えても、すべてをまともに受け取ってはいけない。ノエの初めての男となった福太郎への嫉妬、それ自体はたしかに本物であろうけれど、辻はわざとそれに薪をくべ、火力を強めてこちらにぶつけている。自分はそれを消し止めようとするのではなく、一緒になって炎を育て、操らなくてはならないのだ。なぜならこれは一種の倒錯した〈ごっこ遊び〉であり即興のお芝居なのだから。

「さあ、言え。どうして何度も抱かれたんだ」

「ですから、乱暴されたのです」

「違うな。本当は、福太郎のやつに情が移ったんだ。三度どころか、もっともっとくり返し抱かれたんだ。俺が今こうしてるみたいに」

「いいえ、いいえ違います。信じて先生、……先生！」

涙をいっぱいに溜めて首にすがりついてゆくと、辻はどこか情けない唸り声をもらしてノエをかき抱き、互いの寝間着の腰紐をもどかしげに解いた。紐が、指が、もつれて手間取る。

障子越しの光は眩しい。逃げ場のない明るさが恥ずかしい。浅黒い肌の色にふさわしく、自分は髪もその他の毛も多いのだ。猛々しいほどに逆巻く下生えを手で覆って隠そうとするのに、辻がそうさせてくれない。枕の両側で手首をそれぞれ押さえつけられたノエは、けれど最後には自ら脚を広げ、腰を浮かせて男を迎え入れていた。

この半月ほどですっかり軀が変わったのを感じる。もともとがみっちり中身の詰まった体型で、叔母のキチからはよく〈鳩胸の出っ尻《ちり》〉などとからかわれていたが、今では美津や恒に伴われて湯屋へ行くたび自分でも驚く。乳房は熟れた水蜜桃のように張りつめて量感を増し、腰回りには脂がのって、肩先も手も脚もことごとく丸みを帯びてきたのがわかる。男にたっぷり可愛がられると、女の軀はこうも変わるのか。

白い湯気の立つ中、美津と恒は、互いのうなじに石鹼《せっけん》を塗っては産毛を剃り合う。初めて湯屋に連れていかれたあの日のことだ。剃った毛を最後に手ぬぐいで拭き取り、手桶の湯をかけて洗い流すと、美津はノエを手招きして自分の前に座らせた。

生まれてこのかた、ただの一度も、身体に剃刀《かみそり》をあてたことなどなかった。緊張のあまり硬くなっていると美津は笑って、頰や首筋、衿足から背中にかけての産毛を手早く丁寧に剃ってくれた。くすぐったさに身をよじりながらもあまりに心地よく、あまりに幸せで、今ここで死んでしまっても後悔はないと思った。シャボンの甘い香りに包まれ、すっぱりと喉を掻き切られ、清潔な熱い湯の中に赤い血をたくさん流してゆるゆると死んでゆくのがいい。

風呂上がり、洗い髪を恒に結い上げてもらいながら鏡を覗くと、肌の色が一段明るくなったようで嬉しく、それからは恒とうなじを剃り合うのが習慣になっていった。

一方で、産毛という名の薄衣《うすぎぬ》を取り払った若い肌は、辻の愛撫をいちだんと敏感に受け止めた。辻はすぐさまそれに気づき、ひときわ感じやすい背中を執拗《しつよう》に責めてはノエを泣かせた。どれだけ探究しても足りない。分け入れば分け入るほど、その先にはまたしても新しい驚きと悦《よろこ》びが立ち現れる。柔らかで湿り気のある万華鏡に呑みこまれてゆくかのようだ。

こんなのは初めてだ、と辻は何度も言った。恋愛のことだけを言っているのではないようだった。

十九で初めて教鞭を執ってから十年。当初九円だった月給こそ四、五倍にはなったもののの、代わりにどれほどの忍耐を強いられてきたことか。青春らしい青春もなければ、恋愛らしい恋愛もしてこなかった。ただ家のために働き、ケチケチと節約をし、上司のやり方や考えが間違っていると思った時にも自分の意見は呑みこんで――。

そんなふうにして生きてきた辻にとっては、掛け値なしに〈初めて〉の日々なのだろう。自分は今ほんとうに生きていると、俺は何ものからも自由だと、細胞の全部が歓喜の声をあげる。その爆発的な喜びと解放感は、じかに肌を触れあっているノエにも伝染した。ノエとても、押さえつけられ従わされて生きてきたことでは同じなのだ。

数え年二十九の元教師と、十八の元教え子——夜も昼もない、美津がうるさく言わぬのをいいことに、ふたりは三畳の書斎にひたすら籠もりきりで、互いの軀を貪り、溺れた。

「いいか、覚えておけよ」深々と繋がりながら、辻はノエの耳もとに囁いた。「お前は、他の誰とも違う特別な女なんだ。まだ開花してはいないけれどそうなんだ。俺にはわかる」

「ほん、とに……」

「うん？」

「本当に、そう思ってくれているのですか」

「もちろんだとも。大丈夫、俺がちゃんと手を貸して導いてやる」

「ああ、先生」

「そうだよ、ノエ。俺はお前の先生で、お前は俺のたった一人の教え子なんだ。これから何を読んで何を学べばいいか、必要なことは全部教えてやるし、道をつけてやる。お前は高みを目指すんだ。俺の背中を踏み台にしていいから」

「そんなこと」

「いや、いいんだそれで。今でこそ俺のほうが上にいるが、お前はいつかもっと先へ行く。きっと行ける。俺にはわかる」

「……先生?」

「そのかわり俺は、何もかもすべてをつぎ込んでやるよ。いいか、ノエ、そんなことができるのはこの俺だけなんだぞ。お前の中に眠っている才能を目覚めさせ、引っ張り出して育ててやる。そうしていつか近い将来、あの与謝野晶子や平塚らいてうなんぞ目じゃないくらいの、すごい女にしてやるからな」

東京を引き払って長崎に戻っていた叔父・代準介と叔母のキチがわざわざ上京してきたのは、青葉の色も濃くなる五月のことだ。来るとはあらかじめ手紙で知らされていたので、ノエは辻に言い、家を空けていてもらった。美津はといえばはなから自分は無関係とばかりに澄ました顔で、茶だけ出すと恒を連れてどこかへ出かけていった。簞笥や卓袱台などの所帯道具で狭い六畳間に、叔父夫婦とノエだけが向かい合っていた。

「馬鹿な考えはたいがいにして、戻ってきんしゃい」キチは、叱りつけるような強い口調で言った。「福太郎しゃんな優しかお人ばい。お前が帰ってくるんやったら、すべてば水に流して、喜んで迎えようて言うてくだしゃっとやけん」

ノエは、呆れた。この口で言うのも何だが、逃げた新妻からこれだけの恥をかかされてなお、戻れば元どおり迎え入れようという神経がわからない。男としての意地も沽券《こけん》もないのかと思うと嫌悪が衝き上げてきて、ぶるっと鳥肌が立った。〈優しかお人〉とはどこの誰のことだ。力でもってこの軀をねじ伏せたくせに。二度と顔も見たくない。あと一度でも触れられれば殺してしまうかもしれない。

「無理ばい」きっぱりと言った。「絶対に帰らん」

「ノエ！　あんたって子は……」

「あんなあ、よかか」隣から叔父も説得にかかる。「いくら世話になった先生んお宅とはいえ、いつまでん居候しちょっては迷惑やろう。勉強以外は何一つできんお前が、東京で働いて独りで生きていくちゅうこつはそれこそ無理たい。頭んよかお前んこったい、本当はわかっとぅはずやろう。ここは冷静になって、末松の家に帰りんしゃい」

「嫌ばい、あげん男。虫唾が走る」

「これ、何ちゅうこつを。お前んためば思うて言いよぅったい」

「ばってん嫌ばい！　嫌やって言うたら嫌ばい！」

口から憤怒の炎を噴き出す勢いで抵抗しているつもりなのに、

「まあまあ、そう言いんしゃんな」

百戦錬磨の叔父にはまるで通じない。仕方なさそうな苦笑いを浮かべて言うのだった。

「初めは嫌や嫌やて思うとったたっちゃ、男と女、馴染んでいきゃ、そのうち気がついた頃にはお互いば大事に思い合えるごともなっていく。それが夫婦ちゅうもんばい」

そうたい、と横から叔母が引き取る。

「お前が家出ばしてから、もうひと月以上もたつやろう。こうして親切に置いてくだしゃっとる辻先生も、今ごろは、お前んゴタゴタからそろそろ解放しゃれたかて思うとうしゃるに違いなかんやけん。人様ん好意に甘え過ぎて、厚かましゅうなってはいけんばい」

したり顔で言う叔母と、腕組みをして頷いている叔父の顔を、ノエは、上目遣いに睨《ね》めつけた。

「……ちがう」

「え、何が違うん」

「何もわかっとらんくせに勝手なこつ言わんでくれんな。ゴタゴタしとぅんのはうちのせいやなかし、どげんゴタゴタしたっちゃ、先生はうちから解放しゃれたかだなんて絶対に思うとらっしゃらん。だってうちらは……」

さすがにそれ以上は言えず、口をつぐむ。髪の根元まで血がのぼる。

察したのは、キチのほうが先だった。

「ノエ、あんた……ましゃかて思うとったばってん、やっぱり……」

なんだ、そうか、とノエは思った。叔母は一応、辻との男女の仲を疑ってはいたのか。叔父のほうはどう考えていたのかわからない。少なくとも、先ほどまで見せていた余裕の苦笑いが今は消え、正真正銘、苦虫を嚙みつぶした顔になっている。

「どうせ麻疹《はしか》みたいなもんたい」短いため息をついて、代叔父は言い捨てた。「しばらくたったら、また迎えに来るけんな。そん時まで、頭ばよう冷やしとけ」

俺が導いてやる、任せておけばいいとは言ってくれたが、辻は、現実的な暮らしの助けにはならなかった。

彼が職を失ってからというもの、この家の定収入はいっさい途絶えている。どうやら少しずつロンブロオゾオの『天才論』の翻訳を進めてはいるようだが、すぐに金になるわけではないし、いつ完成するかもわからない。家計は困窮し、美津が着物を一枚二枚、本を一冊二冊と風呂敷に包んで出かけてゆくこともよくあった。質屋へ行くのだとわかっていながら、辻は見て見ぬふりを決め込んで腰を上げようとしなかった。

「いいんだ、ノエ、お前は気にしなくていいんだよ。お前の一件なんか、俺が教師を辞めたことのただのきっかけに過ぎないんだから。これでも人生の苦労は子どもの頃からかなりやってきているんでね、どのみちつくづく嫌気が差していたんだ。だいたい、この年でもう先の年功加俸《ねんこうかほう》だの何だの計算してはケチケチ暮らしてるなんて、どうかしてたと思わないか。俺は、十年働きづめに働いて、すっかり干からびかけていたんだ。今やっと、恵みの雨を浴びて息を吹き返しているところなんだ。もうしばらくの間は好きなようにさせてもらったって罰は当たらんだろう」

そんなことを言っては日がな一日ぐずぐずしたまま、ノエの軀に手をのばすか、寝床のまわりで本を読んだり書きものをしたりしている。

これまでさんざん鬱屈を抱えてきた辻の気持ちはわからなくもないが、ノエは肩身が狭かった。いくら気にしなくていいと言われようと、自分が末松の家を飛び出して頼ってきたりしなければ、辻は今も上野高女の英語教師を続けていたに違いないのだ。

窮乏は人の心を荒《すさ》ませる。初めのうち娘がもう一人できたかのように可愛がってくれていた美津も、最近ではしばしばノエにきつく当たることがあった。きれいなひとが怖い顔をすると、本当に怖い。気に入っていた着物を質草にされてしまった恒もそれは同じで、辻家の空気はすっかりぎすぎすしたものに変わっていた。

出ていこうかと何度か考えた。ぜんぶ自分のせいだと思うと、美津や恒に何を言われても口答えできず、胸に澱《おり》が溜まってゆくようで辛い。しかし、軀も心もすでに辻の愛を受けることに貪欲になっており、今さら離れて生きてゆけるとはとうてい思えない。

どうすればいい。働きに出ようか。代叔父には無理だと言われたが、雇ってくれるところがあるなら事務でも子守でも、それどころか女給だってかまわない。一度は堕ちるところまで堕ちていいと思い定めた身だ、生きてゆくためなら何だってする。

ノエがそうして、米の飯を遠慮するほど小さくなって過ごしていたある日の午後、寝床に腹ばいになって新聞を読んでいた辻が、急に思いついたように言った。

「ああそうだ、ノエ」

「手紙を書いてみたらいいよ」

その時、ノエは開け放った縁側で身体を丸め、足の爪を切っていた。

「手紙って、誰にですか」

顔も上げずに訊き返した時、脳裏に浮かんでいたのは代叔父の顔だった。あるいは末松福太郎か。辻が言うのは、どちらかに手紙をしたため、何とか正式に籍を抜いて自由にしてもらえるように頼めという意味だろう。

「無駄にきまってますよ。話の通じる相手じゃありません」

「誰がだい」

「だから、叔父さんたちですよ」

「俺が書けという相手は、平塚明だよ」

思わず、手が滑って深爪をしてしまった。

「痛《つ》ぅッ……」

わずかだが血が滲み出してくる。きりきりじんじんと痛む親指をぎゅっと手で握り込みながら、

「……今、何て？」ノエは辻を見た。「それってあの、らいてうさんのことですか」

「他に誰がいる」

おもむろに起き上がった辻は、読んでいた新聞を半分に折ってノエのほうに向け、色《いろ》褪《あ》せた畳の上を滑らせてよこした。記事ではないようだ。目をこらすと、雑誌『青鞜』の広告だった。

「前々から、いつか女流作家か記者になって、雑誌や新聞に寄稿したいと言っていたろ

う？　お前の文章はなかなか読ませるから、まずは、らいてうに手紙を書き送ってみたらどうだ。さすがに『青鞜』に何か載せてもらえるようになるのはまだまだ先だろうが、今からつながりを持っておいて損はないしな」

話の途中からすでに、心臓が激しく暴れだしていた。落ちつこうと努めながら、ノエは辻の顔を注意深く探った。

冗談を言っている様子はない。どうやら彼は、本気で勧めてくれているのだ。この国初めての女性による女性のための雑誌を立ち上げた平塚らいてうに宛てて、思いの丈を書くように、と。

「手紙作戦はお手のものだろう？」

と、辻は笑った。ノエがかつて叔父に書き送ったおびただしい数の手紙のことを言っているのだった。

そうだ。あの手紙攻勢を思い立たなければ、上野高女に入る機会は得られず、辻とも出逢えていなかった。運命を切り開こうと思うなら、自分から行動を起こさなくてはならない。胸の高鳴りに合わせて、親指の深爪がずきずきと疼いた。

その晩から、辻の文机はノエが占領することとなった。何を書こう。書き損じの原稿用紙をもらい、裏面を使って文面を考える。

出身は九州福岡、海に面した小さな村であること。幼少期から本を読むのが好きで、もっともっと勉強したい一心で叔父を説得したこと。必死に努力してたくさんのことを学んだのに、無理やり押しつけられた縁談を断ることすらできない。どうして女ばかりがこんな我慢を強いられるのか。一人の人間として自由に学びたい、とことんまで命を燃やして生きたいだけなのに、なぜ凝り固まった習俗や、男性たちが作った勝手な決まりごとによって力で押さえつけられなくてはいけないのか。それがどうしても納得できない。血管の中を血潮の代わりに怒りが流れているような心地がする……。

書き付けては読み直し、くどいところを削り、必要な説明を加えてゆく。辻に読んでもらってはまたさらなる推敲《すいこう》を重ねた文を、二日後、ノエはいよいよ便箋に清書した。真新しい便箋とペン先は、辻がまた何かの本を質に入れる代わりに買ってきてくれた。

しかし、一旦手紙を出してしまうと、かえって我慢がきかない。返信を待つ心許なさに耐えきれなくなったノエは、数日後、思いあまって、駒込曙《あけぼのちょう》町のらいてう宅へ押しかけた。

いやな顔も見せず出迎えてくれたらいてうは、ひと目で上等の仕立てとわかる、濃《こ》紫《むらさき》の地に白いよろけ縞の銘仙《めいせん》を着ていた。想像していた以上に顔立ちの美しい、柔らかな物腰の女性だった。

考えてみれば自分は、ほんとうに育ちの良い聡明な大人の女性というものを今初めて目の当たりにするのだとノエは思った。こんなに優しい、それこそ虫も殺さぬ顔をしたひとが、かつて妻子ある男性との醜聞で世間を騒がせたなどとは信じられない。その一方で、らいてうが何かの拍子に覗かせる表情に、ぞっとするほどの怜悧《れいり》さを感じ取りもするのだった。

うつむいていた顔を上げる時、らいてうは、まず視線だけを上げ、それから遅れて顎を上げる癖がある。伏せていた睫毛が大きく閃《ひらめ》き、蒼く透き通るような白目の際立つ双眸が、きゅっと対象を射る。その瞬間にふと覗く洗練された冷たさに、話すうちノエは強く惹きつけられていった。らいてう独特のこの佇まいは、火の玉のような性質の自分が一生かかっても身にまとうことのできないものだと思うと、何やら唸り声をあげたいような焦燥に駆られる。

「あなたの手紙を読んで、私たちみんな感じ入ったわ」

ほんの少しだけ掠れたような落ちついた声で、らいてうは言った。

「女性が因襲や習俗に立ち向かうとはこういうことをいうのだと、改めて強く思わされたの。これまであなたは、たったひとりで闘ってきたかもしれない。でも、これからは違うわ。あなたは身を以て、過去の因習や社会制度の重圧から自由になるの。そうしてみせることで、あなたと同じような境遇にある女たちに勇気を与えてゆくのよ。女だけが我慢を強いられるような社会は、きっといつか終わらせましょう。そのためには、男たちはもちろんだけれど、まずは押さえつけられることを当たり前だと思い込んでいる女たち自身の考えから変えてゆかなければ」

ノエは、手紙に書いた内容も含め、かつての恩師の家に身を寄せていること、それが原因でその人が教師の職を解かれ、たちまち家の財政が困窮してしまったことなど、今現在の自身の境遇や問題をほぼ、包み隠さず打ち明けた。ほぼ、と言うのは、辻との仲についてだけはさすがに話せなかったからだ。

的確に差し挟まれるらいてうの相槌《あいづち》や励ましを受けとめながら、これまでずっと誰にも解ってもらえなかったことを、口角に泡を溜めて喋りたいだけ喋る。そのうちふいに、すこん、と栓が抜けたかのように心が軽くなったのを感じた。幾重にも自分を縛ってきた鎖を渾身《こんしん》の力で断ち切ったかのような解放感、何に由来するともわからない蛮勇。それらが一緒くたに腹の奥底からせり上がってきて、ノエはじっとしていられず、まるで自由を求める奴隷スパルタカスのように雄々しく立ちあがった。

「とにもかくにも私、このままではいられません。ちゃんと籍を抜いてもらわない限り、この苦しみがずっと続くんだわ。もう明日にでも帰省して、先方と話をつけてきます。戻ったらまた訪ねてまいりますから」

唐突に立ちあがった客を驚いたように見上げていたらいてうも、すぐに微笑んで腰を上げる。

「いいわ。思いきり闘っていらっしゃい。無事に戻ったならその時は、私たちの『青鞜』に何かお書きになってみるといいわよ」

「ほ……本当ですか！」

感激のあまり、ノエは飛び上がり、そして涙ぐんだ。帰ってきたなら改めてらいてうに頼み込んで、まずはお茶汲みや事務員として働かせてもらえないかと秘《ひそ》かに目論《もくろ》んではいたのだ。それがなんと、最初から――。

「あなたなら書けるわよ。それだけの力があるもの。どう、やってみたくはない？」

「それは、もちろん、ええ！」

「長旅の間や、心が弱った時、そのことを考えたら元気が湧くんじゃないかしら」

「ええ、ええ！　元気どころか、勇気百倍ですとも！」

らいてうは笑った。

玄関口まで見送られて外へ出ると、近くの寺の鐘がごぉんと響いた。ずいぶん長く話してしまったとみえ、軒の向こうに熟柿《じゅくし》の色をした夕焼け空が広がっている。

「では、気をつけて」

言いかけたらいてうが、ああ、とノエを呼び止めた。

「私は、筆名を〈らいてう〉としました。あなたはどうなさるのかしら。本名でもいいけれど、何なら考えておくといいわ」

筆名ならば、いつかの時のためにと心に決めていた名前がすでにある。

ノエが答えようとした時、また鐘が鳴った。向かいの屋根から鴉《からす》が飛び立ち、かまびすしく鳴き騒ぐ。

静まるのを待って、言った。

「読みはそのままで、漢字を当てようと思っています」

「漢字を」

　ノエは頷き、背筋をしゃんと伸ばした。

「野の枝――と書いて、伊藤野枝」

第七章　山、動く

その鳥を、我が目で見たことはまだない。高い高い山の上に棲《す》んでいるのだという。

〈霧が出て雷が鳴るみてえな、まぁず天気の悪ぅい時に見かけるだから雷鳥っていうだよ〉

そんな話を、平塚明が聞かされたのは、今からもう四年も前。あの馬鹿げた心中未遂事件がさんざん世間で騒がれた後、信州松本の養鯉所《ようりじょ》に身を寄せていた間のことだ。

雷鳥の雄は縄張りを主張するのに大声で鳴くが、雌は、小さな優しい声で鳴く。クックッ、……クッ、ククッ。くぐもった温かな声で鳴いては、あたりに散らばった雛たちを翼の下に呼び集める。

親近感を覚えた。活発だった姉と違って、生まれつき大きな声が出せない質の自分の姿を重ねた。

夏の間、砂岩《さがん》の色に合わせて褐色だった雷鳥の羽毛は、秋口に白とのまだら模様に変わり、山が雪に覆われる頃には眩しいほどの純白となる。冬の雷鳥はめったに飛ばないそうだ。体力を温存するため、冷たい雪の上をゆっくり歩き、自ら掘った雪洞《ゆきあな》に潜り込んで身体《からだ》を休めるという。

そう聞いて、明は思い出さずにいられなかった。明治四十一年（一九〇八年）三月二十一日。男と二人、心中を完遂するつもりで那須塩原《なすしおばら》の峠を目指した、あの雪山の夜をだ。

準備として、まずは蔵前の鉄砲屋でピストルを買おうとしたのだった。が、弾まては売れないと言われ、明は一旦家へ戻った。実弾の込めてある父親のピストルを持ち出すつもりだった。旅立つからには跡を濁さずにゆきたい。頼まれていた速記の反訳を仕上げ、郵便で送る手配をし、それからいつものように帯を低く締めて濃緑色の袴を穿《は》き、書き置きをしたためた。

〈わが生涯の体系を貫徹す、われは我が Cause によって斃《たお》れしなり、他人の犯すところにあらず〉

誰に唆されたわけでもない、あくまで自分の意志でゆくのだという宣言だった。家を出る時、ふところには結局、父のピストルではなく母の懐剣を忍ばせていた。

道は寒々として明るかった。月光に濡れながら、男が待ち合わせ場所と決めた田端の「筑波園」なる茶店まで急ぎ足で歩いた。駒込の天祖神社の境内を抜け、動坂を下り、向かい側の暗い道を田端の高台へと上がる。そこから崖の上の筑波園までは人通りの絶えた木立の道が続く。身も心も軽やかなのが自分でも意外なほどで、それでも緊張はしていたのだろう、落葉した大きな欅《けやき》の枝影がくっきりと足もとに落ち、美しくも繊細な網目模様を作っている様子が常になく胸に迫った。

先に来て一杯飲んでいた男と、田端から汽車に乗り、那須塩原を目指す。二日がかりの旅の末に老舗旅館「満寿家《ますや》」に落ち着き、朝になるとそっと宿を出て、温泉町のはずれで人力車を降りた。

ちょうど春の彼岸だったが、塩原から日光へ通じる尾頭《おがしらとうげ》峠はまだまだ雪深い。男はよく肥えており、そのせいか膝までの雪にひどく難儀し、一歩ごとに滑っては手をつくうちにやがて座り込んでしまった。

「だめだ、もう動けない」

うずくまり、ポケットから出した瓶からウイスキーをあおる男を、明は情けない気持ちで見おろした。彼一人が汗だくのよれよれなのが滑稽でならなかった。

「動けないって、こんなところでどうするつもりですか」

「そのうち凍えて死ぬんじゃないか。もう、何もかもどうだっていい」

駄々っ子か。こんなのは心中とは言えない、ただの行き倒れだ。その手をつかみ、引っ張り上げようとしたものの——あの瞬間の気持ちは今もよく覚えている——ふと、それこそどうでもよくなって、やめた。重たい荷物をほうりだしたような清々しい気分になった。

峠を目指すことにした。ぐずぐずしていては日が暮れてしまう。こんなところにまでわざわざやってきた以上、自分ひとりでも目的を完遂するしかない。男のことなどもう眼中になく、さあ早く雪の山頂を極めようと思うと、これから死ぬというのに不思議と身体中に力がみなぎり、一歩一歩が弾んだ。禅寺へ修行に通うのに一里二里と毎日歩き続けてきたことで、知らぬ間に脚が鍛えられていたようだ。

置いて行かれるのが怖いのか、結局は男もついてくる。ぜいぜいと喘《あえ》ぐのがずいぶん後ろのほうで聞こえるのを、何度も立ち止まって待ってやった。

とうとう陽が沈み月が昇る中をあちこち踏み迷い、やがて男がどうにも動けなくなると、明は、木の根元の雪を素手で大きく掘って、彼を呼んだ。愛情からではなくただ寒さから、寄り添って座る。あんなに冷たかったはずの雪が、ほっこりと温かく感じられた。吹きつける風が遮られるだけでこんなにも楽になるものかと感心したが、このまま眠るように死ぬのでは、ここまで登って来た甲斐がない。

明が母の簞笥からわざわざ持ち出してきた大事な懐剣を、男はその少し前、「もう殺すのはやめた！」と自棄になって叫び、勝手に谷底へ投げ捨ててしまっていた。どうせ、最初から殺す気も死ぬ気もなかったのだ。わかってはいたが、せめてもう少しくらいはぎりぎりの煩悶《はんもん》を見せてもらいたかった。覚悟もなければ行動もしない男など、いったい何の価値があるだろう。

こんな男と肉体の関係を持たなくてつくづく正解だった。もし軀を重ねた後であったなら、失望以上に、暗く湿った憎しみを抱いてしまっていたかもしれない。せっかく自らの命と真っ向から対峙《たいじ》しようという夜に、要らぬ不純物を持ち込みたくはない。

起こしても起こしても、すぐにうとうとと寝入ってしまう男が凍死しないよう抱きかかえながらも、そのとき明の全身を満たしていたのは有頂天と言っていいほどの幸福感だった。常ならぬ昂揚《こうよう》に頭がおかしくなっていたのか、そそり立つ氷の伽藍《がらん》のただなかにたった独りで座っている心地がしたものだ。

満月の明かりに近くの山々が蒼白く浮かび上がり、その輝きときたら、蛍の光と水晶のかけらを合わせて一緒くたに撒き散らしたかのようだった。明は、男の存在をつくづく邪魔に思いながら、一晩じゅう彼方の稜線に目をこらしていた。

温泉宿の主人が、二人客の不在に気づいて駐在に報せたらしい。早朝、峠へ向かう足跡を追ってきた捜索隊に発見された時、男は明に手を引かれ、蒼白い顔ですすり泣いていた。


たったそれだけの、未遂に終わった道行きだ。

それがあれほど新聞雑誌に書き立てられ衆目を集めたのは、〈男〉があの夏目漱石の門下生であり、帝大を出た文学士であり、妻帯者であったからだろう。しかもその不倫の相手である明は女子大まで卒業した若い女で、高級官僚の娘。世間の餌食には、なるほどもってこいだ。

〈男〉の名は、森田草平。本名を森田米松《よねまつ》という。明が初めて書いた短編小説「愛の末日」を、ずいぶんと褒めてくれた人物だった。

出会いは、前の年の初夏の頃、女性が文学を学ぶための勉強会でのことだ。

日本女子大学校に在学中、明は禅の存在を知り、日暮里にある禅道場に通い始めていた。修行を重ねながら勉学ももっと続けたくなり、卒業後は二松《にしよう》学舎、女子英学塾で漢文や英語を学び、さらには飯田町の教会付属の成美女子英語学校に通った。会計検査院の官僚である父には反対されたが、女子大に進む時と同様、母がとりなしてくれたようだ。もしかすると父ももう、娘の強情ぶりに半ば匙《さじ》を投げていたのかもしれない。

ほどなく、その成美の英語教師であった生田長江《いくたちようこう》らが、女流文学者を育てる目的のもとに学内で「閨秀《けいしゆう》文学会」を始めた。二カ月ほどで立ち消えになってしまったものの、そこでは幾人もの文学者が、手弁当で講師を務めた。中には与謝野晶子もいた。

生田と親しい与謝野鉄幹をその内縁の妻から奪い取り、『みだれ髪』で一世を風靡《ふうび》した晶子はこの時、まだ三十になるやならず。子どもを四人抱えて貧乏のどん底にあった頃で、着古した着物は皺だらけ、無造作に結い上げた髷の間から結わえた黒い打紐が垂れ下がって覗いているような有様だったが、それでも彼女は熱心に、明たち聴講生を相手に『源氏物語』の講義や短歌の添削などをしてくれた。

その他の講師に島崎藤村、戸川秋骨《しゆうこつ》、馬場孤蝶《こちよう》、平田禿木《とくぼく》、上田敏《びん》……そして、森田草平がいた。

主宰者である生田長江が、いかにも人慣れていて万事に鋭い人物であったのに対し、草平はやや暗い感じのするはにかみ屋で、明から見るとあちこち隙だらけだった。頭は大きく、太った身体をもてあますかのように動きがもっさりしている。話も上手ではないし、気分でものを言うところがあり、こちらが何か言っても本当に伝わる前にひとり合点してしまうことが多かった。

そんな男に、なぜわずかでも惹かれたかわからない。無骨で不器用なところを、野性的で一途であるかのように勘違いしてしまったのかもしれない。

いや、やはりそれ以上に褒め言葉にやられたのだろうと、今になって明は思う。未熟なりに心血注いで書きあげた小説や、まだ秘められているかもしれない才能を褒めてもらうのは、自分の容姿や持ちものを褒められるのとは比較にならないほどの喜びだった。

一月の終わりに文学批評の体《てい》で書かれた恋文をもらい、返事を書いてからほどなく、明と草平は初めて二人きりで会った。朝九時に水道橋で落ち合い、中野あたりを散策し、九段の富士見軒で夕食をとり、夜の上野公園を歩いた。

が、そのあとがいけなかった。やがて草平は、並んで座っていたベンチから立ちあがると地面に膝をつき、まるで中世の騎士が貴婦人に忠誠を誓うような仕草で、明の穿いていた濃緑色の袴にうやうやしく口づけたのだ。

感動するどころか、明はむしろ幻滅した。芝居がかったわざとらしいやりかたがこちらを小馬鹿にしているかのようで、かっとなった明は袴を手で払いながら立ちあがった。

「いったいぜんたい何なのですかそれは！　先生、本気でやって下さい、嘘や真似事はいやです、もっとちゃんと本気になって！」

そうして自分から身体をぶつけるように飛びかかり、抱きついた。

いま思い返しても、うんざりするほど恥ずかしい。顔から火が出るとはこのことだ。

あの時の自分こそ、いったいぜんたい何がしたかったのだろう。

どうやらその情熱的に過ぎる行動のせいで、草平に処女かどうかを疑われたものらしい。別の日に、待合へ連れて行かれた。

「ここは、生田がよく来るところでね」くだらないことを草平は言った。「生田は、あれは偽善者ですよ」

明はまた、どんどん胸の裡が冷えてゆくのを感じた。

火鉢が一つきり置かれた寒々しい座敷で、布団に横たわった彼が「ここにいらっしゃい」などと呼ぶ。物慣れた風だ。郷里は岐阜だがすでに妻子も上京し、しかも下宿先の娘など、踊りの師匠とも出来ているという噂だった。自分よりはるかに年若い頭でっかちの娘など、簡単にあしらえると思っている様子が窺えた。

「ほら、こっちへいらっしゃいよ。男と女、二人きりなんだから」

明はしかし、まったくそんな気分になれなかった。

「私は女じゃありません」

草平が怪訝な顔をした。

「じゃあ何なの。男だっていうのかい」

「いいえ。男でもありません。何かそれ以前のものです」

頭まで冷えきって、つい禅問答的な答えが飛びだしてしまう。

「好きだねえ、きみ、そういうの」鼻で嗤うと、草平は言った。「だいたいね、きみは観念的すぎるんだ。恋愛や性欲のない人生なんかどこにもないんですよ。それじゃ生きてたって無のようなものじゃないですか」

「ええ、無で結構」

さすがに草平もしらけたようだった。

てっきり愛想を尽かされただろうと思ったのに、その日を境に相手はかえってやけっぱちのように熱くなっていった。

〈われは執拗に君を愛す。日夜に君を想い、君を慕う〉

そんなことを書きつけた手紙を、何度も送ってよこす。

〈君は若くして死ぬ人なり〉

――若くして死ぬ人。その言葉は、初めて明の胸に響いた。

恋愛と呼ぶことすら躊躇《ためら》われるほどの、それこそ観念ばかりが先に立つ関係だったと思う。心中を思い立ったのも決して、身も世もなく愛し合い、思い詰めた末のことではない。近松の世界などとは程遠い。

それでも草平は、確かに約束したのではなかったか。ダヌンツィオの『死の勝利』に描かれた男女になぞらえて、

〈あなたのことなら殺せると思う。殺すよりほか、あなたを愛する道がない。あなたはきっと死ぬ瞬間がいちばん美しいのだから、その瞬間を俺こそが見届けなくてはならない〉

そんなふうなことを言った。だから明も、受けて立ったのだ。

〈そうですか。やるという気なら、行くところまで行ってみるばかりでしょう〉

殺したいと言うのなら、殺されてみようと本気で思った。草平への愛はさほどでもないが、死が生と地続きのものか、それとも死はあくまでも独立した死であるのか、見極めてみたいという思いに偽りはなかった。

それなのに——いざとなるとあの為体《ていたらく》だ。心中未遂と呼ぶことさえ憚られる。あまりにも馬鹿ばかしく、情けなく、涙さえ出なかった。

『東京朝日新聞』は、見出しにこう書き立てた。

〈紳士淑女の情死未遂　情夫は文学士、小説家　情婦は女子大学卒業生〉

『万朝報《よろずちようほう》』はこうだ。

〈いやはや呆れかえった禅学令嬢というべし〉

〈蜜の如く甘き恋学の研究中なりしこそおぞましき限り〉

さらに『時事新報』に至っては、あろうことか悄然《しようぜん》たる父の談話まで掲載する始末だった。

一方、憔悴《しょうすい》し萎れきった草平は、師である漱石の門を叩いた。漱石はいつもの穏やかさで弟子を受け容れたようだが、苦言も忘れなかった。

〈君らのやっていたことは、恋愛ではない。知的闘争だ。結局、遊びに過ぎない〉

そう言いながらも、半月にわたって草平を自宅に匿《かくま》った。『東京朝日新聞』の小説記者である漱石の家にいるのが、世間の追及をかわすのに最も効果的ではあったろう。

おかげで、もっぱら叩かれたのは明のほうだ。新聞にでかでかと顔写真を載せられ、一歩も外を歩けなくなった。

どうして女ばかりが非難されるのか。覚悟していたようでも予想を超える攻撃に、明はやはり傷つき、動揺もした。日本女子大学校の同窓会から除名される程度のことは、もともと愛着のない母校であったからどうということはない。だが、事件直後、母親と一緒に塩原まで迎えに来てくれた生田長江に、

〈あなたはご損をなさいましたね〉

そう言われたのは心外だった。損得を考えたなら、はなから心中などしない。

生田はさらに、明の両親に向けても、漱石と相談して草平からじゅうぶんに謝罪をさせましょう、その上で時期を見て妻子とはけりを付けさせ、平塚家にご令嬢との結婚を申し込ませましょう、などと言った。

腹が立つより何より、あきれるしかなかった。あんな実のない、底の知れた男と誰が結婚などしてやるものか。男たちのなんという愚かしさよ。冗談も休み休み言うがいい。

そんな中、漱石は、弟子をしきりに焚《た》きつけていたようだ。職も解かれ、社会的信用をなくしてしまった以上、この先を生きてゆくには小説でも書くしかなかろう。今回の事件をモデルにして私小説を書いてみてはどうだろう。起死回生の策はもはやそれしかない。どうせそんなふうにでも説得したのだろう。そして草平は、師の案に乗った。

それを伝え聞いたのは松本から帰京してまもなくだったろうか。その時、母親がしてくれたことを思うと、明は今でも泣けてくる。

かつて、といっても明の幼い頃だからそれほど昔の話ではないのだが、母親の光沢《つや》は、束髪で前髪をちぢれさせ、洋装をしていた。山の手風の家の居間にはストーブが燃え、父親が外遊から持ち帰ったフランス人形が飾られて、時にオルゴールの調べが流れたりもした。しかし官僚である父親は、国家のその時その時のイデオロギーに忠実に従う人だ。やがて時代が復古主義、国粋化へと傾くと、家でもわかりやすく洋間が畳敷きに変わり、母親は洋装をやめさせられ、また丸髷を結って帯を締めるようになった。

その慎ましくも美しい着物姿で、光沢は、娘の一大事にどうしたか。手土産を抱えて早稲田の夏目宅を訪ね、漱石と草平を前に、どうか執筆を思いとどまって欲しいと手をついて頼み込んだのだ。後生でございます、そのような内容の小説が世に出れば醜聞の上塗り、娘の将来は完全に潰されてしまいます、と。

漱石の対応は木で鼻を括ったようだった。

〈ごもっともな次第だがね〉黒々とした口髭を撫でながら言ったそうだ。〈この男はい

ま、書くよりほかに生きる道がないのですよ〉

明の生きる道については微塵の同情もないようだった。

やがて草平が書いた小説は、これもまた漱石の差し金か、『東京朝日新聞』に連載されることとなった。翌年一月から五月半ばまで連載された「煤煙」がそれだ。

駄作だった。およそ男に都合のいいことばかりが書き連ねられ、あれもこれも綺麗事になってしまっていて、お互いだけが知るはずの痛みも苦しみも、葛藤も落胆も野心も打算も、山ほどの言葉を費やしながら何ひとつ深められてはいない。

企画そのものを焚きつけたはずの漱石もまた、そうとう失望したらしい。入れ替わりに六月末から始まった自身の連載「それから」の中で、登場人物の口を借りて、「煤煙」の主人公らにはあまり納得も共感もできないので近頃は読んでいない、などと批評させているほどだ。それもどうなのかとは思いながら、明は漱石に初めてわずかながらの好感を抱いた。

家柄、気立て、容貌――この三つに恵まれていれば、女学校の卒業を待たずに縁談が決まることも多い。卒業までなかなか縁談の決まらないのを〈卒業面《づら》〉といい、容貌などに恵まれず一生教師でもして暮らしていこうという人のことは〈師範面〉などといったものだ。

自分には、まともなかたちでの結婚はもうできないだろうと明は思った。女性に許された最高教育機関である日本女子大学校こそ出たものの、この後もなお勉学を続けるには留学する以外になく、それは父親が許さない。かといって女が職を得る道もほとんどない。

八方塞がりの中、ふらりとやってきた生田長江から、女性ばかりの文学雑誌発刊の誘いがあった時は、だからたいして乗り気にはなれなかった。このうえはお遍路でもしながら独りで生きてゆく覚悟を決めていた。

しかし生田は、何度も通ってきて明を口説いた。

「もったいないですよ。あなたには才能があるんだ。天性の麗質といったものがあるし、リーダーシップもある。情緒的なところもありながら、それに流されない理知を持っている。こういうことには向いていると思いますよ」

が、どうにも気が進まない。自分自身が女であるというのに、女の仲間ばかりに囲まれるということが嬉しくない感じがする。

これまで男性の先輩文学者たちと丁々発止の議論をしながら学んできた明には、女性だけの集団というだけで物足りなさがあった。自己というものを持たず、内面を見つめずに外側だけを飾り立て、つまらない生活のことごとにこだわって、お世辞と嘘ばかり口にする……それが、多くの女という生きものだ。幾人集まって雑誌を作ってみたところで、しょせんお嬢さんのままごとの域を出ないのではないのか。

はっきりそう言ってやったのに、生田はあきらめなかった。

——これだけの部数を刷れば、だいたい幾らかかります。

——お友達を集めて、ぜひおやりなさい。

——費用なら、たぶんお母様が出して下さると思うんだがなあ。

勧め方が具体的になっていったのは、母親の光沢が話せばわかる人物であることを当て込んでいたのかもしれない。塩原まで森田草平と明を迎えにいった行き帰り、光沢とはたくさん話したようだ。

生田の誘いに興味を示したのは、明より、姉の友人・保持研《やすもちよし》のほうが先だった。

「ぜひとも一緒にやりましょうよ」

平塚家に居候していた研は、肺を病んで三年にわたって療養していた身であり、ちょうど自分にも出来る仕事を探していただけにすっかりその気になってしまった。

結局、生田が当てにしたとおり、光沢が娘の結婚費用として蓄えておいたものを切り崩してくれた。

「お父さまは承知なさるまいけれど」

苦笑気味にそう言いながらも、創刊号の印刷費用ほか諸経費にと、百円をぽんと出してくれたのだ。いよいよ明も後には退けなくなった。

発起人には五人が名を連ねた。明、保持研、研の同級生であった中野初と木内錠《てい》。また、明の小学校時代の同級生の妹、物集和《もずめかず》。

初めは明の発案で雑誌名を『黒耀』とすることも考えたのだが、これまた生田の助言により、『青鞜』と決まった。ロンドンのモンタギュー夫人のサロンから生まれた言葉「ブルー・ストッキング」が元になっている。学識と知見を持つ女性が、男と比肩して物を言うのを揶揄する時に「あれはブルー・ストッキングだから」という表現をするのだが、それを自ら逆手に取ったかたちだった。

有名文学者の妻たちのもとを訪ねては賛助員として寄稿を依頼し、表紙のデザインは、女子大学校の家政学部で明の一級下だった長沼智恵《ちえ》が、卒業後も結婚せずに絵の勉強を続けていると知って頼むこととなった。

やがて智恵が届けにきた絵は、編んだ髪を長く垂らした女性の立ち姿を描いたものだった。エキゾチックな趣で、ひと目見れば忘れられない印象を残す。

「素敵」

明が思わず声をあげると、

「先にことわっておくけど、私のオリジナルではないの」

智恵は、えらの張った丸顔にはにかみ笑いを浮かべながら言った。

「最近たまたま、七年前のセントルイス万博の図録を見せてもらう機会があってね。その表紙の絵は、ヨーゼフ・エンゲルハルトっていうオーストリアの画家が作った寄木細工の図案を模したものなのよ。綺麗でしょう」

西欧の絵を模写して使用するについては、広く一般に行われていることで何も問題はない。明がとても気に入ったと告げると、智恵は満足げな笑みを浮かべて帰っていった。

準備は着々と進んでいった。多くの男性作家の中に、それまでは個々の存在として孤立状態でいた女流作家たちが続々と『青鞜』に集まってくるのを見て、さしもの明も俄然、心が燃えてきた。

勢いに乗って、かの与謝野晶子のもとへ協力を頼みにいったのは六月の初めだったか。出てきた晶子は気の早いことに、秋草模様の派手な浴衣を着ていた。はやりの大前髪を崩れるにまかせたような姿は、個性的というより異様に見えた。

発刊の趣旨をひととおり聞き終えると、晶子は仏頂面のまま言った。

「女は、駄目だね」

生田主宰の勉強会では世話になった相手だ。反発と憤慨を抑え、

「どうしてですか」

と問うた明だったが、晶子は視線も合わせずにくり返した。

「女は駄目だ。男に及ばない」

てっきり断られたと思い、悔しさを胸に帰ってきたのに、ふた月もたった八月初め、晶子から編集部宛てに長いながい詩が届いた。

山の動く日来る。
かく云えども人われを信ぜじ。
山は姑《しばら》く眠りしのみ。

その昔に於て
山は皆火に燃えて動きしものを。
されど、そは信ぜずともよし。
人よ、ああ、唯これを信ぜよ。
すべて眠りし女今ぞ目覚めて動くなる。

一人称にてのみ物書かばや。
われは女ぞ。
一人称にてのみ物書かばや。
われは。われは。

「そぞろごと」と題するその詩を読み進みながら、明は途中から、興奮による震えと涙を堪えていた。

――一人称にてのみ物書かばや。われは女ぞ。

集団に隠れ、数をたのんで物を言うのではなく、つねに「私は」と一人称を用い、自身の責任において発言するのだ。そう強く呼びかける言葉の中に、晶子の考える女としての誇りがごうごうと燃えさかり、唸りをあげているかのようだった。皆の意見が一致して、この詩は創刊号の巻頭から九頁にわたって全文掲載されることとなった。

そしてまた、「青鞜社概則」として、十二の条文を掲載することも決めた。とくに第一条に掲げた一文はこうだ。

〈本社は女流文学の発達を計り、各自天賦の特性を発揮せしめ、他日女流の天才を生まん事を目的とす〉

いつの日か、この雑誌から、優れた女流作家を輩出することができたなら――。

編集作業は、駒込林町にある物集和の自宅で行われていた。物集邸はまるで林のような広大な敷地にあり、他の家族はどこで何をしているのか、ふだんは顔を合わせることさえない。内玄関から続く長い廊下の突きあたりに和の部屋があり、毎日のようにそこに集まった。和の兄であり、作家のような編集者のような自由人であった物集高量《たかかず》が、

「未経験のお嬢さんばかりで雑誌を出すのだから、まあ三号も続けば偉いものじゃないかね」

そんな軽口を言いながらもずいぶん手伝ってくれた。

印刷費用の見積もりを取ると、紙代を合わせて百十円。広告は博報堂に任せるとして、出費はしめて百九十六円四十銭かかるという。

「一大事業だな」

と高量は笑ったが、もちろん笑い事ではない。明は、何度も背筋を震えが這いのぼるのを堪えた。武者震いだと思おうとした。

いよいよ「創刊の辞」を書かなければならなかった。じっとしていても汗ばむほど蒸

し暑い日が続いていた。

八月下旬のその夜、明は自室の雨戸をすべて開け放ち、しばらく静かに目を閉じて座っていたのちに机に向かった。何が何でも明日の朝までに書きあげて渡すのだ。何を書くべきかについては、すでに胸の内側で発酵している。脇目もふらず、休みもせず、憑《つ》かれたように一気呵成《いっきかせい》に書きあげて、やっと目を上げると空がわずかに明るみ始めていた。

〈元始、女性は実に太陽であった。真正の人であった〉

に始まる、気がつけばおそろしく長大なものになってしまった文章を読み返しても、どこも削る気持ちになれなかった。

署名をしようとして、明は手を止めた。

図らずも別のことで有名になってしまった「平塚明」の名を、ここで使いたくはない。これから誕生するまっさらな雑誌に、よけいな色を付けてしまいたくない。

ほんとうは、世間が言うような汚い思い出ではなかったのに、と思いながら、あの雪の塩原の幻想的な山々を思い浮かべる。ひと晩じゅう、白い息を吐きながらただただ目を瞠っているうちに、身体の中のすべてが根こそぎ吸い上げられ、奪われ、別のものと入れ替えられた気がした。宗教的とも言えるほどの凄まじい体験だった。

その間、男はただ眠りこけていただけだ。そうしていまだにぐずぐずと、ねぶるように来し方を反芻《はんすう》してばかりいる。あんなつまらないものしか書けないのはそのせいだ。

けれど自分は違う。あの夜、一度死んで、また生まれたのだ。月光の中でただ独り、新しく生まれ直したのだ。

ふと、一羽の鳥の姿が脳裏に浮かんできた。松本にいた時に聞き知った、高い山の頂近くに棲む鳥だ。地味な褐色から眩《まばゆ》いほどの純白に換羽したその鳥もきっと、一面の雪原の上で月光を浴び、薄青く神々しく輝くのだろう。小さな雪洞を掘り、ふっくらとした羽毛の下に雛鳥たちを呼び集めては温め、外敵から守りながらひそやかな眠りにつくのだろう。

優しさの中にたくましさを備えたその鳥の名前に、力を借りたいと思った。

〈雷鳥〉

少し、硬いだろうか。

〈らいてう〉

そうだ、これでいい。

この柔らかな印象の名前こそが、これからを戦う自分の鎧兜《よろいかぶと》となる。

明治四十四年九月一日付で千部を刷った『青鞜』創刊号、すなわち第一巻第一号は、全国にはけて大いに話題となった。

反響の内容は男女で両極端だった。女性の読者からは共感や激励の手紙が殺到したが、男性あるいは新聞などの視線は冷ややかで、所詮は世間を知らないお嬢さんの手慰みと揶揄する論調が大半を占めた。時には平塚家に直接押しかけてきて、石を投げ込む者までいた。

　父親は怒ったが、明は意にも介さなかった。批判であれ警告であれ、話題になったが勝ちだ。動揺する社員にもそう伝えた。

「山が動けば、そりゃあ騒ぎにもなって当たり前だわ。いいのよ、予想通りよ」

　翌年一月の新年号すなわち第二巻第一号は、前年に松井須磨子主演で上演された舞台『人形の家』を附録で特集して婦人問題を扱い、これもまた大いに賛否両論を呼んだ。いよいよ手応えを実感した。

　二月に第二巻第二号、三月に第二巻第三号と、部数はだんだんと増えていった。原稿を取りまとめては世に送り出してゆく間、息を切らしてひたすら走り続けていた気がする。作業にいくらか慣れ、ようやっとひと息ついたある日、鼻先をふっと甘い花の香りがかすめて、見ると春が来ていた。創刊の辞を書いたあの夏の蒸し暑い夜から八カ月あまり、ひと息に季節を飛び越していた。

〈三号も続けば偉いものじゃないかね〉

　という、物集高量の言葉を思い出す。

　よかった、とりあえず「三号雑誌」と呼ばれることだけは免れた――そう安堵した矢先だ。四月に出した第二巻第四号が、当局から発禁処分を受けた。掲載された荒木郁《いく》の小説作品「手紙」が、姦通を扱っているというのが理由だった。

皆の間に動揺が走る中、編集発行人、つまり雑誌『青鞜』の代表として名前の載っている中野初が、いやな顔もせず落ちついた態度で当局の呼び出しに応じてくれたのはありがたかった。岡山藩士であった父親が長く出版に携わっていたため、初もまたそういったことに慣れていたらしい。

しかしこれがきっかけで、それまで編集作業をしていた物集和の屋敷を追い出されることとなってしまった。保守的な物集の家では、創刊号からの世間の騒ぎがそもそも受け容れがたかったようだ。和は、しきりに残念がりながらも『青鞜』を去って行った。

とにもかくにも引っ越し先が必要だ。あちこち探した末に明は、本郷区駒込蓬莱町《ほうらいちょう》、万年山勝林寺《まんねんざんしょうりんじ》に小さな部屋を借りた。

「気兼ねがなくなって、かえって良かったじゃないですか」

一月から社員に加わった二十歳の尾竹紅吉《べによし》が、少年のような口ぶりであっけらかんと言った。

桜の季節が終わるとたちまち緑は濃くなり、古刹《こさつ》の石段の脇に植わった紫陽花《あじさい》が粟粒のようなつぼみを用意し始めた。

開け放った縁側から玄関へと風が抜けてゆく。部屋の中に、保持研のそろばんの音が響く。六畳間の机の上には、この日も全国の読者から届いた手紙が山と積まれている。より分けていた明は、中でも群を抜いて分厚い一通に目を留めた。

重さに合わせ、切手が何枚も貼ってある。ペンで書かれた宛名の一字一字が男らしく勇ましく、じつにのびのびと勢いのある達筆だが、これまでの経験上、男性読者からの手紙は脅迫的な内容であることも多い。いささか身構えながら裏を返し、差出人を見て驚いた。

伊藤ノエ。

住所は、九州福岡、糸島郡今宿村、とある。

女の名前だが、どう見ても男の文字としか思えない。引き込まれるように封を開け、読み始めた。

「どう。何かいいの来てた？」

机の向こう側から聞こえる研の声が、遠い。返事もせずに最後まで読み切ってから、明は大きな息を吐き、ようやく足を崩した。いつのまにか正座して読んでいたのだった。

「ちょっと凄《すご》いわよ、これ」

「どれ」

「この子、春に女学校を卒業したばかりだそうだけど……あなたも読んでみて」

と手紙を渡す。

研が読む間、明は縁先から寺を囲む森を見やった。光はすでに夏の気配を感じさせ、影は黒々と濃い。茂るだけ茂った緑の梢から、小鳥たちのかしましい声が降ってくる。

胸のほうへずり上がってきた帯をぐいと押し下げると、挿し入れた親指が汗に湿る。

袷の着物ではもう暑い。こんな日はいっそ、海風にでもあたりたい。

以前訪れた茅ヶ崎の海を思い浮かべ、明は、ノエの手紙の中にあった「海賊」の文字に思いを馳《は》せた。女学校の終わり頃というから去年か一昨年の話だろうが、少女は級友たちに向かって「女海賊になる」と啖呵を切ったらしいのだ。

不思議な符合に、思わず笑みがこぼれた。明もまた、女学校時代に倭寇《わこう》について習った時、友人たちと「海賊組」を作って様々な想像をめぐらせたものだった。学校など不自由だと思っていたが、大人の世界に比べればずっと自由だったかもしれない。羽目を外しても、多少は大目に見てもらえた。

明より長いことかかって読み終えた研が、同じように大きなため息をついた。薄地の木綿の裾が割れるのもかまわず横座りになり、柱に寄りかかる。

「なかなかたいしたもんだわね」

「でしょう」

「まだ十七、八だってことを考えたら、ずいぶんしっかりした文章よ」

「そうね。ひとり合点の思い上がったところはあるけど、訴えは切実だし、この生《き》一本の真面目さがいいじゃないの」

「これ、今は東京にいるってこと？」

「ええ、上駒込ですって。けっこう近いのね」

「どうするの？」

明は、研が返してよこした手紙に再び目を落とした。

何度見ても素晴らしい字だ。気性の激しさ、奔放さがそのまま文字のかたちをとったかのような。そして、この文章。

「……他日、女流の天才を生まん事を目的とす」

「え、何て？」

研が訊き返す。

明は短く微笑んだ。

「このままにはしておけないし、しておくには惜しいって言ったの」

伊藤ノエが明の自宅を訪れたのは、それからほんの数日後の午後のことだ。明からの返信を待つより先に、居ても立ってもいられず飛んできた様子だった。

子守さんかと思うほど小柄で幼い、けれど見るからに勝ち気な眉をした少女の姿に、明は戸惑い、同時に感動を覚えた。

あんなに勇ましい男文字で、あんなに堂々と自身の窮状を訴えてよこした相手が、いっぽうでは脆《もろ》く砕け散りそうな玻璃《はり》の瞳を持ち、細く光る蜘蛛《くも》の糸に手をのばすかのように自分に助けを求めている。教養だの訓練だのといった人工的なものの影は、そこには見えなかった。ただ素朴で荒削りで、無邪気で野性的で、なんだか垢抜けないのだが不思議な美しさがある。いたいけな幼子のようでもあるのに、ある瞬間どきりとするほど艶めいて見えたりもする。

これほど才能に溢れる子が、半ば力ずくで男に従わされ心を潰されてゆくなど、許されてはならないことだと明は思った。よくある強制結婚だろうけれど、彼女の抱えている自我は、無理やり押さえつけるにはあまりに猛々しい。どうして夫となる男はそのことに気づかないのだろう。夫だけではない、周囲の大人たちもだ。

女学校時代の恩師のもとに身を寄せているとのことだが、理解ある同性にきっちり話を聞いてもらうのは初めてだったのだろう。ノエは時おり声を詰まらせながらも、手紙にもあった身の上話、とくに郷里の婚家や出身女学校に対する怒りの念に加え、自分がこの先やりたいこと、なりたいものといった将来の展望についてもいじらしい自負とともに語った。

「とにもかくにも私、このままではいられません」

ありったけの想いを、口が渇くほどの勢いで話し尽くすと、ノエは立ちあがって言った。

「ちゃんと籍を抜いてもらわない限り、この苦しみがずっと続くんだわ。もう明日にでも帰省して、先方と話をつけてきます。戻ったらまた訪ねてまいりますから」

あの『青鞜』のらいてうが、自分のために時間を割いてくれた。あまつさえ、帰京の暁《あかつき》には何か書いてみればいいと言ってくれた。その誇らしさが、みるみるノエの新しい背骨になってゆくのを、明は肌で感じた。

何度も何度もふり返ってはお辞儀をくり返しながら、少女が暮れかけた道を帰ってゆく。

ほんとうにノエがまた帰ってきたなら、二人で小さな「海賊組」を結成しよう。

すっかり小さくなった少女が、またしてもこちらへお辞儀をしてよこす。明は手を挙げ、大きく振った。

＊

一九一二年、七月三十日。明治天皇崩御の日、ノエが故郷・今宿にひとり帰っている間に、元号が改まった。

いきなり今日から変わると言われても、手紙の結びなどにはつい、明治……と書きそうになる。とはいえそれから一カ月以上たち、ようやく再び東京に戻ってくる頃にはさすがに、ノエの耳にも目にも〈大正〉なる新元号が馴染みつつあった。元年は五カ月しかなく、年が明ければ大正二年になるというのも奇妙で新鮮だった。

帰ってこられたのはひとえに、〈らいてう〉こと平塚明のおかげだ。

勇ましく郷里に戻って、両親や叔父の代準介らを説得しようと考えたノエだったが、理解を得るどころかかえって厳しく監視される羽目になった。末松福太郎はこの期に及んでまだしつこく嫁に戻ってくるよう言っているそうで、その男としての惰弱さを思うとますます鳥肌が立った。絶対に嫌だ、あんな男のものになるくらいなら死んでやる、と何度も訴えた。

しかし敵も然《さ》る者、まるで埒《らち》があかない。もともと不如意な所持金は、滞在が長くなるにつれて減ってゆき、帰りの旅費がまかなえなくなってゆく。どうにもこうにも八方塞がりだ。

思い詰めたノエは、らいてうに手紙を書き、訴えた。親たちの説得をあきらめて帰ろうにも旅費がないので困っている、後生ですから援助をして下さいと、包み隠さず書いた。

のちに辻潤のもとに無事戻ってから聞かされたことだが、あのときらいてうは、自分が勝手にそこまで出しゃばってよいものかどうか相当思い悩んだようだ。ノエが最初に書き送った例の分厚い手紙から後、すぐ近くとはいえ転居していた辻の家を二日がかりで探しあて、どうすべきかを彼に相談したらしい。その話の中で、辻本人もまた働いておらず、したがって金を送ってやりたくとも無いのだと聞かされたらいてうは、笑いだした。それがちっとも嫌な笑いではないのが不思議だったと辻は言った。

〈わかりました。とにかくノエさんを東京へ呼び戻してやりましょう。何もかもそれからだわ。旅費のことは私が何とかします〉

辻の腕の中でノエは、彼がらいてうのことを好もしそうに語るのを、溢れるほどの感謝と尊敬と、そしてかすかな嫉妬とともに聞いた。

東の磯の離れ岩、
その褐色の岩の背に、
今日もとまったケエツブロウよ、
何故にお前はそのように
かなしい声してお泣きやる。

「東の渚」と題したノエの詩はそう始まる。
この夏、いつ東京に帰れるとも知れなかった間、ノエは郷里の海を睨むように見つめながら、我が身に降りかかる運命に悔し涙を流した。ちくしょう、福太郎など呪われてしまえ。代叔父もキチ叔母もひどい目に遭えばいいんだ。ちくしょう、ちくしょう。
いっそこの海に飛び込んで死んでしまいたい、と願う心をわずかでも託すことができたのは、渚の岩の上に翼をたたんでぽつんと佇むカンムリカイツブリだけだった。

お前のつれは何処へ去た
お前の寝床はどこにある——
もう日が暮れるよ——御覧、
あの——あの沖のうすもやを、

何時までお前は其処にいる。
岩と岩との間の瀬戸の、
あの渦をまく恐ろしい、
その海の面をケエツブロウよ、
いつまでお前はながめてる
あれ――あのたよりなげな泣き声――
海の声まであのように
はやくかえれとしかっているに
何時まで其処にいやる気か
何がかなしいケエツブロウよ、
もう日が暮れる――あれ波が――

私の可愛いいケエツブロウよ、
お前が去らぬで私もゆかぬ
お前の心は私の心
私もやはり泣いている、
お前と一しょに此処にいる。

ねえケエツブロウやいっその事に
死んでおしまい！　その岩の上で――
お前が死ねば私も死ぬよ
どうせ死ぬならケエツブロウよ
かなしお前とあの渦巻へ――

ノエ自身、巧く書けたなどとは欠片ほども思っていない。巧いだの下手だの、はなからそんな企《たくら》みをもって書いた詩ではないのだ。それなのに、どうしてらいてうがこれを気に入ってくれたかわからなかった。

「たしかにね、きれいな詩ではないし下手くそと言えば下手くそだけれど……私は好き」

らいてうは言った。彼女が小さな掠れ声で「わたくし」と発音するのを聞くたび、ノエはうっとりとした。

「よろしいのよ。技巧的に美しい詩など、勉強すれば誰にでも書けるわ。あなたのこの詩は、拙くて笑ってしまうようなのに、なぜか心に残るの。やむにやまれぬ思いが素直に表れているからね、きっと」

大正元年十一月一日付で発行された『青鞜』第二巻第十一号に、「東の渚」はそのまま掲載された。詩の末尾には「東の磯の渚にて、一〇、三、」という創作年月と、〈＊ケエッブロウ＝海鳥の名。〈方言ならん〉〉との短い注釈が入れられた。
伊藤野枝、事実上のデビュー作である。

第八章　動揺

冬の空の青は、硬い。あまりに澄んでいて純度が高く、叩けばかーんかーんと音がしそうだ。

肩で風を切って往来を歩きながら、尾竹紅吉《こうきち》は頭上を仰ぎ、いっぱいに息を吸い込んだ。肺の中が凍る。かまわず、声を張りあげて歌いだす。

ゴールド眼鏡のハイカラは
都の西の目白台
女子大学の女学生

道行く人々が驚いてふり返る。久留米絣《くるめがすり》に袴姿という男装の、それも抜きんでて背の高い若い女が、これまたずば抜けて美しいソプラノで流行り歌なぞ歌っているのだから目立たぬわけがない。

都の西の目白台にあるのは、日本女子大学校だ。紅吉にとってはいまだに誰とも比べようのない唯一人の女性、平塚らいてうの出身校でもある。

片手にバイロン　ゲーテの詩
口には唱える自然主義
早稲田の稲穂がサーラサラ
魔風恋風そよそよと

すれ違いざまにやんやの喝采を送ってくれる人もいれば、遠くから指さして笑う子どもも、中にはあからさまに眉を寄せる者もいる。紅吉は、目もくれずに歩き続けた。万年山勝林寺にある編集室には、今日も皆が集まっているはずだ。

大きな図体や男の子のような顔立ちに似合わず、紅吉は可愛らしい赤色が好きで、筆名はそこから来ている。『青鞜』に関わりだした当初は〈べにょし〉と読ませていたが、周囲が〈こうきち〉と呼び出すと、そちらのほうが気に入ってすぐに改めた。

青葉がくれの上野山
音楽学校の女学生

上野山の音楽学校とくれば、こちらは東京音楽学校にきまっている。自分もちょっと行ってみたかった、と紅吉は思う。まだ大阪の実家にいた頃——つまりただの尾竹一枝《かずえ》であった頃から、両親や叔父に言われるまま絵を学ぶのは嫌でたまらず、せめて声楽の道に進みたかった。音楽教師から勧められ、周囲も歌がうまいの声が綺麗のと褒めてくれたものだから、なるほど好きな歌なら自分にも続けられるかと思い、一度は交渉してもみたのだ。しかし父には頭から怒鳴りつけられ、いつも物わかりの良い母親にまで「あんな馬のいななきみたいなもん、あんまりやないですか」と泣かれてさんざんな思いを味わった。

とにかく何をおいても大阪を出たかったから、言われるままに東京の叔父の家に身を寄せ、女子美術学校に進んだのだったが、案の定というべきか三カ月しか続かなかった。勝手に退学したことで親たちをすっかり怒らせてしまい、今は毎日、まるで女中のように叔父の家でこき使われている。

ちなみに父は日本画家の尾竹越堂《えつどう》、その弟である叔父は竹坡《ちくは》、末弟も国観《こっかん》といって、画壇では尾竹三兄弟と呼ばれている。蛙の子は蛙、画家の子は画家に、と厳しく言われて育ってきたが、毎日のように絵筆を持たされ練習させられる間じゅう、紅吉の身の内には反発の火が燃えていた。どれだけ怒られようがかまうものか、絵の道には進まない。絵描きなんぞ、ろくなもんじゃない。

凝り固まっていたその思いを、しかし横合いから柔らかに突き崩してくれたのがらいてうだった。

創刊以来『青鞜』の表紙画を描いていた長沼智恵が、画家であり彫刻家である高村光太郎との恋のためか直前で描けないと断ってきた時、らいてうは紅吉に、代わりに描くように言ってくれたのだ。思いきって引き受けたその仕事を、褒められた時の晴れがましさといったらなかった。周囲の人たちも認めてくれて、生まれて初めて自分の画才を誇らしく思うことができた。

（それやのにあのひとは――）

奥歯をきつく嚙みしめたせいで、歌が続かなくなる。

そう、それなのにあのひとは、ある時いきなり、どこの馬の骨とも知れない男に表紙画を依頼した。創刊一周年の記念号となる大切な表紙だったというのに、同人の誰に諮《はか》ることもせず、ただ自分だけの思いつきで、破廉恥な情に流されて。

紅吉は、鼻から大きな息をついた。真一文字に結んでいた口をようやく尖《とが》らせ、やけっぱちの口笛で「ハイカラ節」の続きを吹きながら、なお足を速め、男のように大股に歩く。不満ばかり並べても仕方がない。こうして上京が叶っただけでも良しとしなくては、と自分に言い聞かせる。そうでなければ「青鞜社」とも、そこで働く仲間たちとも一生出会うことはなかったのだから。

その意味では、秋口から入ってきた伊藤野枝もまた、同じような境遇にあった。彼女もやはり、勉学や文学を愛するあまり無理に無理を重ねて上京し、結果、『青鞜』とらいてうに出会ったのだ。

（いや――いや、違う。野枝さんは、うちなんかとは格が違う）

紅吉は、いささか僻《ひが》んだような気持ちで思った。

絵を描く紅吉の目に、野枝の持って生まれた容姿はまぶしく美しく映った。物問いたげな瞳が濡れたように輝き、睫毛は長く、頰の色はいつももぎたての林檎を思わせる艶やかさで、何より背が低く小さいのが可愛らしい。着物の裾を少女のように短く着てくるくると立ち働き、貧乏のどん底にあっても愚痴《ぐち》らしいことは言わない。

そもそも血の滲むような努力をして女学校に通い、素晴らしい達筆でらいてうに手紙を書き送り、文章の実力を認められた上で青鞜社に入ってきたのが野枝だ。自分なんかとはまったくもってわけが違う。

初めに『青鞜』の創刊を知った頃、紅吉はおよそ世間知らずだった。編集のイロハどころか社会の常識すらわからず、書店に定期購読を申し込んだというだけで勝手に舞い上がり、らいてうに宛てて、今から思うと意味さえろくに通じないような手紙を何通も書き送った。

〈私は来月からいよいよ『青鞜』の読まれる、一人の女の仲間になりました。私はこれで入社が出来たのですか？　本を毎月とったのが入社したといえるのですか？〉

無邪気、いや、無知でしかない。あんな手紙、らいてうや同人たちにどれほど笑われたことだろうと思うと、いまだに身が竦《すく》むほど恥ずかしい。げんに社内ではすっかり有名になって、手紙が届くたび「ほら、また大阪のへんな人よ」と言われていたという。

それでもいざ入社すると、物怖じをしない紅吉はすぐさま馴染み、編集部に出入りする人々の誰からも可愛がられる存在となっていった。最初に紅吉を『青鞜』に誘った一つ下の友人・小林哥津《かつ》とは、ともに画家と版画家の娘という立場の近さからさらに親しくなり、哥津よりもう一つ下の野枝とも、こちらはまったく違う境遇にあるのにすぐさま意気投合した。

小柄で色黒で、ぷりぷりと引き締まった身体をした野枝は、年齢のとおり三人の中ではいちばん子どもに見えたが、実際にはなんと、入籍までした夫のもとを出奔し、十も年上の男と同棲しているという。その相手というのがまた、上野高等女学校に通っていた時の恩師であり、野枝との恋愛を貫くために学校を辞めたというではないか。

まるごと小説に出てきそうなロマンスに、紅吉はすっかり興奮した。自分とどこかしら似通った情熱が、自分とはまた違ったかたちで野枝の中に息づいているのが嬉しく思われ、年に似合わず肚《はら》の据わった彼女のことをぐんぐんと好きになった。

うら若き娘が三人、集まればそれだけで何もかも可笑《おか》しい。笑い転げた紅吉が友人たちの背中をばーんと叩くと、二人とも痛い痛いと大げさに身をよじり、それが可笑しくてまた笑いの連鎖が起きる。

「遊んでばかりでは作業が進まないじゃないの。せめて邪魔をしないで、静かにしててちょうだい」

それでなくとも頭痛持ちのらいてうから、しょっちゅう小言を食らう始末だった。

紅吉にとって、らいてうは女神以外の何ものでもなかった。哥津や野枝は誰もが認める秀才だけれど、それに比べたら何の役にも立たない半端者の自分を、あのひとは鷹揚な心で青鞜社へ迎えてくれた。初めのうちは面白がり、やんちゃな妹のように可愛がり、そしてやがては、それ以上の親密な意味合いでもって愛し、受け容れてくれた。それ以上の——つまりどこまでも純度の高い恋情で。紅吉にとっては初めての真剣な恋だった。

最初のうちは、ただただ幸せなばかりだった。ふわふわと有頂天で、愛するひとの顔を見、声を聴くたび、心臓がまるで檸檬《れもん》の絞り汁をかけられたようにきゅっと縮む。そのつど、抑えておけない想いが皮膚を内側から突き破る勢いで迸《ほとばし》り出る。

二人が一体になれないことが理不尽に思えるほどの固い抱擁や、唇に血の滲むような激しい接吻、まどろみの合間にさえくり返される優しい愛撫を思い出すにつけ、自らの恋情に濡れて溺れて息ができなくなった。森田草平の『煤煙』に描かれているエピソードをなぞり、互いの腕を傷つけて血を流し、らいてうと自分のそれと混ぜ合わせることで契りを交わそうとまでした。

明治四十五年（一九一二年）の初夏の頃、紅吉は『青鞜』六月号に文章を寄せた。

　その年上の女を忘れる事ができない、ＤＯＲＥＩになっても、いけにえとなっても、
只、抱擁と接吻のみ消ゆることなく与えられたなら、満足して、満足して私は行こう。

らいてうは「或る夜と、或る朝」と題する情熱と混乱と決意とに満ちたその文に対し、らいてうで、二カ月後の八月号に「円窓より」という赤裸々な文章を寄せて応えた。

紅吉を自分の世界の中なるものにしようとした私の抱擁と接吻がいかに烈《はげ》しかったか、私は知らぬ。知らぬ。けれどああ迄忽《たちまち》に紅吉の心のすべてが燃え上ろうとは、火になろうとは。

雨戸の隙から、朝の光が幽《かす》かに差込で来ると、紅吉は両手で顔をかたく蔽《おお》って久しく動かなかった。

まるで恋文のやり取りだった。読者は大いにざわめいた。女性同士の同性愛的関係は昨今の流行であったものの、決して広く認められているわけではない。が、二人とも、どれだけ世間の批判を浴びようといっさいの痛痒《つうよう》を感じなかった。

駒込曙町の平塚家へは何度も通った。大きな円い窓の嵌《は》め込まれた奥の和室がらいてうの書斎だ。「円窓より」とはその部屋のことをいっている。

文机の前に佇むひとの、蒼白く愁いを帯びた横顔。頭が痛む時、らいてうは辛そうにうつむいてこめかみに指をあてており、紅吉にはその姿がじつに魅力的に思われて、見るたび陶然となった。

いっぽうで、どうしても好きになれないものもある。人をからかって弄ぶような目をして口角をきゅっと持ち上げる時、恋人はひどく残忍な顔つきになる。そういう表情が、近頃はとみに増えてきた気がするのだ。思い浮かべると紅吉は、から風が胸の内側に吹く心地がした。以前はこんなふうではなかった。らいてうのことを想えばすぐに身体が熱く火照ったはずなのに。

（あのひとが壊してしまいはったんや）

きっかけとなったのは、この夏、紅吉が肺を病んで茅ヶ崎の「南湖院《なんこいん》」に入院していた間の出来事だった。

社員の保持研がこの病院で働いていたので安心ではあったのだが、何しろ結核といえば死病のひとつだ。らいてうは、紅吉をとうてい独りにはしておけないと、八月の半ばに南湖院からほど近い漁師宅の一室を借り、そこで樋口一葉論の執筆に取りかかることにした。

自分への愛情のため、肺病すら厭《いと》わず近くへ来てくれたのが紅吉には嬉しくてたまらず、食事と診察と夜寝る間以外は毎日、病院を出て、らいてうの部屋に入り浸っていた。早く治して東京へ帰りたいと願うあまり、めずらしく食べものの好き嫌いも言わずに苦い薬や注射を我慢して受けてきたおかげで、病状はすでに快方に向かっていた。このぶんなら秋には全快して退院できるかもしれないと話すと、らいてうは涙を流して喜んだ。

そんな折、新たに『青鞜』の版元となった「東雲堂《しののめどう》」の若主人・西村陽吉が、打ち合わせのために茅ヶ崎までらいてうを訪ねてきた。そもそも紅吉が橋渡しをした縁だ。叔父・竹坡の弟子の一人と、有名な出版社を営む西村とが同じ文芸誌の同人として関わっていることがわかり、紅吉が間に入って取り持つかたちで『青鞜』と東雲堂との付き合いが始まった。自分もせめて何か役に立ちたいと願っていた紅吉にとっては嬉しい出来事だった。

次なる九月号は創刊一周年の記念号とあって、西村も張りきって茅ヶ崎を訪れたに違いない。この日たまたま停車場で出会ったという、藤沢の実家に帰省中の青年を南湖院まで伴ってきたについては、べつだん何ということもない軽い気持ちからだったはずだ。

「ちょっと面白い女たちがいるよ」

そんな誘いに乗ってついてきた青年は、奇《く》しくも画家で、奥村博《ひろし》と名乗った。らいてうより五つほど年若に見える、女のような顔をした男だった。

病院の殺風景な応接室のテーブルを間に挟み、らいてう、保持研、そして西村と奥村とが向かい合ったあの時のことはとうてい忘れられない。らいてうのことならば何もかも手に取るようにわかってしまう自分の勘の鋭さを、紅吉は呪った。奥村を前にしたらいてうが、ほとんど一目惚れのようにして恋の淵《ふち》に堕ちてゆくのを、すぐそばで、おそろしい焦燥感と共にただ眺めているしかなかった。

こんな空豆みたいな顔をした男の、いったいどこがいいというのか。いや、容貌や風体がどうであれ、そもそもどうしてそのような残酷なことが起こり得るのか、紅吉にはわけがわからなかった。あれほど情熱的に身体中をつかって自分を愛し、「紅吉、紅吉、私の少年」と呼んで可愛がってくれる恋人がまるで、それはそれ、これはこれ、といった態度で、まだよく知りもしない男に目を輝かせている。悪夢のようだ。

それなのに、紅吉は、自分でも馬鹿げているとしか思えないことをした。らいてうには内緒で、走り書きのような手紙を送って告げたのだ。

〈らいてうはぜひあなたが来るようにと、そして泊りがけです。待っています。いらっしゃいまし〉

どうせ起こること、どうせ終わることであるならば、その瞬間まで長く待てば待つほど辛くなる。もう一瞬たりとも耐えられない。だったらいっそ、自分の手でその時を引き寄せてしまったほうがまだましだ。

それでも、もしかして奥村がその気でやって来たとしても、らいてうのほうが自分への愛を理由に拒んでくれるかもしれない——そんな一縷《いちる》の望みも捨てられなかった。

たしか三度目の来訪だったろうか。皆で川遊びなどしていて最終列車を逃した奥村は、病院の敷地内の小屋にひとり泊まってゆくことになった。ふだんは研が使っているのだが、その夜だけ明け渡して床を延べてやったのだ。

夜半になり、激しい雷鳴が襲ってきた。病室の寝台に横たわって稲妻が壁を照らし出すのを眺めていると、紅吉の脳裏にはいやな想像ばかりがふくらんでいった。とてもじっとしておれず、それがどれほど愚かな取り越し苦労であるかを実際に確かめるまでは眠れないとさとって、とうとう病院を抜け出した。轟《とどろ》く雷に首を竦めながら小屋まで駆けてゆき、様子をうかがってみたのだが、中からは人の気配がしない。思いきって開けてみれば、布団はぴっしりと敷かれたままで、人の寝たような跡はまったくなかった。手を差し入れて触ってみても、敷布には人肌の温みどころか皺のひとつさえ残っていない。あたりを見回し、奥村の荷物がないのを見て取った紅吉は、怒りと絶望のあまり叫び声をあげて布団に突っ伏した。

ああ、やはり、らいてうが連れていったに違いない。二人があの浜辺の家で今ごろ何をしているか想像するだけで気がへんになる。

が、いかんせんこの雷の中、病院の敷地を出てしまえばもう真っ暗で何も見えない。どうすることもできずに、夜が明けるのをじりじりと待ち、朝の五時前にようやくらいてうが部屋を借りている家を訪ねていった。

紅吉の顔を見るなり、家主である漁師のお内儀《かみ》は狼狽を露《あら》わにした。

ふり返ると、浜での散歩から二人が戻ってくるところだった。一緒に一枚の毛布にくるまり、一夜を分け合った者同士にしかあり得ない親しみにもつれあって笑い声をあげながら。

命より大切であった紅吉の宝は、そうして粉々に砕け散った。

それきり、三カ月あまりが経つ。

さいわい肺病は軽く済み、秋には退院も叶ったが、その後もさんざん暴れてやった。死ぬ、と叫び、殺す、と騒いだ。狂言のつもりなどなかった。荒れに荒れた気持ちは紅吉自身にも制御できないほどの乱高下をくり返し、らいてうばかりでなく周囲までも困らせた。

度を過ぎた剣幕に、奥村が恐れをなしたのだろう。らいてうが言うには、彼のほうから別れの手紙をよこしたという。

頼んで見せてもらったが、単なる手紙ではなかった。寓話の形を借りた、美文調のしゃらくさい文面だった。筋立てはざっとこんなふうだ。池の中で二羽の水鳥たちが仲睦まじく遊んでいたところへ、若い燕《つばめ》が飛んできて池の水を濁し、ずいぶんな騒ぎとなった。若い燕としてはまったく本意ではないので、このうえは池の平和のために飛び去って行こうと決めましたとさ――。

紅吉は、手紙の文面が本当に奥村の考えたものかどうかを疑った。あの女々しくも気の利かない昼行灯が、こんな小利口な、一周まわってひどく馬鹿げて見える手紙を長々と書いてよこすとは信じがたい。何度読み返しても、やはり第三者の知恵が働いているというのが紅吉の勘で、その点に関してはらいてうも同じ意見だった。奥村が以前、文学青年の友人と親しくしていると話していたから、おそらくはその某が賢しらぶって代わりに考えたことではないか、と。

いずれにせよ、らいてうは男を引き留めたりなどしなかった。あっさりとした皮肉な返事を出しただけで、ひと夏の恋は終わりを告げた。

だがしかし、世間はほうっておかない。何しろ、あの平塚らいてうである。『煤煙』の醜聞で一躍名を馳せ、今は〈新しい女〉を標榜して話題の平塚女史の恋である。言い換えれば、新しがる女のはしたない恋、というわけで、奥村博との恋愛の顚末《てんまつ》もまた、大いに尾ひれのついた形で喧伝《けんでん》され、今や巷では「燕」という言葉が「若い恋人」の意味で面白がって遣われているほどだった。

後に、こうなった経緯を洗いざらい打ち明けた紅吉に向かって、野枝は呆れた顔で言った。

「どうしてあんたは、ほんとうの気持ちと反対のことばっかりするの」

言われても仕方がない。世間に奥村の手紙の内容までも詳《つまび》らかに言いふらした犯人は誰かといえば、これまた紅吉自身だったのだ。わだかまる思いを黙っていられる性分ではなく、誰彼かまわず話しては同情の言葉を求めたせいで、あっという間に「燕」が流行り言葉にまでなってしまった。

「どうかしてるわよ。あんた、らいてうさんに好かれたいの、嫌われたいの?」

「あたりまえのこと訊かんといて」

取り繕うこともできず、手放しで泣きじゃくりながら、紅吉は言い返した。

「せやけど、どないかしてるのはあのひとのほうやもん。このごろはまるで手当たり次第やないの」

野枝が押し黙る。

おぼこな哥津が東雲堂の西村に想いを寄せているのを知りながら、らいてうは彼に近づいてちょっかいを出し、すっかり自分の方を向かせてしまった。根が淡泊で何ごとにも低体温の哥津は、ご縁がなかったのよ、と早々にあきらめたようだが、いったいこんな酷い仕打ちがあるだろうか。同じ女として以前に、仲間として、裏切りも甚だしい。どうあっても許せない。

「そうね……」野枝は、しんみりと言った。「私も、あれについてはいくらなんでもらいてうさんが酷いんじゃないかと思ったわ」

これまでなら必ずらいてうの肩を持っていた野枝までが、今は心からそう感じているらしい。

「でもね、紅吉。らいてうさんは急に変わったわけじゃないわよ。あのひとは元から、ああいう性のひとなんだと思う。ふだんは博愛主義だけど、恋人にだけはそうじゃなくて、燃え上がる時もひと息なら醒めるのもあっという間。何が言いたいかっていうとね、何もあんただけに冷たいわけじゃないのよ、ってこと。何の慰めにもなんないかもしれないけど」

紅吉は、黙ってうつむいていた。今さら冷たくするくらいなら、いっそその手で殺して欲しかった。

往来の角を曲がれば、勝林寺の冬枯れの森が見えてくる。

(あかんあかん)

紅吉は顎を上げた。こんな沈んだ顔で入っていったら、皆が嫌な思いをする。

自分はもう、社員ではない。最近起こったもろもろの騒ぎの責任を取り、前号をもって『青鞜』からは身を退いたのだ。時々はこうして編集室に出入りさせてもらうけれども、前のように甘えてばかりではいけない。けじめをつけなければ。

鬱々と重たい気持ちを後ろへふり払うように、袴の裾をひっつかみ、一段飛ばしで石段を駆けのぼる。吐く息が、湿った煙のように顔にかかる。

女大学読むよりも　恋愛小説面白く……

大声で「欣舞節《きんぶぶし》」の替え歌を歌いながら、寺の境内を抜けていって編集室に飛び込むと、とたんにどっと笑いが起こった。野枝が手を叩く。

「ほーら、やっぱりって」

「え、やっぱりって?」

「まだ遠くにいるうちから、あなたが来るってすぐにわかったわよ」と、哥津までが笑い転げる。「綺麗なソプラノがどんどん近づいてくるんですもの。息なんか切らして、急いで走って来たの?」

「うん、今日はすごく寒いからね。鼻毛まで凍っちまうかと思ったよ」

江戸っ子の口調を真似て勇ましく言いながらふと目を上げた拍子に、奥の部屋から静かに微笑んでこちらを眺めているらいてうと視線がかち合う。紅吉は慌てて顔を背けた。

ああ、苦しい。――苦しい。どうしてそんなに分別くさい顔をするのだ。あれほど烈しく求め合ったはずなのに、なぜ今はそうも冷静でいられるのだ。こちらの側の、身の置きどころすらないほどの焦燥や苦しみに比べると、何もかも悟ったふうな落ち着きぶりが腹立たしい。冷静というより冷淡なのだ、あのひとは。

らいてうが今もまだ自分を可愛がってくれているのはわかる。けれどもそれは、もはやあの頃とは何もかも違ってしまっている。燕は飛び去ったものの、お互いの間にかつて確かに存在していたものは見る影もなく傷つき壊れてしまって、もうどんなに努力をしたところで取り戻せない。

（まだこないに好きやのに）

そのへんのものを片端から壁に投げつけて暴れたくなる。大声でわめきたくなる。そんなことはできやしないから、わめくかわりに歌でも歌うしかないというのに、誰もこの胸の裡をほんとうにはわかってくれない。そう、野枝でさえも。

すべての元凶となった若い燕の蒼白い顔を思い浮かべ、紅吉は、下唇の内側を強く嚙んだ。

思っていた通りだ。絵描きなんぞ、ろくなもんじゃない。

*

らいてうの扶《たす》けによって野枝が郷里の今宿からようやく戻って来られたのは九月も終わる頃で、その時には奥村某はすでに退場していた。が、紅吉や、あるいは〈おばさん〉こと保持研からどれだけ話を聞かされても、野枝は、その若い画家にまったく男を感じなかった。〈牡《おす》〉の匂いがしない、と思った。

しかし、らいてうにとってはどうやらそこが好いのだった。

「あのひと、全体のうちの五分は子どもだったわね」

何かの折に編集室で野枝と二人きりになった時、らいてうは問わず語りに言った。

「五分もですか」

「ええ」

「じゃあ、あとの五分は何です」

「そうねえ。まあだいたい、三分が女で二分が男ってところかしら」

「そんなんで、いやじゃなかったのですか」

野枝があきれて思わず言うと、

「わかってないのね。そういうとこが可愛くていいんじゃないの」

らいてうは含み笑いをするのだった。

この人はいつも、下の者を愛するのだと野枝は思った。年上の者や、教え導いてくれるような相手は愛さない。自身のほうが上に立ち、優しくして愛玩したいのだ。

紅吉のことをまるで大きな犬ころをかまうように可愛がったのも、半分くらいは恋であったろうが、もう半分は面倒見の良さのなせるわざで、姉が弟にかける愛情と似たり寄ったりだったのだろう。相手がどんなに駄々をこね我儘《わがまま》を言おうと、目を細めるか聞き流すだけで、本気で叱ったりはしない。愛の鞭《むち》で相手を伸ばそうとか生かそうなどとは考えず、そこに存在する魂をそのままの形で受け容れられるうちは愛し、できなくなれば手放し、去る者は追わない。それが、この人の愛し方なのだ。

優しいところがあるのはほんとうで、自分も彼女の情の厚さにずっと救われてきたわけだが、〈冷淡だ！〉との紅吉の憤慨もおそらく間違ってはいないのだった。らいてうの側に自覚があるものかどうか、その時その時で自身が執着している相手だけが特別であり、それ以外に対しては一様に博愛主義的な態度を取るものだから、心変わりされた者にとって落差は残酷だ。とくに、いまだ恋の火を完全には消せずにいる紅吉にしてみれば、らいてうから向けられる微温の笑みなどはほとんど拷問に違いない。可哀想でたまらなかった。

紅吉の無邪気さは、たしかに危うい。彼女が口を滑らせたり、実際より面白おかしく脚色して書いたのがもとで、『青鞜』に集う女たち全員が世間から理不尽な批判を浴びるということが、野枝が加わる直前にも続けざまにあった。

ひとつは、「五色の酒事件」。らいてうや『青鞜』のために何でもしたい紅吉は、日本橋小網町にあるレストラン兼バー「鴻の巣」へと広告を頼みに立ち寄った。浮ついた気持ちなど少しもなく、まったくもって真面目な態度で行ったのだが、店の主人は若い彼女を前に張りきったのか、「いいものを見せてあげよう」と虹のようなカクテルを作って見せてくれた。

比重の違いで混ざり合わずに五層をなすカクテルは、絵を学んでいた彼女の目にどんなにか美しく映ったことだろう。その時の感動を、彼女は持ち前の無邪気な筆ですぐに書いてしまった。

ただし、真面目なことを真面目に書いたのでは満足できぬのが紅吉だ。

らいてう氏の左手でしている恋の対象に就《つい》ては大分色々な面白い疑問を蒔《ま》いたらしい。或る秘密探偵の話によると、素晴らしい美少年だそうだ。其美少年は鴻の巣で五色のお酒を飲んで今夜も又氏の円窓を訪れたとか。

むろんただの冗談であり、素晴らしい美少年とは自身のことをふざけて書いてみせたのだったが、これがまた新聞雑誌の格好の餌食となった。うら若い女がバーで酒を飲むなどけしからんといった世間のうるさい声に加えて、〈新しい女〉たちは日ごと夜ごと乱れた狂宴を繰り広げているかのように誤解され、らいてうの家の庭には罵詈雑言《ばりぞうごん》とともにまたしても石が投げ込まれ、脅迫状が送りつけられる始末だった。

さらにふたつめが、その後すぐの「吉原登楼事件」だ。紅吉の叔父・竹坡はわりあいに進歩的な人で、常日頃からしらいてうにも『青鞜』にも好意的だった。女の問題を研究しようとの志を持つのであれば、いま実際に底辺にいる女たちのことを見知っておく必要があるのではないか、そう言われた紅吉は、なるほどと思っててらいてうに話し、ちょうど連絡のついた同人の中野初と三人、社会見学とばかりに出かけていった。吉原で最も格式の高い「大文字楼」に上がり、酒や寿司を飲み食いしながら花魁《おいらん》の話を聴いて、一晩泊まって帰る。すべては竹坡が善意からお膳立てしてくれたことだ。

感激屋でお人好しの紅吉はこの時、ある花魁が高等女学校を出たにもかかわらずこのような境遇にあることに驚き、それから後も手紙のやり取りをするようになったのだったが、ある日、父・越堂のもとに出入りしていた知り合いの新聞記者に向かって何の気なしにそのことを話してしまった。たちまちのうちに〈女文士の吉原遊び〉は世間に喧伝され、『青鞜』への風当たりはますます強くなったというわけだった。

野枝は、聞けば聞くほど、紅吉のために悔しかった。

彼女に悪気など、かけらもありはしない。いつだって善意のもとに、また他人の善意を信じて、まっすぐに行動するのみだ。その言葉尻をつかまえては悪いほうへ悪いほうへと意味づけをする世間の根性こそ曲がっているのに……。

が、意外なことに吉原登楼を最も激しく叱責したのは、身内である保持研だったそうだ。

〈いったいいつから『青鞜』は、男の真似をして得意がる不良娘の集まりに堕落してしまったの？　そりゃあ、向こうは客商売ですもの、誰が来たって嫌とは言えないでしょう。けれどああいった境遇にいる人たちが、同じ女性から、それも賢ぶった若い女たちからぞろぞろと物見遊山で見物に来られて、どんな思いを味わうものかわからない？　それとも、想像もしなかったわけ？〉

〈それは……〉

らいてうまでが顔色をなくしたらしい。

〈そうね、ごめんなさい。そこまでは考えが及ばなかったわ〉

〈無神経ですよ、あなたたちは。ええ、ほんとに無神経だわ。文章を書いて社会を変えていこうとする者にとって、自分と違った境遇の人への想像力が働かないっていうのは、もう、もう、最悪のことよ。恥ずかしいと思いなさいな〉

研の言うのが正しい、と野枝も思った。

紅吉が肺を悪くして茅ヶ崎へ行ったのはその後のことで、二カ月間という入院の間に、彼女は生まれて初めて自分というものについて客観的に考えを巡らせたようだ。もちろんそこには恋人の心変わりといった辛い出来事も影を落としていただろう。これまでの自分がどれだけ幼稚であり、悪い意味で正直過ぎたか、そして何より自身に対して不真面目であったかについて、紅吉は十月号の巻末に切々と書き記している。そうして、すでに『青踏』を離れることを考えていた彼女とちょうど入れ替わるかのように、次の号には野枝のケエツブロウの詩が初めて載ったというわけだった。

詩といえば、同じ頃、なんと田村俊子が紅吉に宛てて詩を贈ってくれている。野枝を正式に新入社員として迎える歓迎会のあと、紅吉はらいてうに伴われて俊子のもとを訪ね、初対面だというのに図々しくおねだりをして姉様人形を一つせしめたらしい。二日ばかり後になって、俊子からの封書が編集室に届いた。

開けて初めて読んだ時、紅吉はふふふふと声を立てて笑いだし、

「この詩はいけませんね、いけませんよ」

そんなことを言ってずいぶん嬉しそうだった。

「どれどれ、見せてよ」

横から覗いた野枝は、読み進むうちになぜだかわからない、涙がこぼれそうになった。


「逢ったあと」

紅吉、
おまいはあかんぼ——だよ。
この——の長さは
おまいの丈の高さと、

おんなじ長さ、さ。

紅吉、
おまいの顔色はわるいね。
まるで、すがれた蓮の葉のようだ。
Rのために腕を切ったとき、
それでもまっかな、
赤い血がでたの、紅吉。

紅吉、
おまいのからだは大きいね。
Rと二人逢ったとき、
どっちがどっちを抱き締めるの。

そうして続いてゆく詩の最後はこんなふうに結ばれていた。

紅吉、
でも、おまいは可愛い。

おまいの態のうちに、
うぶな、かわいいところがあるのだよ。
重ねた両手をあめのようにねじって、
大きな顔をうつむけて、
はにかみ笑いをした時さ。

たった一度会っただけで紅吉の本質を捉まえ、その無垢な情熱や、生真面目さや、特有の可愛げを見事に言葉にしてくれた田村俊子は、やはり只者ではない。頼んでもいないのに大先輩からこんな素晴らしい詩を贈ってもらえて、紅吉はどれほど救われたことだろう。

しきりに照れながらも晴れがましそうにしていた彼女を思い起こすたび、俊子を拝みたい気持ちになってくる。この大きな赤ん坊のように手のかかる友人を、野枝はいつのまにか、面倒くさくも愛おしく思うようになっていたのだった。

初めて『青鞜』に載った野枝の詩「東の渚」の評判は、あまりにもさんざんだった。以後、野枝はらいてうに頼まれても決して詩を書かなかった。

そのかわり、随想や創作といった長めの原稿は次々に書いた。うまく書けたものもあれば、自分の目にさえ駄作と映るものもあった。

文筆という仕事は恐ろしい。技巧的に優れた文章が書けるだけではまるで駄目で、何か一つでも読む人の胸を打つくだりがなければならない。そのためには、書く者にとって〈これだけは紛《まご》う方なき真実〉と胸を張れる実感が、作品の中に溶け出すかたちで描出されねばならないのだ。ペン先を買うのにも困るほどの窮乏の中で、野枝はますます書くことの難しさにのめり込んでいった。

辻はといえば、少しも働く様子がない。季節がひとめぐりして一年が経っても、職を探そうという気概そのものが感じられない。

彼が教師の職を失った原因は自分が作ったという負い目から、これまで野枝は何も言えずにいた。郷里の末松福太郎との間のことは、ついに姪の説得をあきらめた代準介叔父が話をつけてくれたおかげでようやく正式に離婚することができたのだが、決着がつくまでの間はいつ姦通罪に問われてもおかしくなかったのだ。恩ある辻に、無理は言えなかった。

しかし、あまりに貧しい生活が続くと、辻の母親の美津も妹の恒もますます苛立ちを隠さなくなってくる。江戸っ子らしく気風のいい女性で、だからこそ懐に逃げ込んできた野枝を匿ってもくれたのだったが、家のことをろくにしないで机にばかり向かっている〈嫁〉は、腹が減ればよけいに憎らしく見えるのだろう。厭味《いやみ》の数が露骨に増えた。

情けなかった。辻だってわかっているくせに、どうして見ぬ振りをするのだろう。女だから我慢を強いられるのはおかしいと思うのと同じように、男だから働くべきだとも思っていない。が、どうしても生活のために金が必要で、しかも身体が健康であるならば、男女の別なく働くのが当たり前ではないか。

昼の日中から寝そべって本を読み、いつ出版されるともしれない翻訳に耽溺している男を見おろしていると、だんだんと愛情が薄れていくようで怖くなる。互いへと向かう想いが本当に枯渇してしまったなら、自分はいったいどこへ行き、何をすればいいというのか。女学生だったあの頃から辻に教え導かれるのを当たり前としてきたせいで、彼との間においては常に受け身になってしまう。

身ごもったのは、そんな矢先のことだ。初めての子どもだった。

嬉しいはずなのに、諸手《もろて》を挙げて喜べない。大人四人が食べていくのもかつかつなのだ。言いようのない不安を抱えながら、野枝は懸命に『青鞜』の原稿を書き、そのかたわら、人の紹介で翻訳なども請け負った。気を回したらいてうが、辻の翻訳したものを野枝の名前で掲載してくれたりなどもした。


季節はやがて夏へと移ろうとしていた。

六月半ば、野枝はよく知らない相手から手紙を受け取った。差出人の名前を見てうっすらと、たしか文学同人誌の『フューザン』で見たことがある、と思い出す。

木村荘太《そうた》というその男の手紙には、『青鞜』に載ったあなたの作品はすべて読んでいる、まだ一度も会ったことのないあなたのことをいろいろに想像している、どうかして一度お目にかかりたい、といったようなことが書かれていた。

——あなたは僕に、あなたをすっかりお示しくださろうとなさいますか。

いきなりぐいと距離を詰めてくるような、いまひとつ目的のつかめない手紙を、野枝は、迷った末に辻に見せた。彼には隠し事をするまいという思いともう一つ、少しくらいは嫉妬させてやりたい気持ちがあったようにも思う。ほら、私だってまだまだたいしたものでしょう、といった具合にだ。

辻は、野枝が予想していたよりもずっと熱心に手紙を読んだ後で言った。

「返事を書かなきゃいけないね」

「どうして？　こんなの、ほうっておいたっていいでしょう」

「いや、いけない。これだけ真剣に書いてきた手紙を、無下にしていいものじゃないよ」

野枝は、内心にふつふつと愉しさが湧き上がってくるのを抑え、顔では嫌々といったふうを装って、会ってもよいという意味の返事を書いた。

が、いざそうなってみると辻もやはり気になるとみえ、それについて何度かつまらない冗談を言った。あまり気分のよいものではなかった。無下にしていいものじゃない、と言ったのは辻のくせに、人の真情を笑いものにするのはどうなのか。

そして木村荘太は、これもまた野枝が想像していたより何倍も前のめりだった。自分があなたに会うのは必然的な運命だ、などと勝手に決めつけた手紙を、自作が掲載された雑誌とともに送ってきたかと思えば、実際に待ち合わせた築地の印刷所で顔を見てからはなおのこと熱くなり、毎日、猛烈なラヴレターが辻宅に届く。一気に結婚などという言葉まで書き送ってきた。

結婚。

同棲している男がいる事実も、あまつさえ妊娠中であることも、どうしてだか言い出せないままになっていた野枝は、多い時には朝夕二通も届けられる木村の手紙に、だんだんとおそろしいような気持ちになっていった。相手の情熱がおそろしい以上に、いつしか心に動揺を覚え始めている自分がおそろしい。

——あなたにお会いした事を幸福と思っています。幸福に面して、それに背こうとする人間があるでしょうか。……

私はあなたを愛します、愛します、愛します。その愛に自己が生きます、世界が生きます。

そんな言葉を浴びせかけられると、こちらにまで熱が移ってくる。辻の目を気にして隠そうとすればするほど、気持ちがざわざわと波立ち、浮き足立って、原稿も手につかない。

これはもう、木村に真実を包み隠さず打ち明けるしかないと思い定め、野枝は今さらのように、自分の生い立ちから最初の結婚、出奔から現在までのことを手紙に逐一書き記した。ペンを置いたその時、またしても郵便夫の訪う声がして、新たな木村の手紙が届けられた。

崖っぷちに追いつめられてゆくかのようだ。混乱した野枝は、手紙などすべてをそのままほうりだして家を飛びだした。ひとりになって頭を冷やしたかった。

わかっているのだ。自分には辻との生活を捨てられるはずがない。わかっているのに、よく知りもしない男の言葉が、身八つ口のあたりからするりと心臓へ滑り込む。自分がもうずっとどれだけ寂しかったかを、野枝はようやく知る思いだった。

やっと落ち着いて戻ってみると、辻が、木村と野枝の手紙を全部読み改めているところだった。

ふり返った辻の目を見た時、終わった、と思った。膝から力が抜け、ふらふらとくずおれる。

「どうして、俺のことを木村に言わなかった」こめかみをひくひくと痙攣《けいれん》させながら、辻は言った。「いったいどんなつもりで隠そうとしていたんだ」

「違うの、隠したのではなくて、言えなかっただけなんです」

「どこも違わない。言わなかったのは何か期待があったからだろう」

「違います、違うんです」

膝に取りすがり、激しく首を振って号泣する。違うのだ、違うのだ、でもしかするとそのとおりなのだ。

そのうちに、辻は少し溜飲《りゆういん》を下げたらしい。とめどなく流れる女の涙を心からの詫びと受け取ったようだ。

しかし野枝は、辻への申し訳なさに泣いているのではなかった。溢れる涙に引きずり出されるかのように、この一年の間の悲しみがどんどんと膨れあがり、抑えきれずに湧き出してくるだけだった。生活の苦しさに気を取られ、泣くことすらもうずいぶん長く忘れてしまっていたのだ。

怒った顔のままの辻は、しかし鼻の穴を満足げにふくらませて野枝を組み伏せ、抱いた。お腹の子が、という言葉を呑みこんで、野枝も精いっぱいそれに応えた。

翌朝、抱き合ってまどろんでいる二人のもとに、木村からの手紙が届いた。もう何通目かさえわからなかった。

読め、と言われたので読んだ。布団の上に正座して読み進むさまを、そばでじっと見ていた辻は、やがて自分も起き上がり、あぐらをかいて言った。

「おまえの心が動いているのなら、静かに別れよう。そのほうがいいだろう」

野枝は、全身の強ばる思いがした。手も、足も、胴体も首も、かちんこちんに硬直してゆく。手紙をうち捨て、

「いやです、それはいや！」

辻にむしゃぶりついてゆく。泣いて、泣いて、自分が何を叫んでいるのかもわからなくなり気を失ったようになって、ようやく我に返ると、辻が抱きかかえてなだめてくれているのが耳に届いた。

ふだんから口数の多くない辻だが、文章を書き付けると平均以上に饒舌《じょうぜつ》になる。自分でもそれがわかっているのか、彼は文机から原稿用紙を取り出した。

思いを書きなぐっては、野枝のほうへ滑らせてよこす。これまでの木村の手紙、その文面にいちいち引っかき回される自分の心がどれだけ苦痛だったか。よその男からのちょっかいに乗っかって、苦しみでさえ嬉しがっている野枝を見ている間、どんなに腹立たしく情けなかったか。

じっとそれを読んだ野枝もまた、辻の書いた続きへ、叩きつけるように真情を書き付ける。

同じ部屋にいながら、二人は無言で奇妙な文通を延々と重ね、やがてぐったりと疲れ果てて横になると、また溺れる者のように求め合って眠りに落ちた。

らいてう様。

私は今、あなたのお留守の間に起こったある事件について、出来得る限り素直に、何の装飾も加えず、偽らず欺かずに、正直にその事件及びその間の私の心の動揺を語って見たいと思います。

らいてうに宛てた手紙という体裁で始まる小説「動揺」は、その年の『青鞜』八月号に載った。その中に、野枝は、辻以外の男との間に起こった出来事の顚末を克明に書き記した。わずか七日間の恋愛。それに伴う期待と失望。観念や自己愛の滑稽さ。

同時に木村荘太もまた、自分の側からの作品「牽引《けんいん》」を雑誌に発表した。

その後の十一月号で、らいてうは、「『動揺』に現われたる野枝さん」と題してこの一件を取り上げた。たとえプラトニックなものであれ、木村と恋愛をしている間じゅう野枝が自分の妊娠について一度も自覚していないのは異常である、とらいてうは厳しく評した。それは彼女の中に、男の愛と力のもとに蔽われて生きようとする旧態依然とした女の名残があるからではないか、というのがらいてうの見解だった。

結果としてではあるにせよ、この騒動を通じて野枝は、薄れかけていた辻への想いを再び確かめることとなった。いっぽうで木村に揺さぶられたほんのいっときの恋心のほうは、喉元過ぎてみれば何やら乾いた印象のものでしかなくなっていた。

そもそも、辻ほどの教養ある男に慣れ、それが基準となってしまっている野枝にとって、一介の文学青年ごときがいくらそっくりかえってみせたところで物足りなくて当然だったのだ。あけすけな真情はともかくとしても、木村が大真面目に手紙に書いてよこした観念論ときたら、思い返しても噴飯ものだった。ようやく会った時でさえ、もしもその場で強引に抱き締めてくれていたならまた別の展開が待っていたかもしれないのに、生身の女を前にしながら、「僕は自分の愛の手を人類に対して差し伸べたいと思っています」だの、「自分自身のライフを絶えず充実させてですね」だのと宣《のたま》うばかりの男には、うら寂しいような滑稽さと虚《むな》しさしか感じず、醒めてゆく一方だった。

木村が見ていたのは、最初から最後まで、野枝という個人ではなかった。彼の愛は自己愛でしかない。本人は女を愛しているつもりでいて、そういう自分を愛しているに過ぎなかった。

「野枝さん、あなたねえ」らいてうは言った。「自分を認めてくれる男に対して、すぐに好意を持ってしまうのは危険なことよ。お気をつけなさい」

「でも、らいてうさんだって人のこと言えやしないじゃありませんか」

暗に「煤煙事件」のことを持ち出して言い返すと、苦笑が返ってきた。

「だから言ってるの。私だからこその忠告よ。でも野枝さん、これは正直に言うけど、『動揺』はなかなか良かったわね。木村さんの『牽引』なんかより断然良かった」

らいてうがそこまで真剣に作品を褒めてくれるのは初めてのことだったかもしれない。

我が身に起こった出来事をじっくりふり返るだけの時間もない中で、一心不乱に書きながら野枝が心がけたのは、心の奥底から汚泥のようなものを掬《すく》い上げる際にも自分自身を客観視し、できるだけ自己弁護をしないということだった。どうしても説明が必要な場面ほど、あえて淡々とした描写を重ねた。

あの樋口一葉でさえ、文学だけでは食べていくことができなかった。しかし自分は、大先輩の田村俊子のように、いずれ筆一本で生活を支えられる職業作家になりたい。そのためにはきっと、私小説、心境小説を避けて通ってはならないのだ。初めてそんなことを思った。

巷には、自分に都合の悪いことを知りたがらない人々が溢れている。『青鞜』が生身の女性の本音を発信しようとすると、それだけで世間の風当たりがおそろしくきつくなる。これまでもずっとそうだった。

尋常小学校に通った子どもの頃が思い出される。妹のツタと帰る田舎道、耳がちぎれ飛ぶほど冷たい強風に逆らって歩いた。向かい風に頭から突っ込み、見えない壁にもたれかかるようにして足を進めながら、こみ上げてくるわけのわからない感情を抑えきれずに大声を張りあげた。

野枝は夢想した。いつか自分がもっと偉くなって、一筆頼まれるような機会が巡ってきたなら、きっとこんな言葉を書き付けよう。

吹けよ　あれよ
風よ　あらしよ

強い風こそが好きだ。逆風であればもっといい。吹けば吹くだけ凧は高く上がり、トンビは悠々と舞うだろう。

その年、大正二年九月二十日――祝いどころか用意らしい用意もしてやれない困窮の中で、野枝は長男・一《まこと》を産み落とす。

第九章　眼の男

開け放った縁側から、なまぬるい春の風が入ってくる。昼間から万年床に腹ばいになり、書物を読む。

怠けているのではない。訳し終えた作品について、念には念を入れて裏を取っているのだ。外国語で書かれた本を一冊翻訳しようと思えば、そのために何十冊という本を読み込む必要が生じる。用いられた比喩ひとつ取っても、何が下敷きとなっているかを調べなければ正確には訳せない。

「野枝！」声を張りあげる。「おい野枝、一を何とかしろ！」

返事はない。

辻は、頁に目を落としたまま舌打ちをした。

泣くのが赤ん坊の仕事、と頭ではわかっているが、特別な集中を必要とするさなかに延々と泣きわめかれてはこちらの神経がもたない。せっかくまとまりかけた思考がばらばらになり、脳内の中空で霧消する。

たまらず、再び呼ばわる。

「いないのか、おい」

誰も答えない。襖の向こうで泣き声がひときわ大きくなるばかりだ。

煎餅布団に手をついて起き上がった。勢いよく開け放とうとした襖が中途でつかえて開かない。このところの陽気と湿気で、敷居が歪んだらしい。

目を落とした。書斎を出てすぐの足もと、板の間の薄い座布団に寝かされた赤ん坊は、しきりに手足をばたつかせ泣きわめいている。九月に生まれてようやく九カ月あまり、おしめが濡れたか腹が減ったか、いったい野枝は何をしているのだ。

苛立ちながら考える。赤ん坊をあやして不満のもとを取り除いてやるのと、このまま泣き声に耳を塞いで書物に没頭するのと、どちらの労力が少ないか。試しに人差し指を両耳に突っ込んでみる。泣き声の威力がかなり弱まることがわかった。

がたつく襖のへりをつかみ、苦労して閉めかけた時だ。

「あら潤さん、起きてたのかい」

母親の美津が外から入ってきた。今は別々に住んでいるのだが、畳んだ風呂敷だけを手にしているところを見ると、冬の袷を質に入れてきた帰りかもしれない。辻は、見ぬふりで目をそらした。

「とっくの昔に起きてますよ。仕事が忙しいと言ってるでしょう」

聞こえたのかどうか、美津は赤ん坊のかたわらに膝をつくと慣れた手つきで抱き上げ、おしめの中へ指をさし入れて顔をしかめた。

「ああ、ああ、これじゃあ泣くのも道理だよ」

言いながら、美津はくたびれた木綿の着物にたすきを掛け、一の濡れたおしめをはずした。軽く拭ってやってから、かわりの晒布《さらし》をあてがう。

「潤さん、あんたもどうせ家にいるんだから、もうちょっと面倒みてやったらどうなんだい。自分の子どもだろう」

簡単に言わないでもらいたい。産み月の前後、野枝の郷里の今宿へ行っていた間は、産湯《うぶゆ》であれ汚れたおしめの洗濯であれ、文句を言わずに請け負ったのだ。家にいる時ぐらい自由にさせてほしい。

「子どもの面倒は本来、母親がみるものでしょう。野枝はどうしたんです」

「知らないよ。雑誌の集まりか何かじゃないかい」

「またか」

「こないだ会った時だって、何もかも一人でやらなきゃいけないから大変なんだとか言って、ずいぶん張りきって飛んでったさ。理解のある旦那さんでありがたいってね」

ようやくむずかるのをやめた赤ん坊を再び座布団に寝かせると、美津は渋い顔で辻を睨みあげてよこした。

「そりゃまあ言いたいこともないじゃないけど、しょうがないよ。あの嫁が頑張って稼いでこなきゃ、あたしたちみんな、おまんま食い上げなんだからさ」

言わずもがなのことを、なぜわざわざ口にしないといられないのか。女ときたら皆こうだ。辻は答えず、がたつく襖をつかんで力任せに閉めた。だいたい野枝も野枝だ。もう少しくらい、男を慎ましく支えようという気持ちになれないものか。

わかっている。外へ出て働かない自分がいけないのだ。しかし、そもそも教師の職を失った原因は野枝だし、母親にも言った通り、こう見えてぶらぶら遊んでいるわけではない。ようやく訳し終えたロンブロオゾオの『天才論』が、どこかから無事に出版されれば相応の金が入ってくる、今はその準備期間なのだ。

そんなこともわからずに、女たちは足もとのことばかり気に病む。やれ金がない、やれ質に入れるものがない、やれ米がないと。米がなければ芋をかじっておけばよい。人間、そう簡単に飢えて死にはしない。

それが証拠に、野枝を見るがいい。潑剌《はつらつ》としている。らいてうが若い燕に夢中で『青鞜』をほったらかしだとか、そのぶんの苦労がすべて自分に回ってくるとか、口では嘆いてみせるものの、当人が今どれだけ充実を覚えているかは傍目《はため》にもわかる。

いやな気分が胸にせり上がってきた。

もう一年ほども前になるが、木村荘太との一件はつくづくくだらない茶番だった。忙しさのあまり身の回りのことは隙だらけとなった野枝が、インテリぶった浅薄な男につけ込まれただけの話だ。

〈おまえの心が動いているのなら、静かに別れよう〉

あの時は本気で言った。高等女学校の教師と生徒としてだけでなく、恋も口づけも性愛のイロハもすべて自分が野枝を導くかたちで教えてきたというのに、この期に及んで他の男が割り込んでくるなどあってはならないことだ。棄てられる前にこちらから棄てねばならないと思い詰めた。

別れたくないと泣いて詫びた野枝を、一度きりだと言い含めて許してはみたが、こうして彼女が外へ出かけてゆくたび、辻の胸には疑心暗鬼が黒々と立ちこめる。動揺したのはこちらのほうだ。

こんなはずではなかった。新しく赴任した上野高女で初めて野枝を見た時は、何と野暮ったい田舎者かと驚いた。好意を持たれているのを感じた時も、こんな衿垢娘は願い下げだと思った。何やらずるずると巻き込まれて教師を辞める羽目になったが、その時でさえ気分的には彼女に押され気味で、大乗り気というわけではなかった。熱い恋文を書きながら覚えた昂揚もじつのところ言葉遊びの愉しさで、本心ではできることなら誰かに押しつけて責任を逃れたかった。

それが、どうだ。季節がちょうど二巡りした今、相も変わらず垢抜けないあの小娘にすっかり翻弄され、激烈に嫉妬させられている。

実際、最近の野枝はぐんぐん力をつけてきた。知識や思索の面ではまだ浅いけれども、抜きんでた筆力と闇雲な行動力が他の欠点を補っている。とくに彼女の文章については、『青鞜』をあまり快く思っていない新聞記者までが褒めるほどだ。

（この俺が育てたのだ）

荒々しく腰を下ろし、文机に肘をついた。両手をきつく組み合わせた拳の上に額をのせ、目をつぶる。

俺の背中を踏み台にしろとまで言ったくらいだ、年若い妻の成長ぶりは眩しく誇らしい。その反面、すぐにも追い抜かれそうで苦しい。仕事だからといちいち家に置いていかれる一も可哀想だが、ああして誰かしら面倒をみてくれる乳飲み子と違って、むしろ夫の自分こそ辛い。

木村荘太とはプラトニックなまま完全に終わった、そのことに疑いはないけれども、第二、第三の木村がまたいつ現れてもおかしくない。隠れて逢おうと思えばいくらだって可能だ。今こうしている間にも野枝は誰かに誘惑され、印刷所の物陰か、誰もいない編集室か、あるいはどこかの待合に上がるなどして乳繰り合っているかもしれない。絶対にないとは言いきれない。

あの女は、男にだらしがないというのとは違って、へんに無防備なのだ。警戒心の塊のように見えて誰のこともすぐ信用してしまう。そのくせ、飼い慣らそうとすると嚙みつく。そんじょそこらの男の手には余るのだ。

烏賊《いか》の醬油煮のようにぷりぷりと張りつめた浅黒い肌を思い浮かべる。その軀が、顔のない男に荒々しく組み敷かれ、きつく柔く歯を立てられて悦びに痙攣している光景を想像すると、辻は、下腹のあたりが不穏に凝ってくるのを感じた。

（育てたのは俺だ）

やり場のない嫉妬を黒々と煮詰めてゆくさなかにふと香り立つ、このえも言われぬ退廃的な気分はどうだ。コキュの心持ちは、寝取られる立場になってみなければ味わえない。

文机から顔を上げる。積み上がった本の谷間、万年床にもとどおり横たわり、辻は自分の枕と隣り合った野枝の枕に鼻先を埋めた。甘ったるく脂くさい、この匂い。たまらず、煎餅布団に下腹をこすりつける。

ロンブロオゾオが遠のいてゆく。襖の向こう、乳飲み子がまた泣き始めた。

＊

従姉の千代子が長男泰介を産んだのは、元号が大正と改まった年の十二月のことだ。代準介はすでに長崎を引きあげ、「西新《にしじん》炭鉱」の相談役として今宿に戻っていた。

野枝自身はその時まだ身ごもっていることに気づいていなかったが、千代子の第一子が男児と聞かされた瞬間、絶対に自分も一人目は男児を産むのだと決めていた。少女の頃から当たり前のように多くを持ち、その恵まれた境遇にも気づかないほどおっとりとしていた従姉。勉強も何もかもすべてにおいて意識し続けてきた従姉を相手に、女としてはなお負けたくなかった。

翌年の九月に一を産み落とし、しばらく今宿の実家に滞在している間じゅう、辻に甘え、甘やかされる様子を周囲に見せつけたのも同じ理由からだ。元教師らしく物腰柔らかに知性を漂わせる辻は、野枝にとって村じゅうに見せびらかしたい自慢の〈夫〉だった。

それだけに、代夫婦に引き合わせた時の、叔父の冷淡な態度には不満が残った。もともと優男《やさおとこ》を嫌う質であるのは知っている。辻に対してはそれに加えて、教師が教え子と懇《ねんご》ろに、というふしだらな経緯も許せないのだろう。

気に入らないなら気に入らないでいい、と思った。姦通罪で訴えると言い募る末松家に平謝りをして、遣わせた金を倍返しにすることで事態を収束させてくれたのは叔父だ。恩義はもちろん感じている。だが野枝は、恨めしい気分を捨てきれなかった。そういう羽目になったのも、そもそも両親と叔父夫婦が結託して無理やり結婚を急がせたからではないか。

「なして籍ば入れんの」

母ムメと叔母のキチは、辻のいないところで野枝に詰め寄った。

「あんたが福太郎しゃんとこにあげん不義理ばしたしぇいで、お父しゃんらにどがしこ恥ずかしか思いばさせたかわかっとぅと?」

「そうたい。ムメしゃんなんか、娘ば育て損なったと皆に言われて泣いとったばい」

何を言われても、野枝はまるで気にならなかった。口さがない村人などほうっておけばいい。世間がいったい何をしてくれる。こちらの人生に責任を取ってくれるのか。一の口に乳を含ませてくれるとでもいうのか。

辻は毎日、海辺の家の前にたらいを出してはかがみ込み、一のおしめを洗った。その姿を見るうちには、母も叔母もうるさいことを言わなくなった。父親の亀吉はといえば、娘と〈夫〉が聞き慣れない東京の言葉でやり取りするのをどこか気遣わしげに見守るばかりだった。

産後の野枝にとっての試練はむしろ、東京の家に帰ってから始まった。義母の美津は、基本的には物わかりのよい江戸っ子気質《かたぎ》の女だが、こと嫁の本分、母の役割といった部分においては旧態依然とした習俗に囚《とら》われており、女が、それも子を持つ女が外で働くことについて理解があるとはとうてい言いがたかった。

一方で、『青鞜』は危機に瀕していた。らいてうは、ひょんなことから再会した奥村博との再びの恋に、まるでやけになったかのようにのめり込み、雑誌編集への意欲など失ってしまったかに見える。創刊当時に熱い想いを抱いて集まった同人たちは分裂し、櫛の歯が欠けるように一人また一人と去っていった。中には、尾竹紅吉が純文芸雑誌と銘打って創刊した『番紅花《さふらん》』へと流れた者もいた。

大正三年（一九一四年）三月一日付で発行された創刊号には、森鷗外が本名の林太郎の名で随筆を寄稿している。

名を聞いて人を知らぬと云うことが随分ある。人ばかりではない。すべての物にある。

「サフラン」と題された短い文章はそんな出だしに始まり、長らく実物を目にする機会のなかった植物がようやく花咲くところや、その生命力の確かさなどが描写されたのち、こう結ばれる。

これはサフランと云う草と私との歴史である。これを読んだら、いかに私のサフランに就いて知っていることが貧弱だか分かるだろう。併《しか》しどれ程疎遠な物にも、たまたま行摩《ゆきずり》の袖が触れるように、サフランと私の間にも接触点がないことはない。物語のモラルは只それだけである。

宇宙の間で、これまでサフランはサフランの生存をしていた。私は私の生存をしていた。これからも、サフランはサフランの生存をして行くであろう。私は私の生存をして行くであろう。

新創刊の『番紅花』と、それを立ち上げた紅吉——双方の旅立ちと行く末を祝福する鷗外の温かな気持ちは、野枝の胸に深く沁《し》みた。女性たち自らによる、女性が人として認められるための運動を、背後から見守り応援してやろうとする男性はまだまだ少ない。

紅吉には、なるほどたしかに物事を深く考えるより先に突っ走り過ぎるところがあったかもしれない。だがそれは、らいてうと『青鞜』のために何かしたいと思うが故の行動であって、どれもこれもがたまたま裏目に出てしまっただけのことなのだ。仲間の皆に迷惑をかけた責任を感じて、自ら編集部を離れていったあの大きい赤ん坊のような友人が、野枝は今も可哀想でならなかった。

（紅吉の情熱が、今度こそはまっすぐ結実しますように）

祈りながらも、しかしうかうかしてはいられない。『番紅花』は『青鞜』にとって、読者を食い合うライバルになる。

文字通り奔走する毎日だった。出かける前には茶碗に乳を搾り、渋い顔で留守番に来てくれる美津か恒に託す。家にいれば、大事な原稿を書かねばならぬ時に限って一が泣きわめく。おしめを替えても泣きやまず、乳を含ませようとすれば顔を背けてそっくり返る。辻はといえば耳栓でもしているのか、我関せずを決め込んでいるようだ。

疲れが、野枝の若い身体にも溜まりつつあった。

産む前に想像していたより、子は百倍も可愛い。不用意な妊娠に気づいた時の不安からすると、いま手の中にある赤子の重たさや大きさはどこまでも確かで、具体的で、こちらを安心させてくれる。

黒々とした瞳、彫りの深い顔立ちは伊藤家の血筋だろうか。理知的な鼻筋は辻のほうかもしれない。ただ息をしてお腹を空かせるだけの状態から、だんだんと人の子らしい反応を見せるようになり、丸っこい身体もまためざましく育ってゆくのを眺めていると、何とも言葉にできない原始的な愛情が衝きあげてくる。この柔らかく乳臭いちいさな生きものを守るためならばどんなことでもしようという闇雲な衝動が、実際には疲れ果てているはずの野枝の手足をかろうじて動かしている。

長男が生まれたことで、貧しさに煤《すす》けていた辻家はまるで雨戸を開け放ったように明るくなった。皆で一緒に食卓を囲む際などは赤ん坊がそれぞれの膝の上を順に抱かれてぐるりと回る。どれほど安堵したか知れない。野枝としては、自分が転がり込んできたせいで家族全員の運命を変えてしまったことに罪悪感を覚えていただけに、これでようやく辻家の一員として受け容れられたような気がした。

しかしまた同時に、新たな悩みも生じてきた。子どもの頃、本ばかり読んでいて妹の面倒などろくに見ようとしなかった野枝には、子育てなどほとんど未知の領域なのだ。義母が何か言えばその通りにするしかなく、たまに多少知っているつもりのやり方を持ち出してもことごとく否定され、工夫によって無駄を省こうとすれば怠惰だと責められる。子どもにかける手間暇を惜しむなど、とんだ面倒くさがりだと言われてしまう。

いくら子が可愛くとも、自分の時間のすべてを強奪されてしまうわけにはいかない。こうしている間にも同人の仲間や他誌のライバルたちは勉強をし、読み、書き続けているのだ。せめて読書の時間だけでもひねり出したい。語学の力も磨きたい。けれど子守に来る美津は、嫁が赤ん坊を寝かしつける合間や授乳の時間、あるいは煮炊きの間にか

一冊あれば、
旅に出るより遠くに行ける。

ろうじて本を広げるのを見るたび、まるで道楽に耽《ふけ》っているのを見つけたかのように険しい顔で咎めた。

「あたしなんか、子どもを育てていた頃は自分のごはんを食べる間だって落ちついて座ったことはなかったよ」

口癖のように言った。

「本なんか読んでる暇に、他にいくらだってできることがあるだろう」

そう言われてしまえば、実際またその通りなのだった。汚れたおしめを洗い、干してあるのを取り込んで畳み、薪を運び、拭き掃除をし、鍋底の焦げつきを磨き……。

――ああ、自由になりたい。

野枝は焦れた。子どもなど産まなければよかったとは思わないが、仲間と比べて最も無知で無能で至らない自分が、家の中に縛られて何にも集中できずにいるのは悔しくてたまらない。情けない。不甲斐ない。

とうとう野枝は、一を『青鞜』の編集部におぶって連れてゆくことにした。女手だけはあるのだし、連れていってしまえば何とかなるだろう。

何があろうと、ひと月に一度は雑誌を出さなくてはならない。眦《まなじり》を決して原稿に向かう間、そう何度もおしめを替えている暇はない。洗っている暇などもっとない。

ぐずっている赤子の小便が、やがて畳へと染み出す。ぐっしょり濡れたおしめを絞り、それで畳を適当に拭く。大きいほうだけなら庭に放り捨ててやった。縁側でばさばさと振って汚物を落とし、再び子どもの股ぐらにあてがう野枝を見かねてか、いつも〈おばさん〉こと保持研あたりがぶつぶつ文句を言いながら庭を掃除してくれた。臭くてたまらなかっただけかもしれない。

頭痛持ちのらいてうは赤ん坊の泣き声に閉口していたようだが、野枝の頑張りに頼る部分は大きかった。そろばんをはじき広告を集め印刷所へと走る、その労力がどれほどのものかは知っている。

「あなただけだわ、野枝さん。『青鞜』のためにここまで一生懸命になってくれるのは」

昼下がり、あれから二度引っ越した先の巣鴨の事務所で、らいてうは机に頬杖《ほおづえ》をついて言った。よほど倦《う》んでいるのか、感謝を口にしながらもすでにどこか他人事のような物言いだった。

奥村博と同棲を始めて数カ月たつが、世間ばかりか同人たちからの風当たりも強い。賛助員までが次々に抜けて、らいてうはこのところ精神的にも肉体的にも参ってしまっていた。

「あなた、子どもを抱えてまでよくやれるわね」

煙管の先で、物憂げに煙草盆を引き寄せる。奥村の前ではなるべく吸わないようにしているらしい。

「私にはもう、毎日の家事をどうにかこなすだけで精いっぱいよ。実家にいた頃は、本を開けばすぐ内容に入り込むことができたのに、今じゃ洗濯をして、掃除をして、朝昼晩とおさんどんをして……。一日がすっかり細切れなんですもの、まとまった原稿なんか書けやしないわ。私にはとても無理」

わたくしには、とくり返す言葉がうつろに響く。

「だったら……」と、思わず野枝は言った。「らいてうさん、うちの近くに越してみえたらいいじゃありませんか。ごはんの仕度くらい、一人二人増えたって手間は変わりゃしません。食費さえ少し助けて頂けたら、私が何かしら買ってきて作りますから、うちで一緒に食べましょうよ」

せっかくの才能をあんなつまらない男のためにすり減らすなど見ていられない、との本音は呑みこんでおいた。

このころ、辻家の隣には小説家の野上弥生子《やえこ》が住んでいた。『青鞜』にも寄稿している弥生子と野枝は、年こそ十も違ったが互いに気が合い、よく垣根越しに長々と立ち話をした。近所の噂話から、読んだばかりの本の話題、姑の愚痴や子育ての悩みに至るまで、野枝は何でも打ち明けて相談に乗ってもらった。生い立ちも性格もまるきり違うのに、こんなにも心を許せるのが不思議だった。

らいてうと奥村に近くへ越してくるよう勧めたことを話すと、弥生子は、ふっくらとした丸顔をやや曇らせた。

「そう。それは、良い申し出をしてさしあげたわね。でも、あんまり親身になっても、いずれあなたがつまらない思いをするだけかもしれなくってよ」

らいてうの選んだ恋愛に関して、弥生子があまり良い感想を持っていないことはそれで知れた。

「確かに、ええ……。早く、らいてうさんが目を覚ましてくれるといいんだけど」

声を落とす野枝に、弥生子も倣う。

「あなたもそう思っていたのね」

「そりゃそうですとも。あんなウラナリのへっぽこ画家」

ぷ、と弥生子が噴きだした。

「さんざんな言いようだこと。……ね、それよりあなたのお仕事のこと聞かせて下さらない？　この間出たでしょう、エマの本。私もせっかく読ませて頂いたけど、素晴らしかったわ。読者の反応はどうなの？」

野枝は、垣根越しに弥生子に微笑みかけた。

「あなたのソニヤほどじゃないですけれど、熱い感想は寄せられてますよ。届くべき人には届くものなんですのね」

昨年から弥生子は、『ソニヤ・コヴァレフスキイの自伝』を翻訳し、『青鞜』に連載していた。ソフィア、愛称をソニヤ。女性でありながら大学教授の地位を得たのは、ロシア帝国では初、ヨーロッパを併せても彼女が三人目だ。

いっぽう野枝は、アメリカのアナキストにしてフェミニストであるエマ・ゴールドマンに急激に傾倒していた。辻の助けを借りてエマの評論を訳したのがきっかけだが、続けてヒポリット・ハヴェルの著した彼女の小伝などを読めば読むほど、胸が高鳴り身体が火照って、居ても立ってもいられなくなるのを感じた。こんな感激は、『青鞜』創刊号を初めて手にしたあの時と同じかそれ以上かもしれないとまで思い詰め、とうとう、それら婦人問題に関するいくつかの評論を一冊にまとめ、『婦人解放の悲劇』として刊行する運びとなったのだった。まだ肌寒い春先のことだ。

エマ・ゴールドマンは一八六九年、帝政ロシアのユダヤ人家庭に生まれている。政情が不安定な中、経済的な事情で学校へは行けず十代前半から働くこととなった彼女は、やがて移民としてアメリカへ渡り、そこで出会ったアナキストのグループに刺激を受けて、二十歳になる頃には各地で堂々たる演説を行うようになる。

迫害と弾圧、貧困、入獄に国外追放。虐げられ、泥を啜ってもなお諦めず、労働者たちの先駆けとなる生き方を貫いてきたエマの半生は、野枝の心に刺さった。赤ん坊を背負って家と編集部とを行き来するだけの生活に焦りを覚えていたところへ、燃えさかる松明《たいまつ》のような役割を果たした。

何しろエマは、遠い過去の人ではない。まだ四十代半ば、今この時もアメリカにいて活動を続けているのだ。ほんの四年前、アナキスト幸徳秋水らが冤罪《えんざい》で処刑されたあの大逆事件の折には激怒し、ニューヨークで抗議集会を開いたばかりか、駐米全権大使の内田康哉《こうさい》や首相の桂太郎宛てに抗議文まで送りつけている。

――行動の人だ。

野枝は、興奮に鳥肌を立てた。

人の値打ちは、行動で決まる。どんなに高い理想を掲げても、ただ思索をこねくりまわしているだけで世の中は変わらない。本当に世間を動かしたいと思うなら、自らが行動を起こさなくては駄目なのだ。どんなに無力であっても、躊躇っていては駄目なのだ。

辻との子どもを産み、籍こそ入れていないが嫁として家を守ろうとするうちにいつしか抑えつけられていた持ち前の野性が、久しぶりに脈動を始めた気がした。

「私ね、やっと会えた気がするの」

垣根越しに弥生子と話したその夜、野枝は、辻に言った。

「会えた？　誰に」

「らいてうさんにとってのエレン・ケイに匹敵する人物に」

辻は、言わんとするところを即座に理解したらしい。なるほどな、と頷いて言った。

「おまえにエマは合ってるよ。平塚さんにはエレンが合ってるようにね」

打てば響くとはこのことだ。スウェーデンの教育学者にして女性運動家であるエレン・ケイ。彼女へのらいてうの傾倒ぶりには、辻もまた思うところがあったのだろう。

「俺も、ちょうど考えていたんだ。おまえもそろそろ、自分の背骨や血肉になるような思想を探しあてるべき頃合いじゃないかってね」

野枝は、笑った。

「いつからそんなことを？」

「さあ、どうだったかな。平塚さんでいくと、あの人は何だかんだ言ってもお嬢様だろう？　実際エレンの説く教育論そのものは悪くないし、〈教育の最大の秘訣は教育しないことにある〉というあの考えには俺もほぼ賛成だけれどね。でも、ほら、エレン自身が名門の出で、何の苦労もなく教養を身につけてきたような人だから。そのあたりも含めて、平塚さんの貴族趣味みたいなところにぴったり嵌《は》まったんじゃないかな、とは思うね」

「そう、そうなのよ」野枝は、深く頷いて言った。「エレンの言うところの女性解放って、同じ男女平等論を説いてもやっぱり、女は女らしく穏やかにふるまうべきといった論調でしょう？　らいてうさんもいつもそんなふうに言うけれど」

辻が、意地の悪い笑みを浮かべてよこす。

「おまえには、ちょっとおとなしすぎるか」

「ええ、じれったい。その点エマ・ゴールドマンは違うわ」

「骨の髄まで労働者だからな。どうせ、学校に行けなかったあたりにもシンパシィを覚えてるんだろう」

「だって、〈女に学問は必要ない〉と言われて働くしかなかったなんて……」

野枝は、視線を庭へ投げた。開け放った縁側から、湿気をたっぷり含んだ夜風が吹きこんでくる。

「私だって、あの頃は密航してでもアメリカかどこかへ渡りたかった。逃げることがかなわないなら死んだほうがましだと思ってたわ」

「こらこら」と、辻が苦笑いでたしなめる。「そんなこと言うもんじゃないよ」

「つながってるのね」

「え？」

「遠く離れた外国の人とも、想いはつながってるのよ。言葉が違っても、思想はこうしてつながることができるんだわ。それって凄いことだと思わない？」

こみあげる興奮のあまりじっと座っておれずに、野枝は辻のそばへにじり寄ると首っ玉に抱きついた。

「わかった、わかったから落ちついて」

「だって、嬉しいの」

「何が」

「こんなことをちゃんと話せるのは、あなただけなんだもの。何のよけいな説明もなしに、私の言いたいことをわかってくれる。そんな人、他にいない」

男の首にぶら下がり、野枝は、痩せた鎖骨の窪《くぼ》みに鼻先を押し当てた。

梅雨入り前の蒸し暑い夜、首筋ににじむ汗の中に甘く饐《す》えた匂いがする。晩酌の際の酒量がこのところ少し増えたようなのが気にかかるが、ふだん辻をほったらかしてばかりいるだけに強くたしなめられずにいる。

あなただけ。

他にいない。

その言葉に、辻は何も応えようとしない。調子のいい戯言《ざれごと》として聞き流されたか、それとも応じないことに意味があるのかはわからない。ただ、今この瞬間、辻もまた木村荘太の顔を思い浮かべているような気がした。

「ねえ」

ささやくように、野枝は言った。

ややあって辻が、なに、と訊き返す。

「あなたはこの先、何をやって働く気でいるの？　何か、しようと思うことはもう決まっている？」

辻はまたしばらく黙っていたのちに、長いため息をついた。

「さあなあ。その、何をしようかということが、本当にまだ決まらないんだ。何を始めるにしたって最初からの出直しだろう。何がいいんだかわからない。俺にはとても文学なんぞは望みがないし、そうだ、音楽をやるかな。といっても、それもなかなか飯の種にはならんだろうしなあ」

こちらは思いきって訊いたのだから、真面目に答えてほしい。身体を離して見上げると、辻は、真顔だった。

「本当を言えば、俺は尺八でも吹いて独りで放浪したいんだよ。何しろ、そんなことを考えてもいいはずの大事な時代には、すでに食うことだけで必死だったからなあ。今になって考えると馬鹿ばかしくて仕方ないよ。ま、少し考えさせてくれ」

「少しって……」

すでに二年ほども無職のままではないか。とうに翻訳を終えたロンブロオゾオの『天才論』が、二転三転、いまだに出版されないのは辻のせいではないが、その間、一家の生活はずっと野枝だけの肩にのしかかっている。

(このひとは……)

茫然としながら、野枝は悟った。このひとは、生きるためには何かしらの代償を払わなくてはいけないという大前提を受け容れる気が、ないのだ。これっぱかりも。

「さ、どいてくれないか」

辻が、野枝をそっと押しのけて文机に向かい、これ見よがしに辞書か何かを開く。何であれ、次の仕事をしてくれるつもりならありがたい。邪魔をしないようにと、立ちあがって襖に手を伸ばそうとすると、

「ああ、野枝」

呼ばれて、はい、とふり返る。

辻は顔も上げずに言った。

「おまえも、一が寝ている間くらい何か勉強したらどうなんだ。お隣とのんびりお喋りばかりしていたんじゃ、みんなに置いていかれるぞ」

梅雨に入って間もない六月、らいてうと奥村は近くに引っ越してきた。

野枝は張りきって料理にいそしんだ。昼と夜、元気のないらいてうに少しでも多く食べさせようと、肉から野菜からとにかく何でも一緒に入れて、炒めるか、シチューのように煮たものをごはんの上にたっぷりかけて出してやった。人数分の茶碗はないから、あるだけの皿を総動員だ。

「ねえ、この家に俎板ってものはないの？」

らいてうがたまりかねた様子で訊いたのは一カ月ほどたった日のことだった。

まさか、と野枝は笑った。

「ないはずないじゃありませんか。ただ、真っ黒に黴《か》びてしまって。もうしばらく前から辻に、鉋《かんな》で削ってほしいって頼んでるんですけど」

なかなかやってくれないので、とりあえず庭に出して雨ざらしにしている。ひと夏かけて干せば日光消毒されて黴も消えるかもしれない。いま代わりに使っているのは鏡の裏側だ。とくだん不便はない。鏡を見たい時には壁に戻せばよい。

「じゃあ、お鍋はどうしたの」

らいてうが重ねて訊く。

「これじゃいけませんか」

野枝は、金だらいを見やった。昨夜もそれで鶏肉と葱《ねぎ》のすきやきをしたのだった。まともな鍋は質に入れてしまったが、これまた別に困らない。金だらいなら、鍋に使わない時は本来の用途に使える。

らいてうはふと、洗ってずらりと干してあるおしめを見やり、恐ろしい形相になった。

「もういいわ、野枝さん。お気持ちはとっても嬉しかったけれど、これからは私たちの食事は用意しなくて結構です」

「あら、遠慮なさらなくても」

「いいえ。ほんとうを言うと奥村は食べものの好き嫌いが多いし、ご迷惑をかけたらいけないから」

それきり、らいてうと奥村はおもに外食をするようになり、一緒に食事を摂《と》ることはなくなった。

野枝にはわからなかった。辻にも時々、「おまえは衛生観念がない」などと叱られるけれども、子どもの頃から今よりはるかに不衛生な生活をしてきて、一度も腹を壊したことがない。

だから、らいてうにあんな引き攣った顔を向けられても、傷ついたりはしなかった。

ただ、月々十円ほどにせよ、食費を入れてもらえなくなったことだけが残念に思われた。

やがて梅雨が明けた。一家は小石川竹早町へ転居し、また美津と恒の五人で一緒に暮らすようになった。

一にとっては初めての夏、野枝にとっても母になって初めての夏だ。あまりの暑さに一はぐったりとして、やわらかく煮た粥《かゆ》をすりつぶして口もとへ持っていってやってもろくに食べようとしない。小さな背中やお腹にはびっしりと汗疹《あせも》が出た。毎朝毎夕、行水をつかわせては天花粉《てんかふん》をはたき続けたが、痒《かゆ》みに苛立つ赤ん坊は夜中にも目を覚ましては泣く。女たちばかりか、何もしない辻までもが睡眠不足でふらふらになっていった。出たり引っ込んだりをくり返していた一の汗疹がようやく治まりかけた頃には、夏もまたそろそろ終わりにさしかかっていた。

頭の上で、南部鉄の風鈴が澄んだ音をたてる。誰ともわからない前の住人が残していったものだと、辻が言っていた。

一を抱きかかえ、縁先で乳を含ませる。手にした団扇でゆっくり扇《あお》ぐ風が、それなりに涼しく感じられるのも久しぶりのことだ。もうずっと、かき混ぜる空気さえ熱風のようだったのだから。

長く暑い夏に新生活の疲れが重なったせいか、らいてうもまたすっかり体調を崩し、『青鞜』はどうやら九月号を作れそうになかった。創刊以来初めての欠号だった。

三号続けば上等。お嬢さんたちの手慰み。そんなふうに言われた雑誌を、ここまで続けてこられただけでも……。そう思いかけ、野枝は激しくかぶりを振った。

後ろ向きの考えでどうするのだ。エマ・ゴールドマンなら決してあきらめたりしないだろう。追いつめられた今こそ、弱っているらいてうをしっかり支えなくてはならない。紅吉の創った『番紅花』も苦戦しているという噂だが、こちらが先に倒れるわけにはいいかない。必ずや態勢を立て直すのだ。

ちゅくちゅくと、赤子が一心に乳を吸いたてる。九月の二十日がくれば、生まれて丸一年。前歯が上も下も生えてきて、時々きつく嚙まれると涙が出るほど痛いのだが、食欲も戻って粥だけでは満足できないらしく、いまだに乳を欲しがる。

機嫌がいい時の息子はとくに可愛い。野枝が目を細め、間近に顔を覗き込んでいた時だ。

「ごめんください」

訪う声がした。

あれは、渡辺政太郎《まさたろう》の声だ。

「はあい」

慌てて浴衣の前をかき合わせ、一を抱いたまま立ちあがる。

玄関へ出てみると、思った通り、ひょろりと痩せた渡辺が立っていた。

社会運動家の渡辺は、辻よりずっと年上だが、気が合うらしくこの家にもしょっちゅう出入りしている。一銭床屋をしながらのまさしく赤貧《せきひん》洗うがごとき暮らしぶりだが、敬虔《けいけん》なキリスト者であり子ども好きでもあって、来るたび一を膝にのせてあやしてくれる。

ふだんは優しく穏やかでも自身が納得できないことにはとことん厳しい、というのが野枝の渡辺に対する印象だった。弱い者や同志らには誠心誠意尽くすけれども、権力の横暴や不正義について口にする時は容赦がない。

「いや、いきなり伺ったりしてすみませんね。お忙しかったのではないですか」

渡辺は折り目正しく言った。仮にも床屋のくせに髪も髭もぼうぼうに伸び、着物はよれよれ、およそ子どもに懐かれるような風体ではないはずなのだが、一はもう抱っこしてもらう気満々で四肢をばたつかせている。

「いいえそんな、ちっとも。辻はちょっと出かけてしまっていますけど、上がって待ってて下さったら……」

笑顔で手を差し伸べる渡辺に、息子を手渡そうとした野枝は、戸口の陰でゆらりと揺れた人影にぎょっとなった。

黒っぽい着流し、大きな体軀《たいく》。連れがいたのか。

と、横合いからその男が手をのばしてきて、一をひょいと抱き取った。

「あ、」

慌てて一歩前へ出たところで、野枝は相手の顔を間近に見上げることとなった。

押し寄せてくる男臭さに怯む。彫りが深く、髪も髭も濃い。最も際立つのは、眼だ。黒曜石のように光るその眼を和ませて野枝を見おろすと、男は言った。

「やあ、ほんとうに野枝さんだ。やっと会えました」

身体ばかりでなく声も大きい。年は辻と同じくらいだろうか。ぎょろりとした眼や太い眉は恐ろしげなのに、抱かれた一は男の顔を見上げてきょとんとしている。

「あの、失礼ですけど……」

「この男はね、大杉栄といいます」

渡辺が紹介する。野枝は、驚いてぽかんと口を開け、目を瞠った。

「あなたが？　あの大杉さんですって？」

「ええ。渡辺さんと話していたら、あなたたちごっ、ご、ご夫婦とは昵懇《じっこん》だというから、た、頼み込んで連れてきてもらったんですよ」

どうやら吃音《きつおん》があるらしい、と気づいた瞬間、続く言葉に度肝を抜かれた。

「あなたとは、ど、どうしても一度お目にかかりたかったものでね」

「え、私にですか？　辻にではなくて？」

「もちろん、あなたにですとも」

イッヒヒ、と息を引くような笑い声だ。にわかには信じがたい思いで、野枝は玄関先に立つ男を改めて見上げた。

大杉栄——といえば、幸徳秋水の弟分であり、秋水亡き今となってはこの国で五本、いや三本の指に入る活動家と言っていいはずだ。腕っぷしの強さに任せて警官とやりあったり、暴動を煽ったりなどしては何度も引っぱられ、しかし投獄されるたび新たに一つの言語を習得して出てくるというので有名だった。

もっと、険しい雰囲気の男だとばかり思っていた。暴れ者という噂だったし、彼と荒《あら》畑寒村《はたかんそん》が主宰する社会主義の文芸雑誌『近代思想』を読んでも、大杉の文章は図抜けて巧く、物事の本質を見きわめる視点から論旨の組み立てまで何もかもが切れ味鋭い。

それなのに、どうだろう。人見知りが激しいはずの一が泣きもしないで、それどころか大杉が仁王像のような目玉をぎょろぎょろ動かしてあやすものだから声をたてて笑ってさえいる。

「あのう、私……」

声がかすれて喉に絡むのを咳払《せきばら》いで落ち着けてから、野枝は続けた。

「今さらですけど、大杉さんには御礼を言わなくてはいけなかったんですの」

「僕に？　何のことかな」

「この春に、『近代思想』で、エマ・ゴールドマンのあの本をずいぶん褒めて下さったでしょう？」

すると大杉は、ぱっと笑みを浮かべた。喜色満面という表現がこれほど嵌まる笑顔も珍しい。なんだか、釣られて可笑しくなってくる。

「よかった、お目にとまっていましたか。僕のほうこそ、あの翻訳とあなたの序文があまりに素晴らしかったものだから、ど、どうしてもじかにお会いしてみたかったんですよ」

「ええと、それで辻くんは、いつごろ戻られるのかな？」

横から渡辺政太郎が言葉を挟む。

そうだ、この人もいたのだった。野枝は慌てて二人を招き入れた。

「どうぞお上がりになって下さい。辻もきっとそんなに遅くはならないはずですから」

奥にいた美津にお茶の用意を頼み、座布団を並べる。客が二人や三人訪れることなど珍しくもないのに、大杉がいるだけで家の中がひどく狭く感じられる。自分の着くたびれた浴衣から今まさに浮き出しているであろう身体の線が、急に恥ずかしいものとして意識されてきた。

野枝の訳したエマ・ゴールドマンの『婦人解放の悲劇』について、大杉が『近代思想』五月号に書いてくれた評はこんな具合だった。嬉しさのあまりくり返し読んだから、すでにほとんど暗記してしまっている。


こう云っては甚だ失礼かも知れんが、あの若さでしかも女と云う永い間無知に育てられたものの間に生れて、あれ程の明晰《めいせき》な文章と思想とを持ち得たことは、実に敬服に堪えない。これは僕よりも年長の他の男が等しくらいてう氏にむかっても云《い》い得たことであろうが、しかしらいてう氏の思想は、ぼんやりした或所で既に固定した観がある。僕はらいてう氏の将来よりも、寧《むし》ろ野枝氏の将来の上によほど嘱目《しよくもく》すべきものがあるように思う。


――らいてうよりも、上。

そう言われたも同じことだ。

有頂天になる自らを、いやいやこんなのは絶対お世辞にきまっている、と戒める一方で、大杉ほどの人物が自分にお世辞を言って何の得になるのかという疑問がわいてくる。

「知っていましたか、野枝さん」渡辺が、穏やかな口ぶりで言った。「もともとエマについては、大杉くん自身が興味を持って訳そうとしていたんです」

「え」

「ああ、やっぱりご存じなかった。でもね、この人、ちょうどそれくらいの頃にベルクソンの思想にはまってしまいましてね。ちゃんと勉強しようと思うと時間が取れなくて、同志の荒畑くんに、お前やらないかと持ちかけたんです。しかしその荒畑くんも、どこからか『青鞜』にいる若い女の人が訳したがっているという噂を耳にして、それならと自分は退くことにした。せっかく女性の運動家が書いたものなんだから、訳すのもやっぱり女性のほうがいいだろうってね」

まったく知らなかった。野枝が見やると、大杉は黙ってニッと笑ってよこした。刊行された『婦人解放の悲劇』を彼がいち早く読んで書評を書いてくれたのも、それだけ思い入れが強かったということかもしれない。

「いやはや、それにしても、あの女学生みたいだった人がなあ……」

相変わらず黒目をきらきら輝かせながら大杉が言う。懐かしむような口ぶりに、野枝は首をかしげた。

「前にお会いしていましたかしら？」

「いや、会ったとは言えないな。一方的に見たんですよ。ほら、去年の二月半ばだったかな、かっ、神田の青年会館で」

あっと思った。昨年の二月号に告知を打ち、初めての試みとして行った「青鞜社講演会」で、野枝はらいてうから言われて壇上に上がり、千人にものぼる聴衆の前で演説をしたのだ。

司会は保持研、本命は生田長江や岩野泡鳴《ほうめい》といった錚々《そうそう》たる人たちであって、自分はただ前座を務めるに過ぎなかったが、それでも緊張した。大の男も怯えるほどの思想弾圧のご時世だ。途中で警察が踏みこんでくる可能性も大いにある。

原稿は前もって辻に見てもらい、何度も推敲し、読む練習もした。要約すれば、女が無自覚なのは男が長らく押さえつけてきたせいであるから、女が目覚めるためにはまず男にそのことを自覚してほしい、といったものだった。

出色とは言えないまでもそれほど悪い出来ではなかったはずなのに、翌朝の『東京朝日新聞』には、揶揄のための揶揄としか思えない記事が載った。

〈伊藤野枝という十七、八の娘さんがお若いにしては紅い顔もせず、「日本の女には孤独ということがわからなかったように思われます」といった調子でこの頃の感想というものを述べたが、内容はいかにも女らしい空零貧弱なもので、コンナのがいわゆる新しい女かと思うとまことに情無い感じがした〉

怒りと悔しさのあまり、辻の前で地団駄を踏んで泣いた。辻は慰めてくれたし、ここ数年の成長ぶりを喜んでさえくれたが、その程度では気がおさまらなかった。自分が至らないせいで世間における『青鞜』の評価をまた一段貶めてしまったと思うと、憤ろしさに身体の中を竜巻が吹き荒れるようだった。

あのとき、会場に大杉の妻・堀保子《やすこ》が来ていたのは知っている。彼女は『青鞜』に寄稿もしているから何の不思議もないが、そうか、大杉も一緒だったのか——。

「お恥ずかしいばかりですわ」

「いや、なかなか立派なもんでしたよ。ねえ、渡辺さん」

同意を求められた渡辺も、にこやかに「うん」と頷く。

「ほらね。僕の周りでも、あなたを褒めている連中がいっぱいいたんだ。新聞なんかには、かっ、勝手に言わせておけばいいんです。どうせはなから真面目に取り合うきっ、き、気なんかありゃしない」

吃音は、とくにカ行で始まる言葉で顕著になるようだ。その直前になると大杉は、口をもごもごと尖らせ、大きな眼をぱちくりさせる。聴衆を前にした大事な演説の時にも、こんなふうなのだろうか。あれだけ小気味よい文章をすらすらと書いてのける人間が、いざ喋る段になるとこんなに吃るというのが、野枝には意外に思われた。いや、むしろそれだからこそ、書くものがあのように迸り出るような激しさに満たされるのかもしれない。

「あなたがあんまり若くてしっかりしているのが物珍しくて、きっ、記者もただ、か、からかってみたくなっただけでしょう」

野枝は、微笑んだ。

「辻も、同じことを言っていましたわ」

「そういえば辻くんは遅いね」

思い出したように渡辺が言い、庭のほうへ身体を傾けて陽の高さを窺う。

「すみません、もうじきに帰ってくると思うんですけれど。あともうちょっとだけ待ってやって下さいませんか。あのひとも常日頃から、大杉さんにはとてもお目にかかりたがっていましたし」

「そうですか、じゃあもう少し」

大杉が浮かしかけた腰を再び落ち着けるのを見て、野枝はほっとした。渡辺にはいつでも会える。が、この男はもう来ないかもしれない。帰ってほしくなかった。

「今さっきの話ですけど、ごっ、御主人は何て？」

大杉が話題を戻す。

「え？」

「新聞の評についてです。僕と同じことを言ってたって」

ああ、と野枝は頷いた。

「私が、それこそ女学生みたいに頼りなく見えたから面白おかしく書きたてただけだろう、真に受けて気に病むことはないって慰めてくれました」

「やっぱりな、か、考えることは同じですよ」

イッヒヒ、と大杉は笑った。

「だけど、あれからまだたったの一年半ほどなのに、女の人ってのはあっという間に、かっ、変わっちまうもんだなあ。もうすっかりお母さんだ」

野枝は、目を伏せた。

一は、先ほどからずっと渡辺の膝の上にいる。いま自分がひどく無防備に感じられるのは、子を抱いていないせいだ。そうに違いない。

あの講演会の頃にはお腹の中にいた子が、生まれ落ちてまもなく一年。人生はなんと早く過ぎていってしまうことだろう。一日、一日、おろそかにしていいはずがない。

背筋を伸ばして座り直し、野枝は大杉を見つめた。

「改めまして……ほんとうによくいらして下さいました。書評で取り上げて下さったからというのではなくて、それよりずいぶん久しく前から、お目にかかりたい、お目にかかりたいと思っていましたの」

「それは嬉しい。僕もです」

まっすぐに投げかけた言葉を、まっすぐに返される。耳もとで蜜蜂が飛ぶようなくすぐったい気持ちになり、野枝はつい冗談めかして言った。

「でもまあ、ずいぶんお丈夫そうなんでびっくりしましたわ。病気をなさってだいぶ弱ってらっしゃるようにも伺っていましたし、それにほら、堺利彦《としひこ》さんが大杉さんのことを〈白皙長身《はくせきちょうしん》〉なんて書いてらっしゃったものですから。背はきっとお高いんだろうと思っていましたけど、もっとこう、痩せ細った蒼白い感じの、病人病人した方とばかり……」

途中から大杉は天井を向いて笑いだした。

「すっかり当てがはずれましたね。こっ、こんな真っ黒けの、が、頑丈な男じゃ」

「ええ、ほんとうに」

あぐらをかいた渡辺の膝の上で、一までがきゃっきゃっと笑い声をたてた時だ。

玄関で物音がして、ほどなく辻が部屋に入ってきた。渡辺の姿を見て和みかけた顔が、大杉に気づいたとたん引き締まる。ひと目で誰だかわかったらしい。

野枝は、良人の表情の変化を興味深く見上げながら、お帰りなさい、といつもより丁寧に言った。

「あなた、大杉さんよ。あなたがお帰りになるまで待っていて下さったの」

一瞬――いや、もっと長い。ゆっくり五つ数えるほどの間、立っている男と座っている男との間で、視線の圧が押し合った。

向かいに座る男の、それでなくともぎょろりとした眼が、上目遣いになるとますます威力を増すのを、野枝は魅入られたように見つめた。引きずり込まれそうだ。こんな眼をした男はいまだかつて見たことがない。

視線をそらしたのは辻のほうが先だったはずだ。しかし大杉は、ほぼ同時にぱっと目を伏せると、頭を深く下げた。

「お留守の間に、お邪魔してすみません。大杉栄と申します」

カ行がないので吃らなかった。

第十章　義憤

　自分ではない自分が、いつもぴたりとそばにくっついている気がしていた。物心ついた頃からずっとだ。

　そいつは、吃る。言いたいことをすんなりとは言わせない。とくにカ行で始まる言葉や、しばしば夕行もなのだが、その直前になると声が詰まって出なくなるか、さもなくば啄木鳥《きつつき》のように音を連打してしまう。頭の中の考えはさっさと先へゆこうとするのに足がもつれて追いつけない。

　生来せっかちな大杉栄にとってはことさらもどかしく、悔しくてならなかった。吃る寸前で意味合いの似た別の言葉に言い換えることも試したが、それを続けていると本当に言いたかったことは常に伝えられないまま終わり、身体の奥に燻《くすぶ》るものが残るのだ。

　遺伝なのかどうか、父方の伯父たち二人も、また父親も少し吃った。ことに父親はずいぶん心配し、新聞などで〈吃音矯正〉といった薬や本の広告を目にすると端から買ってては息子に与えたが、効き目はまったくなかった。

「この子はッ！　また吃る！」

母親の豊《とよ》は、大杉が目を白黒させながら口をもごもごと蠢《うごめ》かすのを見ると、もとから大きな声をなお荒らげ、苛立って耳をつかんだり頬をつねったりした。

「どうしてさっさと話さないのよ、愚図《ぐず》！」

横っ面を張られるのもしょっちゅうだった。話さないのではなく話せないのだ、と言い返そうとしても、それがまた滞って母親を苛立たせる。

豊は、美しい女だった。

「栄が私に似ているですって？　そうかしらね。でも私、こんなにいやな鼻じゃないわ」

よくそんなことを言って、幼い大杉の鼻をつねった。彼女の鼻はまっすぐに通っていたが、息子のそれは低くて大きく、少し曲がっていた。

実際、大杉の顔立ちそのものは、父の東《あずま》よりも母のほうに似ていたようだ。性質もそうかもしれない。真面目一辺倒で融通の利かない東と違って、豊はもともとかなりのおてんば娘で、丸亀連隊の大隊長をしていた姉の夫・山田保永《やすなが》が出勤するのに、待たせてある馬に乗っては邸宅の門内を走らせて遊んでいたという。その山田大隊長が取り持った縁で、近衛の少尉だった東のもとに嫁したというわけだった。

気性の激しい豊は、しばしば息子を箒《ほうき》で打った。

「栄。箒を持っておいで」

大声は、閻魔《えんま》様のそれに等しかった。また悪戯のどれかが知れたに違いないと思うと観念するほかはなく、そのたびに台所から竹の柄の箒を取ってきて母親のところへ持って行った。

「ほんとにこの子は馬鹿なんですよ。打たれることがわかっていながら、こうしてちゃんと持って来るんですもの」

客が来ているとよけいに、豊はわざわざそんなことを言って聞かせ、そばに立つ息子を抱き寄せて憐《あわ》れむように頭を撫でてみせた。

「早く逃げればいいのに、その箒をふりあげてもぼんやり突っ立っているでしょう。なお癪《しゃく》にさわって、打たないわけにはいかなくなるじゃありませんか。こう大きくなっちゃ、手で打つんではこっちの手が痛いばかしですからね」

客はたいてい同情の視線をよこしたが、大杉は内心、得意だった。〈馬鹿なんですよ〉という言葉に、わずかなりとも我が子を誇る響きが含まれているのを聞き逃さなかった。

吃音の多くは、成長とともに少しずつ治ってゆくと言われている。大杉のそれは治らなかった。丸亀から東京へ、新潟から名古屋へ、と移り住む日々の中でも治らなかった。

中学校を中退して入った名古屋の陸軍地方幼年学校時代のことを思い出すと、いまだに身体が強ばり、猛然と腹が立ってくる。あの頃、上級生たちはもとより士官や下士官までもがみんな敵だった。吃るのをからかわれ、争うと制裁を受けて、すぐに外出止めなどのいじめにあったのだ。

いまだに忘れもしない。北川という大尉がいて、どういうわけかこちらを目の敵にしていた。吃るくせに弁が立ち、おまけに腕っ節も強いのが気に食わなかったのかもしれない。行き合えば、一間《いっけん》も手前で立ち止まり敬礼をしているのに、じろじろと睨みつけてよこしては、やれ指先の位置がいけない、掌の向け方がどうのとケチを付け、服装などのあら探しをしては罰を与える。特にカ行で吃るのを知っていて、わざわざ皆の前で詰問されたこともあった。

「大杉！　今日の月は、上弦か下弦か」

下弦であることは知っていたが、うまく出てこない。おまけに「か」のその下に、もうひとつ「げ」が続くのだ。

軍人らしく即答するには仕方ない。

「上弦でありません！」

苦し紛れに言い換えた。

「では、何だと言うんだ？」

「上弦でありません！」

「だからそれは何だ？」

「上弦でありません！」

「貴様、ふざけているのか」

「いいえ、ふざけておりません！」

「上弦か下弦かと訊いている」

「上弦でありません！」

「わかった。明日は外出止めだ」

言い捨てて、北川大尉は皆が直立不動の姿勢を取っている間をさっさと立ち去った。どれだけ睨んでも足りない背中だった。

人というものはしかし、一筋縄ではいかない。やがて三年生となった大杉が、とあるいざこざから同期生に刃物で刺されたばかりか幼年学校を退校させられた、その後のことだ。一年上の田中という男がやはり喧嘩で退校処分となり、大杉の下宿に転がり込んできた。田中は伊勢の生まれだったため、その父親は同郷の北川大尉を訪ねて今後の相談をした。すると、こう言われたそうだ。

「大杉と一緒にいるんですか。それならちっとも心配は要りませんよ」

いったい北川が何を考えてそんなことを言ったものかはわからない。人は一面的なものではないと言ってしまえばそれまでだが、いまだに不思議に思う。

ただ、そういった二面性は大杉自身にもあって、豪放磊落《ごうほうらいらく》だの人を人とも思っていないだのと言われるわりに、じつはひどく内気で恥ずかしがりのところがある。子どもの頃からそうだった。少しのことですぐ赤くなるし、人見知りでもじもじしてしまう。

そんなことも手伝って、大杉は幼年学校を退校させられる前から、自分の適性に疑いを覚え始めていた。このさきの軍人生活に耐えうるかどうか。規律の厳しさなどより、そもそも尊敬も親愛も感じられない連中を上官として、彼らに服従してゆくことなどできるだろうか。それは服従ではなく盲従に過ぎぬのではないか。

自由への憧れは、厳禁されていた読書に耽溺すればするほど高まった。いま思えば他愛のない本ばかりだ。当時は新進の文学士による古文もどき、漢文もどきの文章が流行りだった。

ほとんどは忘れてしまったが、塩井雨江《うこう》という学者のような詩人のような人物の書いた文章の一片だけ、くっきり覚えている。

〈人の花散る景色面白や〉

心の中に眠っていた、幼稚だが奔放なロマンティシズムとでもいったものがその言葉に反応したのだろう。大杉は学友たちに向かって、

「君らは軍人になって戦争に出たまえ。その時には僕は従軍記者になって行こう。そして戦地でまた会おう」

そんな具合にうそぶいたりした。新聞記者にぜひともなりたかったわけではなく、ただ何となく文学をやりたいという気分があった。そうしてせっかく戦争にでもなったなら、それこそ〈人の花散る景色面白や〉といったような筆をふるってみたい……。

文学者にこそならなかったが、当時の想像は今、当たらずといえども遠からずといったところだろうか。大杉が盟友・荒畑寒村とともに主宰する『近代思想』は、ほんとうのことを遠慮なく書き過ぎるがゆえにしばしば発禁処分をくらうけれども、それもこれ

も結局は、あの頃憧れた自由を手に入れんがための行動だ。エスペラント語の学校を作ったについてもそうで、外国語ならばなぜか叱らないという個人的事情はさておき、熱意の中心にはやはり、あらゆる束縛や境界から世界を解き放ちたいとの思いがある。

母の思い出の残る新潟にも、父が暮らしていた静岡にも、ほとんど帰らなかった。名を挙げて故郷に錦を飾ることに興味がなかった。名前など、単なる記号に過ぎない。

〈人の花散る景色面白や〉

どこの誰に生まれたかはどうでもいい。人間の値打ちは、どのように生きるか――それ以上に、どのように死ぬかで決まるのだ。

あれは昨年の二月半ばだったか。「青鞜社」が主催した第一回公開講演会で、大杉は初めてその女を見た。

開会は昼過ぎだった。ひときわ寒い日で、神田青年会館の中も冷え込んでいたが、聴衆が続々と集まるうちに窓が曇るほどの熱気となっていった。

講演のプログラムには、生田長江、岩野泡鳴、馬場孤蝶といった文壇の大家たちが名を連ねていた。泡鳴とは正月の一日が初対面というまだ浅い仲だったが、その後『近代思想』の集会に顔を出してくれて、そこでかなり意気投合した。

ちなみに、馬場孤蝶に続いて名前の載っている女権運動家の岩野清《きよ》は、泡鳴の新しい細君だ。奥様然として小紋縮緬《ちりめん》の着物に繻珍《しゅちん》の丸帯、大きい髷を聳立《しょうりつ》させているのが人混みの向こうにちらりと見える。泡鳴はその前年、ようやく正式に前の細君と別れて清子と一緒になったのだが、そこに至るまでにも芸者に入れあげたり、愛人との心中に失敗したり、親の下宿屋を引き継いだかと思えば樺太《カラフト》での蟹缶製造業がうまくいかなかったりと、生真面目な顔に似合わずなかなかに忙しい男だった。その忙しい人生を逐一小説にして、それで飯が食えるとは羨ましい限りだ。

あたりを見回せば、聴衆のうちには石川三四郎など知った顔も見える。主催者側は男性ばかりが多く来ることを懸念して、「男子の方は必ず婦人を同伴せらるる事」と告知していたが、見たところ女性は全体の三割程度にとどまっていた。

開会を待つ彼女らの顔はいかにものんびりとしている。呑気なものだ。前年暮れに西園寺内閣を倒して発足したばかりの第三次桂内閣は堂々と「思想弾圧政策」を掲げ、この講演会だって警察がいつ踏みこんでくるかわからないというのに。

十日あまり前に、大杉は秋田へ行って、獄内の同志・坂本清馬《せいま》と崎久保誓一《さきくぼせいいち》に会ってきたばかりだった。彼らのひどく痩せた顔を思う。大杉が兄とも慕っていた幸徳秋水ら二十四名が、明治天皇の暗殺を企てたなどというでっちあげの罪で死刑判決を受けたのは、まだ二年前のことだ。坂本清馬たちは特赦により極刑を免れたものの、無期囚として秋田監獄へ送られた。

面会所の金網ごしに、清馬はまずこちらに最敬礼をし、続いて立ち会っている役人らに向かっても最敬礼をした。それから大杉に向かって弱々しい声で、社会学の本は無用であるから、仏教や文学関係の本が欲しいと言った。あれほど気性の激しかった男の蒼白くかさついた顔を見ているうち、涙が出そうになった。自分とて、あの大逆事件の起こったまさにその時にたまたま別の刑で収監されていなかったら、幸徳らとともに死刑となっていたか、良くて清馬や誓一と同じ運命を辿っていたはずなのだ。

物思いを破るように壇上から声が響く。いつのまにやら演壇に、小太りの女性が上がっていた。中年に見えるが声は若い。保持研と名乗った彼女はまず開会の挨拶をし、自分が本日の司会を務めると言った。

続いて名前を呼ばれた女が、

「ハイ！」

大きな声で返事をして立ちあがる。大杉は何気なくそちらを見やり、目を疑った。『青鞜』はなんと、女学生に喋らせるのか。

千人もの聴衆はもとより、取材に押しかけた記者たちまでがひしめく会場の中、いちばんに壇上へ上がってゆく彼女の背中はぴりぴりと張りつめていた。奥に掲げられた垂れ幕に向かってお辞儀をし、こちらへ向き直る。

いやはや、なんとまあ可愛らしい前座であることか。小柄でよく日に灼け、目鼻だちは異国の少女を思わせるほどくっきりとしている。これだけ大勢の人々を前に話すとはまたずいぶんな度胸だ。

司会者はさて、何と紹介していたか。ガリ版刷りのプログラムに目を落とすと、そこに彼女の名前があった。――伊藤野枝。どこの誰だ。

「あの子ね、わりあいに最近『青鞜』に加わったんですよ。お国は九州のほうだとか」

隣に腰掛けた妻の保子が、大杉のほうに身体を傾けて耳打ちをした。

「ほう、あの若さで『青鞜』にね」

「若いといっても、もう数えで十九と聞きましたけれどね」

「それだってかなり若いよ」

十九といえば、大杉よりもちょうど十歳下だ。保子から見れば十六、七も下ということになる。

「よっぽど優秀なんだろうな」

「さあ、それはどうでしょうかしら」

保子の言葉つきに苛立ちと揶揄が混じる。

「三つほど前の号に彼女の詩が初めて載ったんですけれど、ちょっと可哀想なくらいお粗末でしたわね。あれは、載せると決めた平塚さんがいけなかったと思うわ。落ち度と言ってもいいくらい」

「そんなに言うほど酷い出来だったのかね」

「ええもう、海鳥がどうしたこうしたと、まるで子どもだましの代物でね。あんなものを大まじめに載せていたら『青鞜』が軽く見られるばかりだし、私たちももうこれきり寄稿なんかしたくなくなることよ、って平塚さんには意見しておいたんですけれど。いったいあの子、今日は何を喋るつもりかしら」

眉をひそめて壇上を見あげる妻の横顔を、大杉は興味深く眺めやった。何がそんなに気に入らないのか、ああも若い娘に対する批評にしてはいささか辛辣に過ぎる気がする。女というのはわからない。この催しのように一致団結することもあれば、かえって女同士だからこそ反発し合うこともあるようだ。いや、それは男も同じか。

壇上の準備が整ったと見え、ざわついていた会場が凪の止むように静かになっていった。全員の視線が注がれる中、野枝は手にした原稿を広げた。

——じつのところ、講演会よりも前に発行された『青鞜』二月号に、彼女はその日の原稿と似通った内容の文章を載せている。それももちろん読みはしたが、今こうしてふり返る時、なお大杉の胸に新鮮に残っているのは野枝の肉声だ。

お辞儀をし、背筋を伸ばした野枝は、ひとつ息を大きく吸ってから声を張った。

「……『この頃の感想』！」

会場全体から、苦笑めいたさざめきが起こった。大杉も思わず噴きだしてしまった。題名からしてまさに女学生の作文だ。いま少しひねってみせても罰は当たるまい。

しかし野枝は、怖じずに続けた。

「私は——ついこの間まで、〈自己〉というものについて真面目に考えることがどうしても出来ませんでした。自己というものに対して、常に不忠実であり、また無責任極まることをして平気でいられました。それもつまり、自意識というものが欠けていたからです」

駄目だこりゃ、と隣を見やる。保子もまた、げんなりとした目配せを返してよこす。褒めてもいいのは声だけだ。元気でよく通る、明るい声をしている。

「当時、私の周りには、私の教育者と称する厳格な人たちが、絶えず私に向かって何やかやと試みていました。私はいつもその厳格な声に萎縮して、さまざまに矛盾したその人たちの声をも、いちいちもっともだと思って受け容れておりました。そして、いっさい考えることなく言われたとおり強いられるままに動きましたので、私の行動には一貫したものがありませんでした」

何度も音読して練習したのだろう、口調に淀《よど》みはない。読みながらずっとにこにこしているのは、肚が据わっているのか、それとも逆に緊張のため顔の筋肉が強ばってしまっているせいか。

「自意識のないものは、一生そうして人の意識で動いていなくてはなりません。そして、いちばん損をするのです」

と、野枝はそこで一旦言葉を切った。会場をぐるりと見渡し、人々がそれぞれに浮かべている冷笑を引っ込める頃合いまでしっかりと待つ。

「ですから……私はまず、教育される側の自覚に先だって、教育者の位置に立った人々から先に自覚をしてほしいと思うのです」

さらにひと呼吸おいて、続ける。

「女の自覚というのも、それとおんなじです。私は、女が無自覚なのもじつのところ、長い間の男による無意識な圧制が、女をそうさせてしまっているのだと思うのです。おさえこまれた女の自覚を、揺さぶり動かすのは重要なことですが、それに先だって、まずは男子から自覚してほしい。しかるのちに女の自覚が起こってくるのが、極めて自然ではあるまいかと思うのです。自覚のある男は、極めて少数です。いわゆる新しい男をもって任ずる若い人たちの間にさえ、女の自覚が苦々しいことだと思われたり、迷惑がられたりしている間は、まだ駄目です。私たちは、女の自覚を促すと同時に、より以上の力をもって、男の自覚をこそ迫りたい」

隣の保子はやれやれとあきれ返ったふうに首を振っている。聴いているのも恥ずかしいから早く演壇を降りてくれと言わんばかりだ。

だが大杉は、いつしか耳をそばだてていた。女学生女学生したあの姿を目で見てしまうから、人は彼女の話までも軽んずる。しかし先入観を取り払って、よく聴け。彼女が語る言葉そのものには一理も二理もあるではないか。

「とにかく、今現在の状態では、すべての女が男の意志のままに動いているというのが事実です。ある意味において、〈本当の女〉なんて全然いないと言ってもよいでしょう。しかし考えてもみて下さい。男だって、手応えも何もない玩具のような相手には、いいかげんに飽きが来そうなものだと思います」

大杉は、顔を上げた。一瞬、まっすぐに目と目が結ばれた気がした。が、錯覚だったようだ。野枝は、再び原稿に視線を落とすと声の調子を変えた。

「ところで――このごろ私はどこに行っても訊かれます。『青鞜社の方は結婚しないのですか』とか、『新しい女は独身主義なのですか』とか……。私はそういうことを訊かれるたびに、激しい憤りを覚えずにはいられません。そして、そういう問いを発する人を大声で笑ってやりたくなります。いったい世間の人は、結婚ということについてどんな考えを持っているのでしょう。私には、結婚というものが馬鹿ばかしいことに思えて仕方がないのです」

　隣の保子が身じろぎをする。大杉は、胸の前でゆっくりと腕を組んだ。

「覚醒した男女の恋は、目的や要求を含みません。夫だの妻だのという型にははめられない、あくまで自由な愛です。異なった自己を守り、異なった各自の生活を営みつつ、ある一面によって接触し、共同生活を営むのです。そうして相互に人としての権威を保ち、また尊敬を払うのです」

　妻がため息をつくのを、大杉は片方の耳で聞いた。ずいぶん深いため息だった。

じつは、保子とは籍を入れていない。苗字も別姓のままだ。そのことについて書かれた随筆が、つい前月発行の『青鞜』の附録に、彼女の名で載っている。

　附録の題名は「新らしい女、其他婦人問題に就て」だが、それに載った保子の文章の題は、「私は古い女です」というものだ。女が男と一緒になったなら通常は思想や感情とともにその姓も男に捧げるのが掟《おきて》であるのに、なにぶん男がそれを受け容れてくれませんので、私は男の言うなりにもとの堀保子のままでいます、などと縷々《るる》述べられている。

　種を明かせば、その随筆は大杉自身が妻のふりをして書いたものだった。昨今流行りの〈新しい女〉とやらを否定するわけではないし、むしろ大いに応援してやりたいとさえ思っているのだが、平塚らいてうに代表される女たちの頭でっかちぶりが可笑しくもあって、ちょっとからかってみたくなったのだ。

　しかし驚いた。伊藤野枝自身が『青鞜』の社員である以上、あの随筆にはすでに目を通したはずだが、保子との間では男の自分が半ば強引に主張するかたちで選んだ夫婦のあり方を、まさかあのように幼げな女の口から堂々と肯定されようとは思いもよらなかった。何やら相聞歌《そうもんか》を返されているかのような心地になって、わくわくしてくる。我ながらいい気なものだ。

「私は、女たちが自分を知ろうとしないのが哀しいのです。なぜ、自分が怖いんだろう」

　野枝の講演は続いている。

「今までの女は皆、意気地なしです。苦痛の内容を知らない臆病者です。怠け者です。つまらない目の前ばかりの安逸《あんいつ》や幸福を得たいがために、自己をすべて失った木偶《でく》ばかりです。そして、それらの女を教育する者もまた、同じ女なのです。私は女学校で教育を受けましたが、先生方は皆さん一様に、『幸福に暮らすには、置かれた境遇に満足するのがいちばん得策だ』と教えて下さいました。『自分の内心から起こるさまざまな要求は、ことごとく退けるべし』と教えてくれました。学科の勉強では、社会に立つために必要な知識を授けて下さるくせに、家庭に入っては世の中のことなど知るには及ばぬ、と教えられます。なんという矛盾した教え方でしょう。私は、そういう無知な……と言うのをあえて憚りませんが、そういう無知な教育者のせいで手足をもがれた、もしくはもがれてゆく、すべての女たちのために深く悲しみます」

きっぱり言い終わると、野枝は口をまっすぐに結び、原稿を折りたたんだ。

どうやらそれでおしまいのようだった。ようやく緊張が解けたのか、みるみる紅潮した顔でぺこりとお辞儀をして、すもものような紅いほっぺたのまま壇から降りてゆく。背が小さいので、降りてしまうともう人波に紛れて見えなくなった。伸びあがって見てみたい気持ちを、大杉はじっと我慢した。

続いて壇に上がった生田長江の演説はなかなか痛快であったが、次の岩野泡鳴のは今ひとつの出来だった。閃きに満ちた、といえば聞こえはいいが、単なる思いつきを屁理屈で固めたようにも聞こえ、おまけに途中で、自称〈メシヤ仏陀〉の宮崎虎之助が演壇へ駆け上がり、「君はたびたび細君をとりかえるそうだな！」などと怒鳴り立ててつかみかかるという騒ぎがあった。

それを生田が宥《なだ》めておさめ、間にピアノ演奏などがあり、馬場孤蝶の皮肉を織り交ぜた演説の後に、岩野清も喋った。内容はあったもののひどく長く、平塚らいてうの閉会の辞を最後に散会となる頃には、すっかり日が暮れ、街に電灯が輝いていた。

この講演会についての感想を、大杉は『近代思想』の三月号に書いた。生田、岩野、馬場の講演は寸評したが、野枝のことには触れずにおいた。

彼女についてまとまった文章を書いたのは、それから一年あまりが経った今年の五月号でのことだ。春先に、伊藤野枝訳で出たエマ・ゴールドマンの『婦人解放の悲劇』が良くできていたので、感じたままに〈近来の良書〉と褒め、もう少し踏みこんで正直な思いまで記した。平塚らいてうと引き比べて、〈寧ろ野枝氏の将来の上によほど嘱目すべきものがあるように思う〉と書いたのだ。

らいてうの人となりについて、大杉はほとんど知らない。ただ、彼女の生活や思想のおおもとになっているのが、若い時分から親しんだ禅の教えであることは知っていた。おそらく、らいてうが今のように婦人問題と関わり、多少は社会革命といったようなことを意識しながらも結局のところ独り自らを高めて自己革命にとどまっているのは、物事に強くこだわらず自分自身を空しくすることを是とする禅の影響ではあるまいか。そして伊藤野枝は、らいてうの影響を大きく受けて『青鞜』に関わるようになったにもかかわらず、その思想の先見性において、らいてうよりもずっと遠くまで歩いて行こうとしているように思えるのだ。

昨年のあの講演会の後で知って驚かされたのだが、なんと彼女は女学校時代の教師と同棲しており、九月には長男が生まれたという。演壇の上ではきはきと喋っていたあの時、すでに彼女の腹には子が宿っていたのだ。

加えてあちこちから噂を聞かされるうち、大杉は、野枝についてほぼ大方の事情を知るようになった。

激しい恋であったのだろうと想像する。そうでなければ、郷里での結婚をなかったことにしてまで男と同棲したり子を孕《はら》んだりはするまい。いやそれ以前に、あれだけの言葉を持つ頭脳明晰な女が、なまじっかな男との恋愛に身を投じたりするわけがない。

「わからんぞ」

と、仲間たちは笑った。

「女というものはじつに愚かだからな。それも小利口な女ほど、つまらん男をつかんで苦労する」

同志の堺利彦が大杉の家に遊びに来た時も、とりとめのない雑談を交わしているうちに評判だった『青鞜』の話題になり、そこから伊藤野枝の名前が出た。大杉が『婦人解放の悲劇』の出来映えを褒めると、

「きみはずいぶんあの若い娘さんのことを買っているんだな」

面白がるような顔で堺が言った。

「そりゃそうでしょう。いよいよ本物が出てきたんだから」

「まあたしかに、文章はじつにたいしたもんだよ。十九、二十歳の女が書く文章じゃな

いな。男にもあんなのは少ない」

「もっとも、翻訳はかなり、ご、御亭主が手伝っているというふうに聞きますけれどね。しかしそれでも、た、たいしたものですよ。まあ、あの御亭主のもとでじっとしていられなくなるのも時間の問題でしょう。かかか、か、賭けたっていい」

熱がこもると口が回らなくなるのはどうしようもなかった。

時間の問題、と思ったのにはわけがある。同じころ、野枝自らが『婦人解放の悲劇』にからめて『青鞜』に寄せた文章が、男の大杉が読んでも切実なものだったのだ。

エマ・ゴールドマンの言葉に導かれ、彼女は、〈『恋愛』は女子の唯一の道徳〉であり、〈いわゆる『結婚』は恋愛とはまったくその性質を異にしたものだということ〉をはっきりと自覚した。さらに、〈私のぶつかった問題はまた現今わが国の社会に生存する幾多の若き姉妹たちの問題〉であり、〈これは是非とも覚醒した自分等から実行し始めなければならない〉とも書いた。

しかしこれがなかなか簡単なことではない。恋愛と結婚の矛盾を深く考え始めるとどうしても、その根底に横たわる性の問題をはじめ、経済や倫理、その他さまざまの社会問題に目を向けざるを得なくなる。自分と連れ合いのTは〈出来るだけ自己に忠実に〉あることを努力しており、自分たちの生活の中から〈あらゆる虚偽を追い出し、自由にして自然な生き生きした生活を営もうと努めている〉。けれども、そうしていると不都合も生じる。自己に忠実でいながら周囲との間にできるだけ波風を立てまいとすると、社会との交渉を避けるしかなくなってゆくのだ。
それに続く野枝の独白めいた文章を、大杉はくり返し読んだ。

自分等のようにわがままでじきムキになって腹を立てたり、癪《しやく》に障ったり、苦しがったり、落胆したり、するものにはとても今の社会に妥協して、あきらめてeasy-goingな太平楽をいって生きてはゆけない。全然没交渉な生活をするか、進んで血を流すまで戦って行くかどっちかだ。しかし自分等は軽はずみに飛び出して犬死はしたくない。で、イヤイヤながら我慢してまず今の処《ところ》なるべく没交渉の方に近い生き方をしている。しかし自分等は自分等のように考えているものが勿論《もちろん》自分等ばかりではないと考える時、そこに非常な希望と慰謝とが与えられる。日本における最初の真実の革命の曙光《しよこう》がもはや遠からず地平の上に現われると信じている――否既に現われている。微《かす》かではあるが確かに現われている。自分等は決して落胆や絶望をしてはならない。

読めば読むほど、深く胸を打たれた。とくに、〈日本における最初の真実の革命の曙光が……〉との箇所では、こちらの胸をまっすぐに指されている心地がした。
たとえばこれが、多少は年を取って世間を知った人間の書いたことならば、評価は逆だったかもしれない。理屈ばかりこねて行動の伴わない怠惰ぶりを、ただごまかそうとしているふうにしか読めなかったろう。

しかし、野枝は若い。子を産んだとはいえ二十歳そこそこの小娘だ。そのあまりにも真正直な小娘の中に、大杉は生まれて初めて、唯一の女の同志を見出《みいだ》す思いがした。

そうしてその印象は、夏の終わり、ようやっと渡辺政太郎に仲立ちしてもらって小石川竹早町の家で野枝と対面した時、ますます深まったのだった。

「ほんとうによくいらして下さいました。ずいぶん久しく前から、お目にかかりたい、お目にかかりたいと思っていましたの」

渡辺と大杉を家に上げると、野枝はにこにこしながら親しみ深い声で言った。始終にこにこするのはどうやら彼女の癖であり、その人間性から発せられるものであるらしかった。

大杉は、野枝が『近代思想』を毎号読み、社会主義についても思った以上に多くを勉強しているのに驚きと喜びを覚えた。何でもないことを話しているのに、その声はいちいち、胸の深くに届いて美しく響いた。話すたび、笑うたびに、白くて綺麗な歯並びが覗く。眉は濃く、目は大きくはないが栗鼠《りす》のようにくりくりとしていて、めまぐるしく変わる表情はどれだけ見ていても飽きなかった。

幾度も洗われ着古されて薄くなった浴衣が、若い母親の肉体にくったりと貼りついている。最初のうち、抱きかかえて無造作に乳を含ませていた赤ん坊が途中から渡辺の膝の上に移ると、彼女は改めて、いま会ったかのように大杉を正面から見つめた。

先ほど渡辺の訪う声に応えて玄関に出てきた彼女を見た時は、つい、あの〈女学生〉がたったの一年半でずいぶん所帯じみたものだ、と少しがっかりしたのだったが、よく見ればそんなことはなかった。髪はほつれ、生活の疲れが感じられはするものの、眼の光はあくまで強い。強いのに澄んでいる。

子を産んだばかりの女は、およそ子を産んだばかりの女にしか醸し出すことのかなわない聖性とでもいうべき空気をまとっているものだ。乳房の重みのためかおそろしくほっそりとした首筋の神々しさ、立ちのぼる清冽《せいれつ》な色気ときたらどうだろう。夏だのに荒れてかさつく指先が時折、やけに無造作に衿元をかき合わせる。あの汗の粒の浮いた胸もとに鼻を埋《うず》めてみたい、そうして乳くさい匂いを嗅ぎたい――罰当たりだがそう思わずにいられなかった。妻の保子との間に子はなくとも赤ん坊を抱く女くらい幾度も見てきたというのに、こんな不埒《ふらち》なことを考えるのは初めてだった。

野枝の文章の中に「T」と書かれていた夫・辻潤が帰ってきたのは、渡辺と三人で小一時間ばかり話した後のことだ。

急に、全部つまらなくなった。相手が決して馬鹿でないことはわかるのだが、野枝と話していた時にはまばたきのたびに得られた輝きや喜びが、辻に対してはほんの少しも感じられないのだった。

帰り道、大杉はたまらずに言った。

「あの亭主じゃ、だ、駄目だな」

「いやいや、まあそう決めつけなさんな。あれでなかなか頭の良い男なのだ」

ふだんから辻と親交のある渡辺は苦笑いしてたしなめたが、大杉の考えは変わらなかった。

「あんなのは、少々英語ができるってだけの愚図ですよ。なんで伊藤野枝ほどの女があんな男と一緒にいるのかわかりませんね」

格が違いすぎると思った。


雑誌を出しては発禁をくらい、出しては発禁をくらい、その合間に街頭で演説をしては警察と追いかけっこなどしているうちに、あっという間に月日は流れてゆく。

せっかく雑誌や新聞を編集しても、意地の悪いことに当局は、こちらが刷るまで待ってから差し押さえに来る。と、紙代、印刷代がまるごと無駄になる。このままではとても立ちゆかない。出せば出すほど苦しくなるばかりだ。

いったい何がいけない。奴隷のような境遇に甘んじている労働者たちに覚醒を促し、解放のために運動を推し進め、真の幸福について論じる。それらが、政府の支配からの脱却、すなわち無政府主義によってこそもたらされると訴える自分たちの運動は、なるほどお上にとっては業腹かもしれないが、だからといってなぜこうまで暴力的な弾圧を受けなくてはならぬのだ。人間に思想の自由はないのか。

野枝とは、最初に竹早町の家を訪ねていった夏の日から後も、何度か顔を合わせていた。会う時にはたいてい辻が同席しており、そうすると交わされる会話は他人行儀なものにならざるを得なかったが、それでも彼女は自ら申し出て、大杉が十月の半ばに『近代思想』のかわりとして立ち上げた『平民新聞』を当局の目から隠す手伝いをしてくれた。それればかりではない。創刊から三号続けての発禁による経済的窮状を見かねて、自分のところから紙を寄付してもいいとまで言ってくれたのだ。どうせ『青鞜』のほうでも紙は毎月買うのだし、それっぽっちのことなら何でもありませんから、と。どんなにありがたかったか知れない。

不条理には力の限り敵対してやる、と大杉は拳を固めた。自宅で開いた「サンジカリズム研究会」においても、この程度の弾圧にへこたれてなるものかと大いに吼《ほ》えた。サンジカリズム――訳せば、〈革命的労働組合主義〉となるだろうか。こういった勉強会をもっと盛んに開いて労働者たちの中に独立心を育てたいと願いながら、やはり何をするにも先立つものは必要となる。

追いつめられた大杉が、いよいよくさりきっていた時だ。

十一月号の『青鞜』に、その文章は載った。巻末の「編集室より」に野枝自らが、大杉らの運動についての所感を書いてのけたのだ。

大杉荒畑両氏の平民新聞が出るか出ないうちに発売禁止になりました。あの十頁の紙にどれだけの尊いものが費やされてあるかを思いますと涙せずにはいられません、両氏の強いあの意気組みと尊い熱情に私は人しれず尊敬の念を捧げていた一人で御座います。

世のあらゆる新聞雑誌が『平民新聞』の発禁についで口をつぐみ、存在さえ黙殺しようとしている中、女性の身で堂々とこのような同情と共感を寄せてくれる――大杉は、何よりもそんな野枝の心意気に痺れる思いがした。

ちょうど彼女は、平塚らいてうが恋人とどこやらへ静養に行くにあたって、かわりに『青鞜』の編集を預かったばかりであるはずだ。それでなくとも微妙な時期に、官憲が目を光らせている連中をかばうかのような文章を書くなど、いったいどれほどの勇気と覚悟が要ったことだろう。

さらに彼女は、その翌月の『青鞜』十二月号にもこう書いた。

私はまだソシヤリストでもないしアナアキストでもない。けれどもそれ等に対して興味はもっている。同情も持っている。……私は彼等の横暴を憤るよりも日本におけるソシヤリストの団結の貧弱さを想う。あの大杉、荒畑両氏のあれだけの仕事に、何等の積極的な助力を与えることも出来ないあの人たちの同志諸氏の意気地なさをおもう。……更に私達婦人としての立場からそれ等の主義者の夫人たちがもっと良人に同化せられることを望む。夫人は同志の結合が良人達の団結をどの位助けるものかということを考えられるならばもう少し広い心持ちになられてほしい。私が今迄直接間接に聞き知った夫人達の行為はあるいは態度はあまりにはがゆいものであった。

もう何度目ともわからぬ戒めを、大杉は自身の胸に呟いた。

（――駄目だ。ならぬ）

声に出さない限り、タ行もカ行も吃ることはない。

（彼女に、恋をしてはならぬ）

それは、初めて訪ねてゆく前から決めていたことだったはずだ。野枝に対する感激や親密な気持ちが増してゆくたび、ますます強く深く決めていたことだったはずだ。野枝に会い、どれだけその小さな顔や耳に快い声を愛おしく思ってもなお、いよいよきつく自分を抑えてきた言葉だったはずだ。

独り身ならばまだしも、彼女には夫がある。大杉自身、何度か話すうちに辻潤のことは初めの頃より見直していたし、今となってはいくばくかの友情に近いものも感じ始めている。野枝はその男の細君なのだ。

そして大杉にも妻がいる。籍こそ入れていないが、これまで幾度にもわたって大杉が投獄されるたび、不平不満などひと言も口にせず支えてくれた優しい女だ。

昨春、堺利彦に野枝の話をした時のことを思い出す。あの日、茶を出した保子はいつもそうしているように二人の男の間に座り、とくに口を挟むことなく耳を傾けていた。彼女は、堺の死別した妻の妹だ。気安い仲だけに堺は、大杉が野枝を褒めるのを聞くと、言わずもがなの軽口を叩いた。

〈やあ、危ない、危ないぞ保子。この男には気をつけたほうがいい〉

〈馬鹿なことを〉

大杉は笑って取り合わなかったが、ふだんなら男の戯言など軽く聞き流す保子が、あの時はふいに目を強く光らせた。

〈あなたがた、へんなこと言うもんじゃありませんよ。あちらのご夫婦だって、ずいぶんと深い恋愛の末に結ばれたそうですし、そうそう易々《やすやす》と別れたりするものですか〉

〈いやいやわからんよ、男と女のことは〉と、堺が食い下がる。〈あのおとなしげな御亭主だって、今に弊履《へいり》のように棄てられる運命かもしれない〉

大杉は思わず失笑した。

今は亡き幸徳秋水が、ロシアで〈革命の祖母〉と呼ばれているブレシコフスカヤの伝記を訳したことがあり、ブレシコフスカヤが夫を棄てて革命運動に走ったというのを「彼女は弊履のごとく夫を棄てた」と書いた。もはや使いものにならぬ履きもの。以来、「弊履のように」というのが、仲間うちだけに通じる流行り言葉となっていたのだ。

〈いいかね保子、ほんとにこの男は女に甘いからね。大いに気をつけないと〉

堺はまだしつこくそんなことを言い、天井を向いて呵々大笑《かかたいしょう》した。

あの日の妻の、尖ったガラスのように光る目を覚えている。

だが彼女も、そしてむろん堺も、いや仲間たち全員が、男女の恋愛における大杉の主義主張をよく知っているはずだった。すなわち、〈自由恋愛〉——愛さえあるならば男も女も何人の相手と交渉を持ってもいい、互いに束縛し合わない、という考えだ。

大杉自身は大まじめに主張しているのだが、相手が受け容れてくれなければ仕方がない。保子とは、もうかれこれ八年にわたって穏やかな一対一の夫婦生活が続いている。大杉がたまに軽く遊んでもいちいち目くじらを立てる女ではないし、夫婦仲は至って円満と言ってよかった。

熱烈な恋など、保子へのそれを最後にずいぶん長くご無沙汰だ。もう死ぬまで二度とめぐってこないかもしれないが、べつに困らない——。

いまふり返れば、あの時点では高をくくっていたのだった。いよいよ覚醒しつつある野枝が、辻潤から離れるのは時間の問題だろうという予感はあったものの、そこに自分が積極的に関わるつもりはなかった。野枝への興味と親愛の情は、お互いにお互いの思想に共鳴し、人となりや才能といったものに感激し合っているという意味においてあくまで男女間の友情であろうと思っていた。

それが恋へと変貌してゆく可能性を、まるきり想像しなかったわけではない。が、下手をすればすべてを失う。得がたい異性の友人としての彼女も、まだ未熟だが異性の同志となるかもしれない彼女も、どちらもいっぺんに失ってしまう。両方を手に入れられる道が一つだけあるにはあるが、あえて冒険をするほどの勇気はなかった。

世の中がそう甘くないことは身をもって知っている。そもそも、自分にはもっと他にしなくてはならないことがある。山ほどある。

(――そうだ。この先何があろうとも、断じて彼女に恋をしてはならぬ)

大杉は、決意を再び心にくり返した。

今、野枝に対して抱いているこれは、違う。あくまで純粋な感謝だ。そして感動だ。恋などでは、ない。

*

亀裂は、大正四年(一九一五年)一月の終わりにもたらされた。

きっかけとなったのは足尾銅山の鉱毒事件だった。辻家に親しく出入りしていた渡辺政太郎・八代《やよ》夫妻によって、野枝は初めてそのあらましを知らされたのだ。

いざ詳しく聞いてみれば、事件の発端そのものはずいぶんと昔、野枝が生まれるより前から進行していたことだった。

明治の二十年代にはもうすでに、利根川の支流、渡良瀬川《わたらせがわ》の流域は足尾銅山から流れ出る有害物質によってひどく汚染されていた。草木は枯れ、魚は死に絶え、毎年のように川が氾濫するたび被害が広がってゆく。作物は育たず、まれに育っても食べることはできない。その洪水も、もとはといえば鉱山付近の樹木が、乱伐や、あるいは鉱毒によって枯れ果てたことによって起こるものだった。栃木、群馬、埼玉、茨城、千葉の五県と東京府にわたる、合わせて五万町もの田畑が洪水のせいで毒水に浸かり毒土と化して、およそ三十万にのぼる農民が路頭に迷ったという。

中でももっとも深刻な被害を受けたのが、栃木県の最南端、渡良瀬川流域の谷中村《やなかむら》だ。村民たちは、旧名主であった田中正造代議士の指導のもと一致団結して闘争を続けたが、当時の農商務大臣の次男が当の鉱山主の養子に入っていたことなども手伝って問題は膠《こう》着《ちゃく》し、いよいよ田中翁が天皇陛下に直訴するという事態となった。

その後も洪水は毎年起こる。川が溢れるたび、鉱毒の問題は蒸し返される。

対処に困った政府はとうとう、村を水の底に沈めることにした。有害物質をその貯水池に沈殿させるために、村民たちに立ち退きを命じ、明治四十年にはそれに応じなかった家々の強制破壊を始める。

本来ならばまず村民に別の住まいを用意しておいてから家を壊すのが筋であろうに、政府のやり方はあまりにも一方的だった。悲憤に燃えた村民が、そちらがその気ならどうでも動かぬと頑張ると、政府はこれまた強硬手段をとった。堤防工事の名のもとに、わざと堤防を壊し洪水を起こすなどして、ますます土地を汚染させたのだ。

渡辺夫妻が辻の家でその話をしたのは、ちょうど最後の最後まで頑張っていた村民たちの一人が上京してきて、今の村の姿を見ておいてほしいと訴えているからだった。事態を止めることはもうできない。せめて政府の横暴を世に知らせるために、死にゆく村の姿を目に焼き付けてもらいたい、そうして一人でも多くの人に真実を伝えてもらいたいということらしい。

「……なんてひどい」

夫妻から一通りの話を聞くと、野枝はあまりの衝撃に泣きだしてしまった。これほどのことを、自分はどうして今まで知らずにいられたのだろう。

「世間の人たちはいったい、何をしているんですか。そんな横暴な話をなぜ捨てておくんです」

「その通りなんだが、この事件そのものはもう三十年もの昔から燻っていたことですからねえ」

渡辺は、妻と顔を見合わせながらため息をついた。

「初めのうちこそ皆、問題意識を持って一緒に闘ったり見守ったりしていたんですよ。田中正造翁の直訴の時なんか大ニュースだった。けれども、さすがに今となっては、あそんなこともあったな、まだやってたのか、ぐらいにしか思わない人がほとんどでしょう。実際問題として、ここまで来たら何をどう変えることもできやしません。最後まで残った村民たちだってそのことはわかっていて、ただ、退き際を決めかねてるんです」

この春の雪解けを待って、村は水底に沈む。運命はもはや変えられない。

状況は理解できたものの、野枝はどうしても許せなかった。いったい人の心を何だと考えているのだ。いくら住めない土地だからって、物事にはやりようというものがある。汚染されているのは政府の役人どものほうだ。

「ああ、悔しい」

渡辺夫妻が帰っていった後も、野枝の義憤はおさまらなかった。怒りがやや落ちついてからは、今度は物寂しさに襲われて気持ちが落ち込んだ。

「ねえ、本当にもう手のだしようはないのかしら。私たちにできることは何かないのかしら」

波立つ思いを、同じ部屋で机に向かっている辻にぶつけてみる。

昨年の暮れ、彼が長らく翻訳を続けていたロンブロオゾオの『天才論』がついに出版された。おかげでこの正月は久しぶりに、というより二人が同棲をするようになってから初めて、金銭的に潤い、義母の美津や義妹の恒も見たことのないような明るい顔をしていた。ペン先すらも買えなかった時であればともかく、今なら、困っている人のために何かしらの行動を起こせるのではないか。

しかし辻は、不機嫌そうな顔を野枝へふり向けると、突き放すように言った。

「まだそんなことを考えていたのか。いくら考えたって、今さらどうにもなるもんか」

「そんなのは私だってわかってます。だけど、それでも考えずにはいられないから考えてるんじゃありませんか」

不機嫌な気分が、たちまちこちらにも伝染する。腹が立つと言葉つきが他人行儀になるのは野枝の癖だ。

「お前だって、人のことよりもっと考えなきゃならないことがうんとあるだろう」

「それはそうですけれど」

「同情なんか誰にだってできる。お前のそれは、ただの幼稚なセンチメンタリズムだよ」

言い捨てられ、野枝は言葉を失った。この瞬間、辻が、ふいにとてつもなく冷たい男のように思われた。

彼の個人主義はよく知っている。だが、自分にとって長年尊敬の対象だったその考え方が、今はなぜかただ利己的なものにしか思われなかった。

「人のことだからって、余計な考え事だとは限らないでしょう」

いつになく低い声が出た。

「みんな同じ、生きる権利を持って生まれた人間なんですから。人が受けて困るような不公平は、いつか自分にだって降りかかってくるんですよ」

「そうさ。だがな、野枝。今の世の中で、満足に生活してる人間なんかどれだけいると思う。皆それぞれ自分の生活に苦しんでるっていうのに、それに加えて他人のことまで気にしていた日にはきりがないじゃないか」

「でも、だって、可哀想じゃありませんか」懸命に食い下がる。「さっきの話を聞いて、あなたは何も感じなかったんですか」

「そりゃあ、世間にはずいぶんと可哀想な目にあってる奴《やつ》らもいるさ。それこそ谷中村の連中のようにね。しかしそういう奴らは要するに、意気地がないからそんな目にあうんだよ。そう思っておけば間違いない」

「……今、何て？」

「意気地がないから馬鹿を見る、と言ったんだ。だってそうだろう、自分をしっかり持ってさえいれば、理不尽なことなんぞさっさと拒めばそれで済むんだから。世の中正しいことばかりとはいかないが、だったらなおさら、誰もがそれぞれに事態をちゃんと把握して、しかるべき行動を起こせばいいんだ。谷中村の人たちだって、わずかばかりの人数で頑張ったところでどうにもならないってことはわかりきってたはずだろう。わざわざ望んで今の深みにはまりに行ったようなものじゃないか」

　野枝は、自分の膝に目を落とした。一の食べこぼしで、前身頃にはいくつもの染みがついている。その染みの上で、拳を握りしめる。

「あなたは、ご自分が利口だからそう言えるんでしょうけど、そういう理屈が解る人ばかりじゃないんですよ」

「ああ、そうさ。世渡り上手な連中は、とっくに買収に応じて村を出ている」

「そうでしょうね。そうして、何も知らない人こそが苦しむんです。いちばん正直な人ほど、いちばん最後まで苦しむようになっているんです。それを思うと、私は可哀想で仕方ないんです。ただそれだけですよ」

「可哀想だとは、俺も思うさ。物事がわかっていない馬鹿はほんとうに可哀想だ。自分で生きてゆくことのできない、人に頼るしかない馬鹿。俺はそんな人間に同情する気にはとてもなれないね」

野枝は、黙り込んだ。辻の言葉が頭の中に溢れて、自分の言葉が出てこない。

違う、と言いたい。あなたは何か大きく間違っていると言ってやりたい。それなのに、どこがどう間違っているのかうまく言えない。もどかしい。

辻が、なおも続ける。

「なあ野枝。明日になったら、もう一度考えてごらん。今は渡辺さんたちの話に興奮して、冷静な判断ができなくなっているんだよ。言ってみればおセンチになってるだけさ。一晩眠って明るいところで考えたらきっと、今そうやって俺に腹を立てていることさえ馬鹿ばかしく思えるはずだから」

「……ひどいのね」

「いや、ひどくない。だいたい、子どもの面倒さえろくに見られない、そんな垢じみた着物を毎日着て平気でいるようなお前が、今さら急に足尾鉱毒事件だって？」

辻は、鼻と口からふっと息を吐いて嗤った。

「まずは、自分の身の回りのことをきちんとやったらどうだ」

その夜は、眠れなかった。床に入ってからも頭が冴え冴《さ ざ》えとして、とうとう柱時計が三時を打つ頃まで、暗がりに目を見ひらいて物思いの底に沈んでいた。

さまざまな考えの断片が頭の中に浮かびあがってきては消える。辻に言い返してやりたかったのに言えずにいた言葉も、今ごろようやく形になり、そうすると悔しさが募って心臓が激しく脈を打った。何より、哀しくてたまらない。すぐ隣で軽いいびきをかいている良人が、この世でいちばん遠い他人のように思われてくる。

障子の外が明るんでから、ようやく浅く眠ったようだ。一を義母に預けて印刷所へ出かける合間にも、ふと気づけば昨夜のことを考えているのだった。

誰かにこのことを話したいと思ったが、かつてのように隣に野上弥生子が住んでいるわけではないし、こんな時いつも頼りにしていたらいてうもいない。恋人の奥村博とともに御宿《おんじゆく》へ行ってしまった。そうでなくとも、昨年の十一月、野枝の側から半ば強引に申し出て『青鞜』の発行権を譲り受けてからは、互いの間になんとなくぎくしゃくした空気が漂っている。

相談できる相手が誰も思いつかなかった。誰に話したところで、辻と同じように鼻で嗤われるのが落ちのように思われた。

いや——一人だけ、いる。今のこのやり場のない怒りと哀しみを、もしかすると理解してくれるかもしれない人物が。

その相手からは折しも、絵はがきが届いたばかりだった。ポーランドに生まれドイツで活躍した革命家、ローザ・ルクセンブルクの写真入り絵はがきだ。

野枝は、それへの礼状という体裁で手紙を書くことにした。辻のいる家ではとうてい書けなかったから、印刷所の片隅で一気呵成に書いた。

――このあいだは失礼致しました。それから絵はがきをありがとうございました。大変いい写真でございますね。おとなしい顔をしていますのね。すっかり気に入ってしまいました。

当たり障りのない挨拶の言葉を書き綴りながら、こんなことを書きたいのではない、と奥歯を嚙みしめる。

――今までもそれから今もあなた方の主張には十分の興味を持って見ていますけれど、それがだんだん興味だけではなくなって行くのを覚えます。

いよいよ本題に入ると、ペン先に我知らず力がこもり、便箋の凹《へこ》みが深くなる。野枝は、一心不乱に書き続けた。渡辺政太郎夫妻から、初めて谷中村の現状について話を聞いたこと。あまりにも感情を揺り動かされ、どうにも収まりがつかないというのに、良人の辻は、未熟な自分のそうした態度をひそかに嗤っているらしく思われること。

——私はやはり本当に冷静に自分ひとりのことだけをじっとして守っていられないのを感じます。私はやはり私の同感した周囲の中に動く自分を見出して行く性《さが》だと思います。その点から辻は私とはずっと違っています。この方向に二人が勝手に歩いて行ったらきっと相容れなくなるだろうと思います。私は私のそうした性をじっと見つめながら、どういうふうにそれが発展してゆくかと思っています。あなた方のほうへ歩いてゆこうと努力してはいませんけど、ひとりでにゆかねばならなくなるときを期待しています。

少し迷って、付け加えた。

——無遠慮なことを書きました。お許し下さい。

そのあとも、書物のことや、つまらない言い訳など、あれやこれやと長く書き綴り、最後にはよけいな文章まで添えてしまった。

——そのうちに一度お邪魔にあがりますが、あなたも何卒、こんどは奥様とご一緒にいらして下さい。奥様にはまだお目にかかりませんけれど何卒よろしく。

相手はこれを、どんな顔で読むだろう。もしかするとこちらの本心など、とっくに見透かされているのかもしれない。いつのまにか自分の気持ちが、相手のすぐそばにまで寄り添っていることを思い知らされる。

辻とは、一つ屋根の下で三年、すでに日常の会話さえ途絶えがちになっている。もともと口が達者でない辻が、今さら女房を褒めるわけがないこともよくわかっている。それをつまらないと思うのは贅沢だ。男にちやほやされて大切なことを見失うのは、木村荘太の時の失敗でもう沢山だ。

何度も胸の裡でそう思うのに、心の底からそう思っているのに、野枝はどうしてもひとつの顔を思い浮かべずにいられなかった。

ぎょろぎょろとした黒曜石の瞳。大きくて少しだけ曲がった鼻と、頑丈そうな顎、たくましい首。

あの、すぐに吃る男が自分へと向ける闇雲な賞賛を、もっともっと聞きたい。うわべだけの甘い囁きとは違う。彼の口にする言葉は野枝を、今のその先に繋がる世界へと導き、押し出す力をもっている。彼自身が、野枝にとっては強い潮の流れであり、帆をふくらませる風なのだ。

手紙の最後に署名をしようとして、野枝は手を止め、意を決して書き加えた。

――なお、『青鞜』二月号を送りますときには新聞を少し入れてやろうと思います。三、四十部お送り下さいませんか。お代は月末にお払いいたします。

毎号の『青鞜』定期購読者への封筒に、彼の『平民新聞』も同封して送ろう。街角で配っては捕まり、没収されては発禁処分に遭うのだ。せめてこんなことが協力になるならいくらでもしよう。

むろん、危険ではある。当局に知られれば、『青鞜』にまで火の粉が降りかかる。それにもし、自分のこのような心の動きを良人の辻が覚ったならどういった行動に出るだろう。少しは荒れるだろうか。それとも例によってすっかり醒めた様子で、静かに別れよう、とでも言うだろうか。

野枝にはもう、何の迷いもなかった。大杉のために、否、大杉が信じるもののために自らも危険を冒してみせることこそが、彼のような男を喜ばせるいちばんの供物《くもつ》であるとわかっていた。

第十一章　裏切り

子どものような男――。

良人・大杉栄と出会った日に堀保子が抱いた印象は、それから十年ほどが経とうとしている今でも変わっていない。

子どもだから、ひたすら甘える。

甘え方を知らぬから、がむしゃらに求める。

初めの時、ほとんど手籠めと変わらぬほどの強引さで自分を奪った男を、保子はなぜか、憎いと思えなかった。少し前まで獄中にいた彼の痩せた軀を、姉のような寛容さで抱きとめている自分が不可思議でならなかった。

眼がぎょろりとして満面に精悍《せいかん》さのあふれる大杉は、気性もまた強く激しい男だ。万事にはっきりとした答えを求める。心にもないお追従《ついしょう》を口にするところなど見たことがない。どれほど年上の相手であれ、意見が違えばぶつかることを躊躇わず、言《げん》のほころびを追及して叩きのめしてしまわねば済まない。そのぶん敵は多くなるけれども、一方で慕う者もまた大勢いるのは、彼の持つ天衣無縫な性質と、弱き者への並々ならぬ優しさのためだった。

初めて会った当時――というのは明治三十九年（一九〇六年）の三月初めのことだが、保子は婚家から出戻ったばかりで、亡き姉の夫である堺利彦の家に厄介になっていた。麴町元園町《こうじまちもとぞのちょう》のその家には、先に荒畑寒村も居候していた。

保子が前年まで五年ほど連れ添った小林助市は、堺の友人であり、彼の主宰する『家庭雑誌』の共同経営者でもある。もともと保子もそこで編集や執筆をしていたのだが、結婚話は自分の意思ではなかった。義兄である堺の勧めや周辺の事情からどうにも断りきれなくなり、とにもかくにも嫁いでみたというのに近い。破綻したのも当然だったかもしれない。

その堺宅に、ある日やって来てしばらく泊まり込むことになったのが二十二歳の大杉だった。堺が新たに発刊する雑誌『社会主義研究』の手伝いという名目だ。

社会主義運動に身を投じて間もない青年にとっては、雑誌作りやビラ配り、デモなどのすべてが刺激的であったろう。大杉のハイカラ、略して〈オオハイ〉などとあだ名されるほど洒落者の彼が、玄関の引き戸を開け、油で撫でつけた頭をひょいとかがめて部屋に入ってくるたび、剣呑《けんのん》な眼がぎょろりと光る。そのくせ、こちらと視線が合えば目もとに陽が射したように表情が和む。まるで、乱暴者だが情のある弟を持ったかのようで、ほどなく保子は無意識のうちにも大杉の帰りを待つようになっていった。

折しも、東京の三つの電車会社が、運賃を三銭から一気に五銭へ値上げするとの計画が発表された矢先だった。幸徳秋水や堺利彦らによって結党されたばかりの日本社会党は、即座に反対運動を起こし、山路愛山《あいざん》の国家社会党、市民派の田川大吉郎らと共同で、日比谷公園での市民大会を計画した。

三月十一日、当日は小雨がそぼ降るあいにくの天気だったが、千人もの群衆が「電車値上反対」の幟《のぼり》や赤旗をかかげて集まった。反対決議が採択されたあと、堺の呼びかけに応えてデモ行進に参加した百数十名の先頭には、山口孤剣《こけん》や深尾韶《しょう》、西川光二郎といった面々とともに大杉も立ち、有楽町の東京市街鉄道会社を皮切りに各新聞社前へと押し寄せ、その様子は当然ながら翌日の見出しに大きく取り上げられた。

問題はしかし、この後だ。十一日の首尾に勢いづいた堺らは、続く十五日にも同じく日比谷公園で第二回の市民大会を開いたのだが、同じように決議の後で公園から出ていったデモ隊は、今度は行進だけで済まなかった。興奮した群衆が電車会社の窓ガラスに石を投げる。そこへ線路工事をしていた労働者たちも合流して暴徒と化し、騎馬警官にはツルハシで対抗。夕刻、日比谷や外濠《そとぼり》で七台ほどの電車が焼き討ちに遭うに至って、とうとう軍によって鎮圧されたのだ。

この「電車事件」で、社会党の主要党員十名が〈兇徒聚集罪容疑《きょうとしゅうしゅうざい》〉により拘引された。その中には大杉もいた。皆は群衆が投石などを始めた時は煽るどころか止めさえしたのだが、当局は聞く耳を持たなかった。逮捕の翌日に警視庁へ送られ、さらにその翌日収監されるまでの二日半の間、食事はいっさい与えられなかったというからひどい話だ。社会主義者というだけで、人として最低限の権利すら保証され得ない。

保子は、獄中の大杉に葉書を送ったり、着物や本や弁当などを差し入れてやった。素直に〈堀保子〉と書くのは気が引けたのと、同時に気の利かない感じもしたものだから、〈堀ナツメ〉の名で差し入れた。可愛がっている飼い猫の名前だった。

六月二十一日、大杉は、七月の判決を待たずに保釈となって出てきた。入獄から三カ月でだいぶん痩せ、それでなくとも大きな眼がなおのことぎょろぎょろしていた。

保釈金の百円を父・東から借りて支払った彼は、再び保子のいる堺宅に寄宿するしかなかった。堺の娘・真柄《まがら》や後妻の為子《ためこ》、もとからいる荒畑寒村、そこへ大杉のすぐ後から勾留百日で出てきた深尾韶が加わると、それはそれは賑やかな日々となった。

大杉は、今のうちにと吃音矯正の「楽石社《らくせきしや》」に通い始めた。

「演説会や市民大会で、堺さんや、た、たたた田川さんらが堂々と話すのを見ていて、思ったんです。なんとかして俺も、こ、ここここの癖を直したい」

アジビラなどの原稿を家で作成する傍ら、大きなギョロ眼を白黒させながら、

「かっ、亀が、か、カチカチ山で、かっかっ駆けっこをして、かかか脚気《かつけ》にかかって、かか、かっ葛根湯を飲んで……」

一生懸命にカ行の発音練習をする彼を、保子は微笑ましく見守った。

深尾韶からの好意に気づいたのはそれから間もなくだ。静岡出身、駿府城《すんぷじょう》内の旗本屋敷の生まれだという深尾は、保子より一つ年下で、社会運動家というよりはむしろ教育者といった雰囲気の男だった。物言いは穏やか、女性に対しても常に労《いたわ》りと理解がある。

「いいんじゃないか。この際、深尾と一緒になるというのも」

堺がそう言った時、保子は、前の縁談の時ほどいやな気持ちはしなかった。このままいつまでも義兄の厄介になり続けるわけにはいかない。出戻りの自分には過ぎた縁ではないのか。

七月も半ばにさしかかり、じっとしているだけで汗ばむほどの暑さが続いていた。

「どこか涼しいところへ行こうじゃありませんか」

そう誘ったのは深尾で、提案された行く先は富士登山だった。ついでに郷里の実家にでも連れて行こうというのかもしれない。案の定、向こうで彼の妹も合流するというので、保子は承知した。ふだんの深尾にしてはずいぶん努力した感のある強引さが、この時は好もしく思われた。

旅の仕度をととのえていた晩のことだ。堺は奥の間にいたが、深尾は何かを買いに出て留守だった。

「か、か、亀が、かか、カチカチ山で……」

保子の背後、部屋の隅から大杉の呟きが聞こえてくる。

「か、かか駆けっこをしてかっかっかっ……。く、くそう」

相変わらず微笑ましくはあるけれども、何かこう、努力の方向がもったいない気がしてならない。保子はふり返り、思いきって言ってみた。

「かまやしないじゃないですか。無理に直さなくたって」

すると大杉は、手にしていた教材から顔を上げてこちらを見た。

「いや、駄目なんですよ。俺は、こ、こう見えて気が小さいもので……人前でひどく吃って笑われたりしようものなら、もういけない。真っ赤になってその先を喋れなくなってしまうんです」

もごもごと訴えて、うつむく。その耳の縁がすでに赤い。

「こ、こんなふうじゃ、いくら演説をしたって、聴衆があきれて、き、聴いてくれないでしょう」

「いいえ。そんなことあるもんですか」

保子はきっぱりと言った。いつもは威勢のいい〈弟〉がしょんぼりしているのが可哀想でならなかった。

「むしろ、逆だと思うわ。大杉さんみたいな人が立て板に水で滔々《とうとう》と喋ったりしたら、かえって胡散臭《うさんくさ》く思われるんじゃないかしら」

「ど、どうしてです。胡散臭いとは心外だな」

「だってあなた、お顔立ちが派手だし、女性に好かれなさるでしょ」

大杉が、う、と黙ってまたしょげる。それはもう、しょげるしかなかろう。そもそも三月の初めに彼がこの家に泊まり込むようになったのは、堺の手伝いと同時にもう一つ別の事情があった。それまで世話になっていた下宿の女将と懇ろになってしまい、手を切るのに苦労していたのだ。二十も年上の女将が大杉との関係に執着するのを、間に入って、いいかげん分別をわきまえるようにと言い聞かせてやったのは他ならぬ保子だった。頭の上がろうはずがない。

「ね、そんなふうに黙って座っていたって、女のほうがほうっておかない。そういう殿方は、あんまり雄弁じゃ駄目なんですよ。つっかえながら喋るくらいでちょうどいいんです。そのほうがみんな安心して耳を傾けてくれますよ」

保子は、懸命に言ってやった。

「だいたい、誰の演説よりか、大杉さんの言葉は強いものを持っているんですから」

と、大杉がおもむろに顔を上げた。

「……つ、強い？」

「ええ」

「……ほんとうに？」

「嘘なんか言うもんですか」

「だ、誰の演説よりも？」

「ええそうよ」

「堺さんよりも？」

保子の心臓が、びくんと魚のように跳ねた。当の堺は奥の間にいる。このやり取りが聞こえていないとは限らない。

迷ったものの、大杉の眼に負けた。保子は声を低めて答えた。

「ええ。お義兄《にい》さんよりも、ずっと」


それからひと月あまりたった八月下旬には、大杉と結婚をしていた。二十四日だった気がするが定かに覚えてはいない。何しろ籍は入れず、名前も別々のままだった。てっきり深尾韶と一緒になるものだと思い込んでいた周囲は驚きを隠さなかったが、何を訊かれても、保子にはうまく答えられなかった。この成り行きにいちばん驚愕していたのは保子自身だったからだ。

あの富士登山の後、実家に滞在する深尾兄妹より先に、保子一人が堺宅へ戻ったのが八月十六日。同じころ名古屋では演説会が開かれていたから、そちらへ出向いている大杉はまだ留守であろうとばかり思っていたのに、帰ってみると家にいた。前日に切り上げてきたとかで彼も一人きりだった。

いつも以上に眼をぎょろつかせながら、大杉は保子に詰め寄った。

「深尾さんとはもう、男と女になったのか。おい、なったのか」

これまでは常に守っていたはずの敬語など、どこかへ飛んでいた。

「そんなはずがないでしょう。二人きりになんて一度もなってやしませんよ」

憤慨して言い返すと、大杉はたちまち泣きだしそうな顔になった。

「よかった。思いきって、か、帰ってきてよかった。こ、こ、これであなたを俺のものにできる」

まさかそのために、と訊き返すより先に、保子の身体はたやすく組み敷かれていた。

それでもすぐに結婚を承知したわけではない。大杉は電車事件でまだ保釈中の身だが、同志たちの間では将来を嘱望《しょくぼう》されており、何より保子より六つも年下だ。例の下宿屋の女将を見てもわかるように年上が好みというだけだろう、自分のような下ぶくれの不細工な女に手を出したのもただそれだけのことに過ぎぬのだ、だから本気にしてはいけない、うっかり承諾でもしたら恥をかくのは自分のほうだ……。

頑《かたく》なに結婚を拒み続ける保子の前で、大杉はこともあろうに自分の着ている浴衣の裾に火をつけた。そうして保子が悲鳴をあげながら消そうと慌てふためくところへなおも迫った。

「どっ、どうだ！」

「どうだと言われても！」

「こ、これでも俺と、けっ、けっ、結婚しないつもりか！」

いくらなんでも無茶苦茶だ。そんな無茶に対抗する術など持ち合わせていない。

女に生まれて、一人の男からここまで強く求められたなら、それだけでもう上等の人生ではないか。大杉が大の子ども好きであるのを知っているだけに、保子は、今度こそ子どもを産んで彼の腕に抱かせてやりたいなどと思い、思ってしまったらもう駄目だった。

結婚を機に、二人は牛込の市ヶ谷田町に引っ越した。その頃の大杉には定収入というものがなかったので、以前から堺のもとで『家庭雑誌』の編集をしていた保子の収入でさしあたりの生活を支えつつ、その傍ら、大杉がフランス語とエスペラント語の教授を始めることとなった。

半年を待たずに経済が逼迫《ひっぱく》してきた。雑誌の売れ行きは右肩下がり、大杉の語学教授もまたさっぱりふるわない。毎月の終わりには必ず夫婦二人して鞄《かばん》を提げて出かけるので、近所の人からよく訊かれた。

「またどちらかへご旅行ですか」

大杉が適当な行き先を答えると、

「まあ、いつもお仲がよろしくて」

後から二人で大笑いすることも一度ではなかった。旅行どころか、提げた鞄の中身はすべて質草だったからだ。翌年の二月にはいちばん大切にしていたオルガンまでも売らなくてはならなくなり、二人は市ヶ谷田町を引き払って淀橋町柏木に引っ越した。

この頃から、大杉は頻々《ひんぴん》と入獄するようになった。五月には『平民新聞』と『光』に書いた二つの論文のために合計五カ月半の禁固を申し渡され、秋になってようやく出獄してきた。安心していると、明けて一月には本郷の「屋上演説事件」で堺をはじめ、大杉ら六人が入獄となった。ようよう出てきたかと思えばまたまた六月に「赤旗事件」が起こり、今度は堺、山川均《ひとし》、荒畑といった面々がそれぞれ一年、二年を超える入牢《じゅろう》を申しつけられ、中でも大杉一人が二年半という長い刑を受けた。

今さら口にしたくはないが、女一人残されてどれだけ苦労したか知れない。堺が後妻に迎えた為子などは、幼児を抱えながらも女髪結いをして夫の留守を守る逞しさを見せたが、生来病弱な保子には無理がある。

一旦は手放した『家庭雑誌』の編集権を取り戻してもう一度軌道に乗せようと、手の届く限りの借金もしてみたものの、保子が大杉の妻であることは知れており、その筋からの迫害は執拗だった。出しても、出しても、発行禁止、また禁止。とうとう二年間の長期停止まで命じられてしまった。

そんな夏のさなかのことだ。

大杉が、千葉の獄中から手紙をよこした。

——ことしは急に激しい暑さになったので、社会では病人死人ははなはだ多いよし。ことに弱いからだの足下《そっか》および病を抱く諸友人の身の上、心痛に堪えない。

まだ市ヶ谷にいた時、一日、堺と相語る機会を得て、数人の友人の名を挙げて、再び相見る時のなからんことを恐れた。はたして坂口は死んだ。そして今また、横田が死になんなんとしている。

死にゆく同志のことを気にかけながら、良人がいま何を思い何を憂えているか想像すると、保子は背後から追い立てられるような不安に駆られ、じっとしていられなくなった。大杉栄という男には、死の影が似合いすぎる。

しかし彼はまた、同じ手紙の中にこんな呑気なことも書いてきた。

――八月といえば例の月だ。足下と僕とが初めて霊肉の交りを遂げた思い出多い月だ。足下のいわゆる「冷静なる」僕といえどもまた感慨深からざるを得ない。数うれば早や三年、しかもその最初の夏は巣鴨、二度目の夏は市ヶ谷、そして三度目の夏はここ千葉というように、いつも離れ離れになっていて、まだ一度もこの月のその日を相抱いて祝ったことがない。胸にあふれる感慨を語り合ったことすらない。

そしてこの悲惨な生活は、ただちに足下の容貌に現れて、年のほかに色あせ顔しわみ行くのを見る。しかし、これがはたして僕らにとってなげくべき不幸事であろうか。

ずいぶんひどいことを言う、と、はじめ保子は思った。女に対して、しかもそもそもが年上の妻に向かってわざわざ、容貌色あせしわみ行くとは何ごとか。

けれど大杉は続けて、愛誦の詩を保子に贈ってくれていた。「婦人に寄す」と題されたポーランドの詩人クラシンスキイによるその詩に目を走らせ、とくに後半の段をもう一度心落ち着けて読んだ時、保子はようやく大杉が何を言わんとしているか理解できた気がした。

世のあらゆる悲哀を嘗《な》めて、
息の喘ぎ、病苦、あふるる涙、
その聖なる神性によりて後光を放ち、
蒼白のおもて永遠に輝く。

かくして君が大理石の額の上に、
悲哀の生涯の、
力の冠が織り出された時、
その時！　ああ君は美だ、理想だ！

あの男は、若さによる未熟な美など求めていないのだ。いや、そんなものを美だと認めていないのだ。むしろ、人生における艱難辛苦《かんなんしんく》が女の顔に刻んでゆく跡、それこそを尊び、崇《あが》め、賛美しようというのだ。

せつなさと誇らしさの入り混じった鈍色《にびいろ》の喜びとでもいうようなものに包まれ、しばらくぼんやりとした後で、保子はふと苦笑してしまった。

本人にはおそらく何の自覚もない。にもかかわらず女をこういう気分にさせるところまで含めて、あのひとはほんとうに、油断がならない。

――雑誌の禁止は困ったことになったものだね。しかしこれもお上の御方針とあれば致し方がない。かくして生活の方法を奪われたことであれば、まず何よりも生活をできるだけ縮めることが必要だろう。家もたたんでしまうがいい。そして室借《へやがり》生活をやるがいい。何か新しい計画もあるようだが、これはよく守田や兄などにも相談してみるがいい。社会の事情の少しも分らん僕には、なんともお指図はできないが、要するに仕事の品のよしあしさえ選ばなければ、何かすることはあろうと思う。日に十一、二時間ずつ額にあぶらして下駄の鼻緒の芯を造って、そして月に七、八銭ずつの賞与金というのを貰《もら》っている人間の女房だ。何をしたって分不相応ということがあるものか。

せっかく持ってきたバイブルをあまりにすげなく突返してはなはだ済まなかった。実はイタリア語ので三度も読んであきあきしたのだ。もっとも、もし旧約の方があるのなら喜んで見る。しかし、これもあの文法を読んでしまってからのことだから急ぐには及ばぬ。それと同時に自然、辞書の必要も生ずるのだが、露和の小さなのがあると思う。お困りの際だろうが、何とかして買ってくれ。『帝国文学』は許可になった。本年末にいろいろ読み終えた本の郵送をする。

やがて二人出る。村木はそうでもないようだが、百瀬は大ぶ痩せた。一度ぐらい大いに御馳走してやってくれ。

何度も読み返した後で、保子は手紙をきっちりと畳んで文箱に収めた。

一犯一語――などと言って、大杉は人を食った顔で笑う。英語、フランス語はもとからだが、初めて入獄した際のエスペラント語に始まり、イタリア語、ドイツ語と、彼は牢屋に入れられるとそのつど一つの外国語を習得して出てくる。

あれに関しては、まさしく天賦の才と言う以外になかった。前年の暮れによこした手紙には、〈年三十に到るまでには必ず十カ国をもって吃ってみたい希望だ。それまでにはまだ一度や二度の勉強の機会があるだろう〉と書かれていたが、そのじつ外国語で話す際にはなぜかまったく吃ることがないのだから不思議なものだ。

今度は、ロシア語らしい。露和の辞書はいったい幾らくらい出せば買えるものなのだろうか。

こちらの窮状をよくよく知りながら、差し入れの本に関してはまったく躊躇なく要求してくる大杉に、保子はためらわず応えてやりたいと思った。投獄されている同志の家族などの世話も、良人が望むならどうにかして果たそうと思った。

努力でなんとかできることなら、なんとかすればいい。いちばんの敵は孤独と寂寥《せきりよう》だ。獄中への手紙につい、寂しい、寂しいと書くと、大杉は次の手紙で柔らかくたしなめてよこす。検閲の係の者に笑われるぞ、と言うのだ。

知ったことではなかった。獄《ひとや》に囚われた者の孤独がどれほどのものかは想像に余りあるが、人に囲まれて生活している身の寂寥も、それはそれで耐えがたい。

保子は、つい先頃まで姉妹のように睦《むつ》まじかった友の顔を思い浮かべた。

こちらをひたと見つめてくる勝ち気なまなざし、ほとばしるような物言い。管野《かんの》スガは、荒畑寒村の妻であった。夫の寒村が投獄されてからは、幸徳秋水に生活の面倒を見てもらっていた。

ところが、いつの間にやら妻ある幸徳と情を通じ合ったばかりか、大塚の「平民社」内で同棲をしているというではないか。平民社は、幸徳と堺利彦が力を合わせて始めたものだ。義兄の仕事までも汚された思いがして、保子は怒りを抑えられなかった。

互いに性質は正反対と言ってもいいほどなのに気が合って、良人たちが投獄されてからはなおさら頼り合っていたし、どんな悩みも打ち明けられる友と思っていた。それもこれも皆、こちらの独りよがりだったのか。こんなに世間に騒がれるまで事情を毛ほども知らされていなかったのが、保子には虚しく、受け容れがたかった。本人に直《じか》に会って諌めもしたが、どれほど衷心《ちゆうしん》から諭してもついに駄目だった。恋、それも肉欲を伴う恋に走ると、女はこれほどまでに愚かになってしまうのかと怖ろしくなるほどに、スガの目は自らを捧げた男以外の何ものも映していなかった。

以後、スガだけでなく幸徳とも往来がなくなった。人様のものに手を出すような真似をする人々と、平気な顔で付き合うことはできない。

大杉は獄中から、彼らには彼らにしかわからない事情があるのだろうから、理解とまではいかなくともあまり責めてやるなといったようなことを書いてきたが、もとより〈自由恋愛〉を標榜している大杉には普通のことであっても、保子にはとうてい許せなかった。たとえどのような事情があれ、人として、はしたない。


二年半の刑期はあまりに永く、その間には様々な事件が起こった。

明治四十二年十月、伊藤博文がハルビン駅で安重根に暗殺された。翌年五月には巨大な箒星《ほうきぼし》が地球に接近し、地上から空気がなくなるなどの噂が飛び交った。そしてまた同月以降、幸徳秋水ら社会主義者数百名が逮捕され、うち二十六名が、天皇暗殺を企てた容疑で起訴された。その中には女性としてただ一人、管野スガの名もあった。

不謹慎かもしれないが、保子はこの時初めて、大杉が獄中にいることに感謝した。実際、この大逆事件との関わりを取り調べるというので九月には千葉から東京監獄へ移されたのだが、むろん、いくら調べてもつながりなど出てくるわけがない。しかしもしも大杉が自由の身であった時なら、暗殺計画に加わっていようがいまいが問答無用で捕らえられ、今ごろは口にもできぬほどひどい目に遭わされていたに違いないのだ。かつての友として、スガの身が心配でならなかった。

一方、そうした大きな事件とは別に身辺のことを言うならば、四十二年の晩秋、大杉の父・東が病没した。曲がりなりにも長男の妻である保子は、まるでお百度参りのように足繁く監獄へ通って大杉の委任状を取り、種々の手続きを踏むなどした上で、弁護士と共に駿河三保《するがみほ》の家まで行き、ようやく義父亡き後の始末をつけた。

この任務におけるいちばんの障害は、後妻の萱《かや》という女だった。大杉を含む九人の子どもを産んだ豊が亡くなった後、数年経って東はこの女を後添えに迎えたのだが、これがじつに底意地の悪い女で、まだ幼かった子どもたちはずいぶん苛《いじ》められたらしい。聞くところによれば、これまでに戸籍上の手続きを済ませた結婚が八度、内縁の妻となったのまで合わせれば十数度という。義父ははたして死ぬまで萱を信じていたのかどうか、今となっては訊くこともできない。

ちなみにその萱が伝えるには、東は遺言でこう言い残したそうだ。

〈子どもたちには靴一足分けてやらなくてもよろしい。俺の葬式は耶蘇教《やそきょう》でやり、遺骸だけは三保の鉄舟寺《てつしゅうじ》に埋めてくれ〉

信心は自由だけれども、天へ昇ったり地へ潜ったり、ずいぶん忙しいことだと保子はひそかに可笑しく思った。

萱が辣腕《らつわん》をふるったおかげか遺産などとうに残っていなかったが、かわりに遺された手のかかる弟妹は都合六人、小学校へやるべき幼いのも三人いた。そのすべての面倒を保子が見なくてはならなかった。四十三年の十一月末、大杉がようやく出てきた頃には、保子は極限まで疲れ果て、すっかり身体をこわしてしまっていた。

逗子《ずし》、葉山、鎌倉といったあたりへは、思えばあの頃から行くようになったのだ。保子だけでなく、獄中生活の長かった大杉もひどく弱っていた。

東京から鎌倉へ、また東京へ。短い間に何度も転居をくり返したのは、当局の目をくらますためでもある。外出すれば尾行がつくのは日常のことで、大杉はいきなり路面電車に飛び乗ったり飛び降りたりして彼らをまくのが得意だったが、しかしそれも体力あってこそだ。しばらくは静養のために、できるだけ気候のいい土地で過ごすのがよさそうだった。

窓から海や山といった自然の風景を眺めながら原稿を書くのを、大杉はことのほか好んだ。東京に住居を構えている間でさえ、しばしば独りきり、原稿用紙と書物を抱えて逗子や葉山の旅館へ赴くほどだった。

元号が改まった大正元年十月に荒畑寒村と立ち上げた雑誌『近代思想』は、大正三年になって『平民新聞』に変わったが、やはり刷るたび発行禁止となってしまい、これもまた続かなかった。

良人には言えないが、保子はほっとしていた。

彼らの運動の意味は理解しているつもりだ。自分にできることは協力しようとも思う。しかし、結婚から九年ほどが経とうというのに、夫婦睦まじく穏やかに暮らせた例しがほとんどないというのはどうなのだ。炉辺《ろへん》の安息こそ、保子の最も欲しいものだった。

「そろそろまた、逗子へでも引っ越そうか」

大正四年の暮れに大杉がそう言いだした時、保子はすぐに賛成した。どうせ家財道具などほとんどない。なけなしの衣類でさえ、いつでも動けるようにまとめてある。

何しろ大杉は、一緒に歩いていて気に入った構えの家が目につくともういけない。自分が来月から煙草をやめるからその金で引っ越そうじゃないか、などと言いだす。性質が子どもだから一度言いだしたら聞かない、仕方なく承知して引っ越すとはたして煙草はやまない、これまでもそのくり返しだったのだ。

「逗子でもどこでもかまいませんけど、今度こそは煙草をやめて下さるんでしょうね」

と訊いてやると、

「ま、いいじゃないか。酒は飲まんのだから、た、煙草ぐらいは贅沢を許してくれ」

大杉はそう言って、イッヒヒ、と笑った。

「いつまたどんなことがあるやも知れんのだし、か、金など貯め込んでどうする。できるうちに好きなところに住んで、旨いものでも食べておくほうがよほどいいよ」

そうして出歩くたび、いくらか離れた背後から尾行巡査が黙ってついてくるのまで含めて、万事がいつもどおりだった。

いや――違う。自分が無意識に見まいとしているものに、保子は、あえて目をこらした。ここ最近の大杉は、時折ひどく不安定になる。そわそわと落ち着きがなく、妙に上機嫌でいるかと思えばちょっとしたことに腹を立て、他人とつまらない言い争いをしたり大きな声をあげたりする。

おそらくは、同志への不満、運動そのものへの苛立ち、雑誌が次々に発禁処分を受ける鬱憤などが全部合わさってのことだろう。冬でも温暖な田舎へしばらく引っ込むのは、身体だけでなく精神にも良いことだ。

そう考えた保子は、むしろ自分から大杉の背中を押すようにして、逗子の高台に別荘を借りたのだった。


明けて大正五年の正月は、その別荘で過ごした。心づくしの雑煮を用意して夫婦水入らずを楽しみにしていたのに、とうていのんびりとはいかなかった。元日の朝、宮嶋資《すけ》夫《お》らの協力を仰いで再興した『近代思想』がまたも発禁処分を受け、大杉は二日の朝に急いで上京しなくてはならなくなったのだ。

帰ってきたのは、四日の夜になってからだった。

迎えた自分の態度がいけなかったのか、と保子は思う。新年早々の留守番に、いささかふくれ面だったのは否めない。

しかし大杉のほうも大人げなかった。大杉に大人げを求めるのが間違いであるにせよ、いつもとはやはり違っていて、だんだん口論になり、お互いにひどく荒々しい言葉をぶつけ合ってしまった。そのいくつかは、心にもない、とは言いきれなかったかもしれない。

　二日ばかり、ほとんど無言の行が続いた。いつもなら大杉が、何かおかしなことを言いだして保子を笑わせようとしていたはずだ。でなければ飼い猫のナツメを風呂敷に包んで天井からぶら下げ、憐れっぽい鳴き声に辛抱できなくなった保子が「頼むから放してやって下さい」と言うのを聞いて、大杉が得意げに下ろしてやるといったところまでが一幕だった。

　が、この日は違っていた。猫がいなかったせいばかりではない。何を思ったか大杉は、誰だかが京都の土産にとよこした御大礼《おたいれい》の春日灯籠《かすがとうろう》をつかんで庭へ放り投げたり、そのへんの古い目覚まし時計を手に取って川に投げ込んだりし始めた。

「何を馬鹿なことを」保子は思わず咎めた。「気でもふれたんですか。いったいどうしてそんなに不機嫌なんです。帰ってきてからずっとじゃあないですか。私に不満があるならはっきり言ったらいいでしょう」

「き、きみに不満などないよ」

「だったら、どうして」

「僕が悪いのだ」

「え?」

「僕が悪いのだ、僕が」

　大杉が、机の前に座ってうつむく。

その塩垂れた様子を見て、なぜだか、ぴんときた。

女だ。それも、玄人との遊びなどではない。このひとは、私を裏切っている――。

直感すると同時に、腹の底からどす黒い怒りが噴き上がってきた。脳裏をよぎったのは、かねてから大杉と交流のある岩野泡鳴の顔だ。妻がありながら芸者や愛人らと次々と関係しては愛欲に耽り、さらには妻まで取っかえ引っかえして、そのすべてを小説に書いてのける破廉恥きわまる男。

「あなた……」問いただす声が震えた。「あなた、岩野さんのようなことをしているんでしょう」

大杉の肩がこわばる。文机の上のペンを取ったのは、都合が悪い時のいつもの癖だ。書きかけの原稿用紙の空いたところに、何やら落書きをしている。

「そうなんでしょう」

重ねて訊くと、あきれたことに、うん、と頷いた。

拍子抜けするほどの素直さにかえってむかむかと腹が立ってくる。

「相手は誰です」

「それは訊かんでくれ」

保子は、晴れた庭へ目をやった。冬枯れの芝草の上に、先ほど大杉が投げた小さな春日灯籠が転がっている。あれは、誰の土産だったか……。思い出す必要のないことをはっきりと思い出し、保子は、低く呻いた。

長い髪を後ろで一つに結んだ、若い婦人記者。一度目と二度目は取材の名目で、のちには大杉が小石川の家で「仏蘭西《フランス》文学研究会」を開いた時に宮嶋資夫・麗子《うらこ》夫妻の紹介でやってきて、続けて出入りするようになった。細く弓なりにつり上がった眉と、狐《きつね》のような目。初めて見た時から、何かいやな予感があったのだ。

「神近市子《かみちかいちこ》でしょう」

いや、あり得ない、頼むから否定してほしい。心から願いながら言ったのだが、大杉はまた、しょぼくれて頷いた。

「うん」

知らなければよかった。訊かんでくれ、と言うのだからそうすればよかった。良人も良人だ。少しは否定してみせたらいいものを、どうしてそうまで正直に答えるのだ。死にものぐるいで否定してくれたなら、嘘と知りつつ信じるふりもできたのに。

この結末をいったいどうするつもりなのかと保子が迫ると、大杉はよりいっそうしょぼくれた様子で言った。

「こ、こんなことになるとは、自分でも思っていなかったんだ。こ、こ、こういうのを魔が差したとでも言うのかな。しかし、こ、このことをあまり重く見ないでほしい。かっ、かか神近には、くっ屈辱的条件をつけてあるから安心してくれ」

緊張のためだろう。吃音が常になく甚だしかった。

大杉の言う屈辱的条件とは、以前から彼の提唱してきた〈自由恋愛〉の条件に違いない。すなわち、互いに経済的に自立して同居をしないとか、束縛しないとかいったあのたわごとだ。どれもこれも男にとって都合のいい条件ばかりではないか。

「そんなにおさまらないなら、堺さんにでも相談してみたらどうかな」

などと当の大杉が言うから、東京へ行って義兄や荒畑などにも相談をしてみたが、あきれた堺はこの際きれいさっぱり別れてしまえと言うし、荒畑はしばらく様子を見てはどうかと言うしで、一向に心が定まらない。

結局、大杉との談判の末、とにもかくにも同志の会合には神近を金輪際近づけず、神近が保子のことを一切干渉しない、また大杉のほうでも今後は彼女に近づかないというあたりを決め交わしたところで、重苦しい逗子の一月は過ぎていった。

赦《ゆる》せばいいのだ、と自分に言い聞かせる。こちらさえすべて赦して水に流せば、もとに戻れる。現実には、何も起こらなかった昔に戻れるはずなどないのだが、それでも無理にそう心に唱えていた矢先、大杉が思いきったように切りだした。

「じつを言うと僕は、まだまだ君にひどいことをしている」

「……え」

「うん。いずれ問題になって、三月か四月の新聞や雑誌に書かれるかもしれないな」

保子はもう、気持ちが動かなかった。良人の情事の相手があの狐顔の女記者だと知ってから後は、大杉のことがまるで理解できなくなり、すべてが分厚い膜の向こう側で起こっている出来事のように遠いのだった。

だいたい、いくら疑わしくとも自ら大杉を尾行してずっと見張っているわけにもいかない。仕事の話だと言って東京へ発つ良人を送り出し、ひとり逗子の家で待っている夜はなかなか眠れず、朝方ようやくうとうとすれば悪い夢にうなされ、汗だくになって飛び起きた。

そんなふうにして、日々はのろのろと過ぎた。

その日は朝から暖かく、よく晴れていたからだろうか。無言のうちにも夫婦の間に久しぶりの休戦協定のようなものが結ばれて、午後、二人は葉山の海岸まで散歩に出かけた。

昔から大杉は、歩くのが好きだった。そのくせ自分独りで歩くのは嫌いで、いつも保子が誘われるのだが、その際は必ず、

〈回り道、遠道、一切苦情なしというのでつきあってくれ〉

そう念を押された上で延々と歩かされた。

思い出すのはもう何年も前のことだ。原稿の少ない月で、蓄えなどなかったから、二人ともが夏物の全部を風呂敷に包んで質屋へ品の入れ替えに出かけた。知り合いに不幸があって挨拶に出向かねばならず、そのために預けた冬物を出してこなくてはならなかったのだ。

入れ替えた着物を抱え、腹ごしらえをした後で日比谷公園を散歩することになった。音楽堂のところまで歩いたものの、何しろ請け出した荷物は冬物だけに重い。しかも保

子は病み上がりだったので疲れてしまい、もう電車に乗って帰ろうと言うのに、大杉はもう少し歩くのだと言って聞かない。乗る、乗らない、帰る、帰らないで言い合いになり、良人がこちらの身体を気遣ってもくれないことに腹を立てた保子は、もう何もかもどうでもよくなって、抱えていた風呂敷包みを公園の地べたに放り出し、そのままさっさと電車に乗って家へ帰ってやった。

翌朝目を覚ましてみると、包みはいかにも物分かりのよい佇まいで保子の枕元に置かれていた。それがまたむかむかとして、腹立ちまぎれに立ちあがったとたん、蹴つまずいた枕を勢いよく踏み破り、畳の上に五、六升ものそば殻をまき散らしてしまった。つくづく恥ずかしかったが、引っ込みがつかない。今さら自分で片付けるのも気まずいことこの上ない。すると大杉が、いやな顔ひとつせずに箒を持ってきて、そば殻をきれいに掃き集めて片付けてくれた。この人の前で、あまり我儘を言ったり癇癪《かんしゃく》を起こしたりするのは慎もうと、あの時は心から思ったものだった。

そのような日々もあったのだ。二人とも、今よりずっと若かった。

葉山の海岸の砂は、冬日にぬくめられ、足袋を脱いで冷たい足先を埋めると、こわばった首筋や背中がゆるんでゆく心地がした。保子はふと思った。赦すというのは、こういうふうなことかもしれない。

後ろのほうを、尾行巡査がついてくる。馴染みといってはおかしいが人の好い男で、疚しいところのない保子も大杉も、時々は世間話をすることさえあった。

先に立って波打ち際を歩く大杉は、岩海苔《いわのり》を採るのに夢中になっている。足の濡れない砂浜からそれを見やりながら、巡査が話しかけてきた。

「おとといの晩は先生、東京でひどい雨に遭われなすったが、お身体は大事なかったですかね」

雨に降られた話などとくに聞いてはいなかったので、保子は「ええ」と曖昧に頷いた。

「いやあ、何しろ土砂降りで、そのうえ電車はないでしょう。ようやっと本郷のご親戚のお宅まで行きましたが、こちらは田舎者で道もわからずでね。いやはや、まいりました」

本郷……。そんなところにわざわざ会いに行くほどの親類がいただろうか。少なくとも神近の家の方角ではないことに安堵しながらも奇妙に思って、保子は大杉のほうを窺いながら訊いてみた。

「親戚の家のほかに、大杉がどこへ行ったかご存じです？　また、うまいことまかれたのだったら仕方ありませんけど」

わざと冗談めかして訊くと、巡査は苦笑して首を横に振った。

「今回は先生、おとなしく歩いて下さったんですよ。行かれたのは小石川の辻さんの家でした」

保子は、思わず立ち止まった。潮風がびゅっと吹きつける。

「辻さん……って、辻潤さん？」

ましたワ」

「そうです、そうです。ずいぶん長話をしてらっしゃるもんで、こちらは凍えっちまい

巡査があっけらかんと笑うのを聞きながら、保子は言葉を失っていた。

竹ざるに岩海苔をたくさん採った大杉と二人、ゆっくり歩いて家に戻る。こうしてこのまま何も訊かずに黙っていればいいのだと思っていたのに、戸口を入るなり、気がつけば問い詰めていた。

「どうしておととい、辻さんの家を訪ねたんですか」

えっ、と大杉が息を吞む。

「いや、ど、どうしてって別に、つ、つ、辻くんと話したいと思ったから」

「そうじゃないでしょう。この間あなたは、まだまだひどいことをしていると言っていましたけど、それじゃあ今度は野枝ですね」

大杉は、否定をしなかった。

神近の時も驚いた。しかし、今度はその幾層倍もの驚きを感じた。驚きが過ぎて、ただ呆れ返ったと言ったほうが当たっているかもしれない。

「いいですか」

前と同じ、大杉の文机のある仕事部屋で、保子は良人に詰め寄った。

「彼女は夫のある女です。人の妻ですよ。籍まで入れて、辻野枝になったんです、その意味がわかりますか。あなたがしていることは姦通です。法律の上での罪は別としても、

私はそれを許すことができません。おまけにあの夫婦には、二人目の子どもも生まれたそうじゃないですか。仲睦まじくやっているところへ割って入って、人の家庭を踏みにじって、あなたには自分の心に恥じるということはないのですか」

怒りが迸って、言葉が止まらない。頭ごなしにまくしたてる保子を、けれど大杉は冷静に見つめ返してきた。

「うむ」

何が、うむ、なのだ。保子はますます頭に血がのぼり、同時に、冷たく醒めた。

神近の時とは違う。あの時は涙まで流して「許してくれ」と頭を垂れた大杉が、今は少しも恥じた様子を見せない。そればかりか、すでに何か他のことを考えているようにさえ見える。

濃い口髭の下で、大杉の唇が上下に離れるのを、保子は茫然と見つめた。何を言うのだろう。言わないでほしい。聞きたくない。

ひらいた唇から、まず漏れてきたのは深いため息だった。そして大杉は言った。

「きゅ、急転直下、自分で自分の心がわからぬ」

たったそれだけ口にすると、彼はペンを取り、例によって原稿用紙の隅に落書きを始めた。

良人の肩越しに、保子はその手もとから目が離せなかった。もう嫌というほど見慣れた筆跡が重ねられてゆく。

厚顔無恥
厚顔無恥
厚顔無恥

こんなに情けないことはないというのに、保子の目と頰は乾いたままだった。

＊

知らぬ者からはあれほど無闇に恐れられ、近しくなればあれほど無闇に慕われる男もそうはいまい。眼だ。眼の男だ、と野枝は思う。

大杉が笑うと、あの眼の中の白い部分と、黒い瞳の部分との境界がますます際立ち、流れる川面のようにきらきらと光を放ち始める。凄みを帯びた眼力は人を怖がらせてもおかしくないはずなのに、まず、子どもが懐く。動物が懐く。社会運動家の同志たちでさえ、大杉の思想や理論に共鳴するより先に人間的な魅力のほうに惹きつけられたのではないかと思われてくる。野枝自身もまた、大杉と親しく交わるようになって以来、もう一度新しく生まれ変わったかのように感じていた。

足尾鉱毒事件の谷中村水没に際して、自分も何かをしたい、何かできないかと焦れていた野枝に対して、良人の辻は動かぬばかりか軽侮の笑いを浮かべてよこしたが、大杉はまっすぐに肯定し、励まし、鼓舞してくれた。さらには雑誌『新公論』に、

〈私の今つきあっている女の人の中で、最も親しく感ぜられるのは、やはりあなたなのです〉

堂々とそう書いてくれた。惹かれずにいるほうが難しかった。

それだけに、昨年の暮れ、こちらが次男・流二《りゅうじ》の出産を終え今宿から帰京して間もなく、大杉が取った行動を知らされた時は、視界が真っ赤になった。頭ががんがんして、脳の血管でも破れたかと思った。

よりによって、なぜ神近市子なのか。今は『東京日日新聞』の記者をしている彼女だが、女子英学塾在学中から『青鞜』に参加していたから、お互い知らない仲ではない。けれども、親しくなりたいとは露ほども思ったことがなかった。いわゆる才媛《さいえん》は気に入らぬのだ。

あんなギスギスした鶏がらのどこが良くて、大杉は彼女を口説いたのだろう。そしてまた堅物とばかり思っていた神近が、どんな顔をしてその求愛を受け容れたのだろう。きっと、例のごとく大杉のほうからぐいぐいと押しまくったに違いない。考えれば考えるほど、野枝の腹は煮えた。お腹の子に毒だと考える必要はもうないのだから、いくらでも好きなだけ煮やすことができる。

そんな具合であったから、年が明け、一月の半ばに大杉がわざわざ青山菊栄《きくえ》を連れて

辻宅を訪ねてきた時も、野枝はすこぶる虫の居所が悪かった。『青鞜』の前年十二月号と今年の一月号で、野枝と菊栄との間に公娼廃止運動をめぐる激しい論争があったのを調停しようと考えたらしいが、少なくとも野枝はその気になれず、赤ん坊を背中にくくりつけ、燗《かん》をつけた徳利や料理の小皿などを運ぶのにことさら忙しく立ち働いた。

わかっている。大杉には、籍こそ入れていないが保子という妻がおり、自分にもまた、良人であり二人の子の父親である辻がいる。はなから恋愛感情を抱くこと自体が言語道断であるのに、そこへ持ってきて神近だ。一人の男を三人の女が平等に分け合うなど、大杉の頭がよほどどうかしているとしか思えない。

いや、どうかしているのはこちらも同じだ。それほどまでに頭のおかしい男と、とうとう、夜の日比谷公園で口づけを交わしてしまった。二月初めの公園は震えあがるほど寒かったが、知り合ってから三年越し、そのようにして二人きりになるのは初めてのことで、まるで不良少年と不良少女がふざけてじゃれ合うような流れで大杉のほうからキスを仕掛けてきたのだった。

たかが、口づけ。西欧では同性の間でも挨拶代わりに交わされるものだ。

いくらそう思ってみても、大杉の唇のしっかりとした弾力や、ちくちくと刺さる髭の感触、抱きしめてくる腕の力や胸板の頑丈さがありありと思い出されてならない。少しでも気をゆるめたとたん、あの夜のことを考えてしまい、そうしていると軀が火照って、赤ん坊に含ませる乳の味まで変わってしまいそうな気がした。

良人の辻には何も期待できない。上野高等女学校時代、颯爽と教壇に立っていた若い英語教師は、今となっては日がな一日ごろごろとして、ほぼ無収入の世捨て人と化している。そればかりか、流二を身ごもっているさなかには、家を手伝いに来ていた野枝の従妹のキミと関係し、女房にばれるとへそを曲げて布団をひっかぶる始末だ。

あの時も、いっそ別れようかと思った。それなのにどういう話し合いの末に思いとどまったのだったか——別れるどころか内縁関係を終わらせて正式に婚姻届を出すこととなった経緯が、いまだに自分でもうまく説明できない。雨降って地固まる、と言ってしまうのはどうにも悔しい。そんな単純なことではない。

浮気を野枝に絞りあげられてよほど反省したのか、今宿にいる間、辻は例によって赤ん坊のおしめをせっせと洗い、妻に一度も重い荷物を持たせなかった。けれども野枝は、今宿の浜に吹くのと同じような寒風が身体の中をからからと吹き抜けてゆく心地がしていた。かつて眼前に教養の扉とともに性の扉まで開いてくれたはずの良人は、もう、どこを探してもいないのだ。自分はここで何をしているのだろう。

思いあまった野枝はとうとう、かつての隣人、野上弥生子に初めて大杉のことを相談してみた。誰にも言えないことでも、心から敬愛する弥生子にだけは打ち明けられる。

背中に赤ん坊をくくりつけたまま、辻のこと、大杉とのこれまでのことをひと息に話し尽くした野枝に、弥生子は言った。

「事情はわかったけれど、そのまま大杉氏のところへ行くようなことだけは勧められない。よく考えなければいけないと思うわ。ことに、ほら、あの神近さんでしょう。そうでなくたって、間に挟まっている他の異性があるのなら、ものすごく面倒で苦しい関係になることが目に見えているもの。それよりも私はあなたに、この機会を利用して、一年二年、みっちりと勉強することをお勧めしたいわ。そうしているうちには、あなたの古い愛がまた目を覚まして、辻さんやお子さんたちのもとへ心ごと帰ることにならないとも限らない。それならなお結構じゃないの」

野枝は、赤ん坊が時折身じろぎするのをなだめながら、黙ってうつむき、弥生子の言葉を聞いていた。弥生子にも心に想う人がいることは、薄々聞かされて知っている。しかし賢明な彼女は、秘すれば花を地でゆくように家庭を守り、夫を立てて大切にしているのだった。

「ね、そうなさい」弥生子は温かく親密な声で言った。「あなたはね、野枝さん。愛する人の世界に、あまりにも自分の身をぴったりと嵌め込みすぎるところがあると思う。それはあなたの一番の美点でもあるけれど、まだ若いのだから、もう少しくらいの間、自分自身を高めてゆく勉強をしてもいいはずよ。もしも辻さんの家を出て勉強したいと思うなら、その間の生活費は私が面倒を見てもいい。とにかく、よくお考えなさい。何ごとも早まらないで。ね」

弥生子の言う通りだと思った。ほんとうに、心の底から思った。

自分自身のために勉強をする。こちらをその激しい生き方で惑わせる男と、無気力の極みで苛立たせる男、どちらからの干渉も一切遮断して、弥生子のような本物の教養を身につけるために学ぶのだ。そう考えると、久方ぶりに身体の奥のほうから勉学への熱情がよみがえってくる思いがした。

愛する人の世界に、あまりにも自分の身をぴったりと嵌め込みすぎる――。それもまた、じつに的を射た指摘だった。故郷を飛び出してきたのはそもそも、誰にも支配されてなるものか、自分の主人は自分自身だけだと、そう心に決めてのことだったはずなのに、いつのまにこうも弱くなってしまっていたのだろう。

野枝は、憑きものが落ちたような心持ちになった。そうして一晩眠って起きてみると、単純なもので、障子越しに射し込む早春の陽射しまでがどこか華やいで感じられるのだった。

茶碗に乳を搾り、赤ん坊と幼児の面倒を義母の美津らに任せて、『青鞜』二月号の集金に出かける。その気になれば自分のために遣う時間は少しずつでも作り出せるものかもしれないと思った。

浮き足立つような、またいっぽうで不敵に笑ってみせたいような、不安定な気持ちで電車を降りた時だ。

反対側の電車を待つ人々の中に、大杉の姿を見つけた。

見間違いかと思った。だが、あんなにも周囲から浮きあがるほど目立つ男が他にいるわけがない。黒っぽい着流しに羽織、首には洒落た海老茶の襟巻きを巻いた大杉が、こちらを認めるなり、ぎょっと慌てた顔になる。
それでようやく気づいた。
大杉の隣、まるでしなだれかかるように立っているのは、神近市子だった。

（下巻に続く）

第五十五回吉川英治文学賞受賞作
本書は、二〇二〇年九月、集英社より刊行された『風よ　あらしよ』を文庫化にあたり、上下二巻として再編集しました。
初出　『小説すばる』二〇一八年七月号〜二〇二〇年二月号
本作品は史実をもとにしたフィクションです。
※主要参考文献は下巻に記載します。
本文デザイン／アルビレオ

[S] 集英社文庫

風《かぜ》よ　あらしよ　上《じょう》

2023年 4 月25日　第 1 刷　　定価はカバーに表示してあります。

著　者　村山由佳《むらやまゆか》

発行者　樋口尚也

発行所　株式会社 集英社
東京都千代田区一ツ橋2-5-10　〒101-8050
電話　【編集部】03-3230-6095
【読者係】03-3230-6080
【販売部】03-3230-6393（書店専用）

印　刷　凸版印刷株式会社

製　本　凸版印刷株式会社

フォーマットデザイン　アリヤマデザインストア　　マークデザイン　居山浩二

ISBN978-4-08-744507-7 C0193